紫の式部の君の物語

鈴木　幸子

はじめに

　紫式部が源氏物語を書いてから一千年の年月が過ぎ、その魅力は衰えることなく、いや二十一世紀、令和のこの世になっても益々その価値を高め、我々を魅了してやまない源氏物語の作者として、紫式部という女性はどんな女性であったのか、その生涯はどんなものであったのか、この一千年の間、多くの源氏学者が研究し尽くしてきましたが、その紫式部の生涯は一向に明らかになっていません。

　一千年という年月は、紫式部の自筆本とてなく、いろいろな人々の手を通し、幾多の人々の努力の結果現代に伝わっているわけですが、作品としての源氏物語は益々その輝きを増しているなか、その作者の生涯は模糊として、その著書といわれる『紫式部日記』や、詠んだ和歌を記録した私家集『紫式部集』を通して、おぼろげに伝えられるのみで、紫式部の実像をとらえることはできません。

　一千年前の一女性の実像をとらえることなどできる筈はない、とわかっていながらも、これだけの物語を書いた人ってどんな女性だったのだろうか、せめてその人の生涯にわたるイメージを復元することはできないだろうか、そうずっと願ってきて、そんな本の出現を期待して待ちつゞけています。

　そう思いつゞけながら、平安の同時代の貴族の日記である『御堂関白記』（藤原道長著）『小右記』（藤原実資著）『権記』（藤原行成著）を読んでいくと、紫式部の生きた時代が何となくわかってきたような気がして、それに源氏物語を重ねていくと、ほのかですが紫式部の姿が垣間見えてきて、今、人生の徒然に紫式部に会いたくなってきました。

　しかし　実際のところ資料が少なく、空白部分をどううずめていくのか、実証がないからといって事なかれ主義におちいって、判断保留としてスルーするのも何か気が落ちつかず、できるだけ傍証を集め紫式部に近づきたいと思いながら拙ない筆をすゝめました。

一、紫式部の出生について

今井源衛先生は天禄元年（九七〇）とし、岡一男先生は天延元年（九七三）としていらっしゃいます。また与謝野晶子は天元元年（九七八）としていて、大体九七〇年から九七八年くらいまでとするのが妥当のようですので、一応岡一男説の天延元年（九七三）に設定することにしました。

紫式部の年令はプラスマイナス三年ほどでお考えいただきたいと思います。

一、本文の和歌の番号について

南波浩校注、『紫式部集　付大弐三位集・藤原惟規集』校定紫式部集（定家本系）岩波書店、一九七三年発行を使用、

全一二八首の中、紫式部自身の和歌は八九首あります。

【目　次】

第一章　紫式部の少女時代

一　童友《わらわとも》だち

（一）

めぐりあひて　見しやそれとも　わかぬ間に　雲隠れにし　夜半の月影

小倉百人一首に撰ばれたこの紫式部の和歌は、紫式部自撰の私家集『紫式部集』の巻頭を飾る和歌です。

詞書に

早うより、童友だちなりし人に、年ごろ経て行きあひたるが、ほのかにて、七月十日のほど、月にきほひて帰りにければ

とあり、相手は紫式部の小さいときからの童友だちで、その人に数年たって久しぶりにあったのに、「ほのかにて」別れてしまった、その夢のようなめぐり会いを私家集の冒頭におく紫式部は、友だちを何より大切にする人と位置づけてもいいのではないでしょうか。

この和歌が詠まれたのは、二人とも十二、三才から十四、五才くらいの少女のころでしょうか。

次の和歌もその人を詠んだ和歌です。

その人、とほきところへいくなりけり。秋の果つる日来たるあかつき、虫の声あはれなり。

（二）

鳴きよわる　まがきの虫も　とめがたき　秋のわかれや　悲しかるらむ

この童友だちは受領の女《むすめ》で　親とともに都を離れ田舎へ下るので、式部に挨拶に来たのでしょう。
庭のまがきの中で鳴いている虫の声も鳴き弱り、秋の別れを惜しんでいるように、私もあなたとの
とめがたい別れを悲しんで泣いています。

私家集の冒頭に、人の出会いと別れを詠う式部の透徹した目は、人生そのものを見つめているようで、写実的風景の中に幻想的に二人の少女を配し、少女紫式部の心の葛藤を描いていて、後に物語作家となる式部の萌芽を見る思いがします。

次の和歌も式部が友人の一人にあてた和歌です。

「箏《そう》の琴しばし」といひたりける人、「まいりて、御手より得む」とある返事に

（三）

露しげき　蓬が中の　虫の音を　おぼろけにてや　人のたづねん

「箏の琴を一寸お貸し下さい。お宅にお伺いしますので奏法をお教え下さい」
と言ってきた人も式部の友人の一人でしょう。
それに対して　式部は

私の住む、露しげき蓬がおいしげる中で鳴く虫の音のような、風情のない私の琴を、御所望なさるなど、一体どうなさったのですか。

と、返事します。

次の友人は、式部に悩みを訴えてきます。


はるかなるところへ、行きやせん行かずやと、思ひわづらふ人の、山里よりもみぢをおりて、おこせたる

(八)

露ふかく　おく山里の　もみぢばに　通へる袖の　色を見せばや

この友人も家族の地方赴任に、ともに行こうか、行くまいか、と思い悩んで、山里の紅葉を折って式部にたよりをよこしました。

私の袖はこの露深い奥山の紅葉の色のように、まっかに染まっています。この私の血の涙をあなたにお見せしたいのです。

本当に私はどうしたら良いのでしょう。

式部の返事は

（九）

嵐吹く　とお山里の　もみぢばは　露もとまらん　ことのかたさよ

嵐の吹く遠山里の紅葉ばは、とても露をとどめておくことはできないでしょう。地方赴任は官命であり、家族にとって生きる道ですから、つらいけどどんなに頑張っても嵐には勝てないのよ。

又、その人が

（一〇）

もみぢばを　さそふ嵐は　はやけれど　木の下ならで　ゆく心かは

私を連れて行こうとする嵐はいきおいよく吹いていますが、あなたと別れてはるかな所へ行こうとは思いません。

この二人の強い絆のなかから、当時の自由のない女性の嘆きや悲しみが、そして世の中の不条理がみえてきて、どうにもならない式部のつらい思いが伝わってきます。

そして、そのどうにもならない思いはますます強くなっていきます。

もの思ひわづらふ人の　うれへたる返りごとに、霜月ばかり

（一一）

霜氷　閉ぢたるころの　水くきは　えもかきやらぬ　心ちのみして

心に悩みをかかえた友人が、式部にその悩みを訴えてきた返事に

何とかしてあなたの苦しい気持を晴らしてあげたいと思うけど、とても私一人では解決できないことで、ごめんなさい。

と返歌します。

その友人の返し

（一二）

ゆかずとも　なおかきつめよ　霜氷　水の上にて　思ひながさん

そんなことおっしゃらずに、どうぞ教えて下さいな。

あなたのお励ましで私は元気になります。

これら一連の贈答歌は、式部と女友だちとの親しい交流をうたっていて、式部を姉のように慕う女友だちの存在は、当時の平安時代の貴族の少女達の生活の一端を垣間見せてくれて、興味深いものがあります。

女子の教育は家庭内で行われ、一般には母親、乳母、女房があたっていたようですが、式部の場合は

父、為時があたっていたようで、源氏物語の中では、紫の上の教育は源氏自らがあたり、「よろづの御ことどもを教へきこえ給ふ」と第七巻紅葉賀の巻にあって、母親だけではなく父親も熱心に我が娘の教育にあたっています。

源氏は紫の上の父親ではありませんが、紫の上を我が思うまゝに育てたい、と願っているので、自ら手本を書いて習わせ、琴なども教えています。

ただ、それは男の教えなので女の教えにくらべて　少し外向きで外交的なところがあるかもしれない、と気遣っていますが、紫の上は光源氏を愛するゆえに嫉妬の炎を燃やすことはありましたが、理智的で光源氏の妻としてふさわしい生き方をしましたし、紫式部も偉大な物語作家となったことを思うと、その男の教えこそ最大の教育ではなかったか、と思われます。

二　家族と家庭

紫式部は平安中期に活躍した物語作家で、中流貴族の官人、藤原為時を父に、同じ中流貴族の官人、藤原為信の女《むすめ》を母として生まれ、一条天皇の中宮であり、藤原道長の女《むすめ》である彰子中宮（後の上東門院）に仕えた女房で、『源氏物語』を書き、私家集『紫式部集』と日記『紫式部日記』を残し、やはり中流貴族の官人、藤原宣孝と結婚して一女賢子を生み育てた女性である、ということがわかっているだけで、本名も生年没年も一切明らかになっていません。

式部の家は藤原北家の藤原良房の弟、良門の流れにあって、為時の祖父兼輔が従三位参議、中納言にのぼったほかは公卿は一人もなく、四・五位の受領級官人の家柄でした。為時の祖父、兼輔は、堤中納言と呼ばれ醍醐天皇の信任篤く、紀貫之とも昵懇の歌人で、邸宅は内裏の東《ヒガシ》一帯の東京《ヒガシキョウ》極大路と鴨川の間を占め、その広大な邸宅の東端は鴨川の堤に至るので、堤中納言という呼び名の由来となったようです。

その広い邸宅は、兼輔の息子雅正を経てその子為頼に伝来されたようで、為頼、為長、為時の三人兄弟が寝殿造の対の屋にそれぞれ住んでいたのではないか、と『紫式部とその時代』で角田文衛先生が書かれています。

そしてこの邸宅に、紫式部は一生住んでいたのではないかと思われます。

父為時は大学寮に学び文章生となり、康保二年（九六五）頃地方官となり、康保四年（九六七）蔵人所の雑色に補され、安和元年（九六八）十一月十七日播磨権少掾となって播磨国に赴任、このとき二十一才くらいだったようで、藤原為信の女《むすめ》と結婚し任地へ同行、そこで姉と式部が誕生し、四年の任務が終えて帰京の前後、弟の惟規が生まれたようです。母の為信の女《むすめ》は産後の肥立ちが悪く、まもなく亡くなったのではないかといわれています。

平安時代の結婚形態は通い婚が一般的で、男が女の家に通い、子供が二、三人できてそれなりの条件がそろうと、男は女を自宅にむかえ正妻として遇したようです。

妻は何人も持てましたから、それぞれの妻の家には子供ができて、その子供達は母方の女の家で育てられていました。

式部の家は、母が姉、式部、弟の三人の子供を残して早くに亡くなったので、一般的には母方の為信家で育てられるのですが、どういう事情かわかりませんが、父方の為時家で伯父為頼や祖母の近くで育てられたようです。そして『尊卑分脈』によると、為時の男子は惟規のほかに　惟通と定暹の名前があります。母の名は空欄でわかりませんが、惟通は惟規より二年後に蔵人に補せられていることから二才下とみると、その弟の定暹と、後に為時の兄の為長の男子、信経と結婚した女子の三人の子供の母親がいたことがわかります。

式部の実母の亡き後、当時の結婚形態から、この惟通の母が為時の正妻になったと思われます。

ただ、この三人の子供が同じ母という証拠はないので真実はわかりませんが、惟通母が為時の妻として晩年までより添ったのではないかと思います。

正妻として為時と式部のくらす邸宅に移り住んだかどうかまでは、実のところわかりません。

後に、紫式部のむすめ賢子は、母と同じように上東門院の女房となり後冷泉天皇の乳母になりますが、その私家集『大弐三位集』に、

秋つかた　むばのもとに　とのゐ物つかはしゝに

あらき風　ふせぎし君が　袖よりは　これはいとこそ　うすく見えけれ

返し

あらき風　いまはわれこそ　防がるれ　この木のもとの　蔭にかくれて

という贈答歌があります。

この「むば」は老女、即ち祖母のことではないかと思われます。

秋の夜寒になった頃、賢子が祖母である惟通母のもとへ夜具を届けます。

荒い風を防いでくれたあなたの袖よりもこの夜具は薄く見えますが、どうぞお使い下さい。

返し

いえ、いえ、今はあなたの木のかげで私は荒い風から守られています。ありがとう。あなたのおかげです。

この贈答歌からみえる二人の関係は相当親しいものがあります。

紫式部にとっては継母にあたる惟通母と　式部のむすめ賢子とのこの親しいやりとりから、おのずと紫式部と惟通母との関係がみえてくるように思われます。

為時の妻としての惟通母は、記録が何もないのでたしかなことはわかりませんが、世間的には認められていて、紫式部は実母のことさえ何も残していないし、まして継母の惟通母のことも何も書いていませんが、継母と認めて孫にあたる賢子の養育にもかかわっていたかもしれません。

実は、この贈答歌は源氏物語桐壺巻で、桐壺帝の見舞を受けた桐壺更衣の母の和歌

荒き風　ふせぎしかげの　枯れしより　小萩がうへぞ　静心なき

によるものであり、二人とも源氏物語の愛読者であり、惟通母にとっては義理の娘であり、賢子にとっては実母である紫式部を十分に意識していることがわかります。

惟通の弟に定暹がいます。

この頃の貴族の家では子供の一人は僧にしたようで、定暹も三井寺の教静阿闍梨より灌頂を受けて阿闍梨となっています。

後に父の為時が三井寺で出家したとき、剃髪の介添えをしたといわれています。

紫式部の同母姉弟として姉と弟の惟規がいます。

惟規について『紫式部日記』にのる有名な逸話があります。

惟規は将来父と同じ官人になるべく大学寮に入り文章生となる寮試受験のため、史記、漢書《かんじょ》、後漢書など中国の史書を父から学んでいるとき、弟は読解が遅く忘れたりするのを　姉の式部はそばで聞いていて早くに読解するので、漢書に心を入れる父親は、

「口惜しいなぁ、この子が男の子でなかったとは私も幸いがなかったのだなぁ、」

と、いつも嘆いていた、と式部自身日記に書いています。

大学寮入学は十三才以上十六才以下の男子と定められているので、惟規十一、二才、式部十三、四才のころのことでしょうか。

書《ふみ》と呼ばれる漢書《からぶみ》や漢文で書かれたお経などは女の読むものではない、といわれた時代ですが、そ

れは建て前であり、平安時代初期、嵯峨天皇の皇女有智子内親王などは漢詩をよくする才女でしたし、当時の一般教養として、新しい文化の吸収のためには身につけなければならない知識でしたから、「この子が男の子だったら私も幸せがあっただろう。」となげく父親の言葉を日記にしるす式部自身も、自分が男だったら好きな書《ふみ》を学べる大学寮に入ることができたのに、男でないだけで味わわなければならないこの不条理に、私こそ幸いがなかった、と嘆息しているようです。

この場面に母なし姉妹の式部の姉は出てきませんが、『紫式部集』には（一五）の詞書に

姉なりし人亡くなり、又、人の妹うしなひたるが、かたみに行きあひて、亡きが代りに、思ひかはさんといひけり。文の上に、姉君と書き、中の君と書き通はしける。

とあって、姉がいつ亡くなったのかわかりませんが、式部が父為時とともに越前へ下る前、即ち式部が二十四才以前には亡くなっていたようで、姉を亡くした式部が中の君（妹）、妹を亡くした友だちが姉君となり、お互いに亡き人を偲び、身代りとして文を書き通わした、とあります。

この姉について式部は何も言っていませんが、この頃は姉はもう十五、六才になっていて、すでに通わせている男がいたのかもしれません。

方違《かたたが》へにわたりたる人の、なまおぼ〳〵しきことありとて、帰りにける早朝《つとめて》、朝顔の花をやるとて

（四）

おぼつかな　それかあらぬか　明《あ》け暗《ぐ》れの　空《そら》おぼれする　朝顔の花

方違えに式部の家にやってきた人が、「なまおぼ〳〵しきこと」つまり真意のわかりかねる行動が

あり、式部がその人が帰った早朝に、朝顔の花と一緒に和歌を届けます。とっても気になりますわ。同じ部屋に寝ていた姉と私を、夜明け前のうすくらい中をのぞいて見分けられず、そらっとぼけて帰っていらっしゃった朝顔の花ですこと。

返し、手を見分かぬにやありけん

（五）

いづれぞと　色分くほどに　朝顔の　あるかなきかに　なるぞわびしき

相手はもらった文が姉からなのか妹の式部からなのか、わからないのでしょう。姉妹のうち、どちらの文かと考えているうちに、頂いた朝顔の花はしおれて見る影もなくなってしまって、わびしいです。

この方違えにやってきた人は男性であり、為時家とは相当親しい間柄にあると思われます。それというのも、まだ年若い式部が挑戦的にしかけているからです。

一般的に文は男から女に来るものであり、女から男へ、それも昨夜の男の行動が、「気になるわ」と相手にいどむように問いかけているのですから。

当然姉も共同戦線を張っているのでしょう。相手はこんな文を寄こすのは妹の方だとわかっていて、わざとまぎらわして、「わびしい」と結んでいます。

この相手は、父為時も伯父為頼も、そして祖母も親しく、時々家に尋ねてきて姉妹もよく知っている人物だと思われます。

先達は、後に式部の夫となる藤原宣孝としていますが、宣孝は為時や為頼の同僚で、すでに結婚していて、その長子は式部とほゞ同年令であり、親子ほどの年令差があり　朝顔の贈答をするほどの初初しさは持ち合せていないように思いますが、どうでしょう。

おとなしい姉と活発な妹・式部、この仲の良い姉妹は、宇治の姉妹、大君と中の君の仲の良い姉妹を彷彿とさせて　この男性は姉の夫になる人、と仮定することも可能かと思います。

そして姉妹の別れはいつだったのか、若い女性が命を落とすのは疫病も然る事ながら、お産によることが多かった時代です。

源氏物語には、光源氏の子夕霧を出産後に六条御息所の生霊に殺される葵の上が印象的に描かれていますし、宇治の八の宮の北の方も中の君を産んで亡くなっていますし、式部の母も惟規出産後亡くなっています。

『更級日記』の作者の姉も二人目の子供を産んで亡くなり、平安宮の後宮でも貴族の家でも数多くの女性が命を落としています。

（六）

筑紫へ行く人のむすめの

西の海を　思ひやりつつ　月みれば　ただに泣かるる　頃にもあるかな

（七）　返し

西へ行く　月のたよりに　玉章《たまづさ》の　書き絶えめやは　雲の通ひ路

この贈答歌も筑紫へ下る友だちとのものです。

親の田舎下りに京を離れ筑紫へ、友人、知人と別れる悲しさ、西に沈む月を見ているとただ〱泣けてきます。

式部の返事です。

西へ行く雲の中の月の路が決して絶えないように、私とあなたの手紙が絶えることがありましょうか。

西方浄土へ行ってしまった姉とは雲の通い路も絶えてしまったけど、生きているあなたとは絶えることはありません。

泣いてばかりいては駄目よ。元気をお出しなさい。

式部が亡くなった姉のことを思い、姉君、中の君と呼び合っていることを、同性愛ときめつける意見がありますが、狭い同性愛というよりもっと広い家族愛、強《し》いて言うなら人類愛という方があたっているように思います。家族や友人を大切にする式部ですが、母のことについては一言も書いていませんけど　源氏物語は亡き母を慕う光源氏が縦軸となって物語が転回し、宇治十帖に入って浮舟が何より頼りにしたのは母です。

式部の心の中にはいつも母がいたように思います。

三　父為時と花山朝

花山天皇は冷泉天皇と藤原北家師輔の長子伊尹の女《むすめ》懐子との間の第一皇子として、安和元年（九六八）に生まれました。

冷泉天皇は、その父村上天皇の後を継ぎ、康保四年（九六七）十七才で即位しましたが、この天皇には御もののけがついて常軌を逸した言動があり、わずか一年十一ヶ月で退位、このとき「安和の変」がおこります。

村上天皇と時の実力者、藤原師輔の女《むすめ》、安子との間には、冷泉、為平親王、守平親王（後の円融天皇）の三人の皇子があり、冷泉天皇の後には村上天皇と中宮安子に大変愛されていた為平親王が有力視されていたのですが、為平親王は村上天皇の異母兄で臣下に下った左大臣源高明の女《むすめ》と結婚し、高明の婿となっていたことから　為平親王が次期皇太子から即位して源氏が繁栄することを恐れた藤原北家の人々、実頼、師尹兄弟と師輔の子兼家らは高明を廃除しようと企て、このとき皇太子（後の円融天皇）を廃そうとしているという讒言《ざんげん》を朝廷に訴えて、にわかに源高明の左大臣の位を奪い、太宰権帥として太宰府へ流したのでした。

安和二年（九六九）三月二十六日の事でした。一見、平和な平安京のなかで世の中をゆする大事件となり、『かげらふ日記』の作者、藤原兼家の妻で道綱の母は日記の中で、「身の上をのみする日記」に異例なこととしてこの事件をしるし、源高明の妻で兼家の妹、愛宮に長歌をおくって深く同情しています。

この事件の主謀者とされる兼家の叔父、師尹が源高明の跡を襲って左大臣となり、五十の賀の屏風歌を歌人の道綱の母に所望してきますが、断わったのに無理強いされて九首よむも二首しか採用されず、彼女は「ものし（不愉快）」と書いています。源高明一家の離散の悲劇をくわだてた犯人が師尹であり、夫の兼家も関係していたということを、彼女は知っていたでしょうか。

そして左大臣藤原師尹はこの年の七月二十一日五十の算賀が行われたのも束の間、十月十四日に亡くなりました。

安和元年（九六八）十一月十七日播磨権少掾となった二十一才の為時は、妻為信女を伴って播磨国に赴任し、翌年三月二十六日太宰府へ下る源高明一行を播磨の国府で見送っていたかもしれません。天禄三年（九七二）四月二十日許されて帰京した高明は、天元五年（九八二）十二月十六日六十九才で亡くなりました。

このとき式部は十才の少女になっていて、父から詳しく話を聞き、それはおそらく真相を語る男の教えであった筈で、式部は道綱母とは違い源高明の心に添う理解ができただろうと想像すると、源氏物語の光源氏の須磨流謫につながり、式部の豊富な想像力が物語の中で遺憾なく発揮されたことになります。

安和二年（九六九）八月十三日、二十才の冷泉天皇は十一才の弟、守平親王に譲位、円融天皇となり、冷泉天皇の第一皇子師貞親王（後の花山天皇）が二才で皇太子に立ちました。そして師貞親王が十才となった貞元二年（九七七）三月二十八日　時の太政大臣藤原兼通の邸・閑院の東の対で行われた御読書始の儀に、五十二才の東宮学士権左中弁菅原輔正（菅原道真のひ孫）が侍読、その弟子の三十才の文章生藤原為時が副侍読として、少年皇太子に四書五経などの儒教の経典や史記、文選、老子などの講義を行い、花山天皇となる永観二年（九八四）まで続いて、それは式部が五才の幼児だったころから十二才の少女になるころまでのことです。

この年、永観二年（九八四）八月二十七日為時は式部丞六位蔵人となり、十月十日花山天皇が十七才で即位すると、十一月式部大丞、十二月八日には禁中の御書物をつかさどる内御書所《うちのごしょどころ》の別当（長官）に任命され、その下僚として学生十二人が新任され、そのなかに覆勘《ふっかん》（下からの申請を吟味確認する役）として大内記慶滋保胤《よししげのやすたね》がいました。

慶滋保胤は陰陽家賀茂忠行の子で兄の暦博士天文博士の保憲が跡を継ぎ、保胤は家学の陰陽道を捨てて紀伝道を志し、文章博士菅原文時（菅原道真の孫）に師事して文章生から大内記になりました。康保元年（九六四）に念仏結社「勧学会」を結成し、三月と九月の十五日に比叡山の若き天台僧二十人と大学寮北堂の学生二十人が会して、朝に法華経を講じ、夕に念仏を唱え、その間に法華経の経文を題として詩を作る、という法会であり　平安朝になって高まってきた浄土教が、市聖とか阿弥陀聖と呼ばれた空也が、その前年、元和三年（九六三）鴨の河原で金字大般若経供養会を僧六百口を請い、時の太政大臣藤原実頼も供養したという大々的な会を修したことがきっかけとなって、保胤の「勧学会」ができたといわれています。

保胤は天元五年（九八二）には「池亭記」を著わして平安中期の世相を描き、その後『日本往生極楽記』を書き往生伝のさきがけとなった文人であり、内御書所で一緒に働いたこの偉大な文人と為時の交流は深まり、多分その姿を身近に見ていたと思われる十二才の少女式部に大きな影響を与え、源氏物語の第二十一巻乙女巻に登場する夕霧の大学寮の御師の姿になっていると思われます。

花山朝の到来は父為時にとってやっと恵ってきた春でした。

『後拾遺集』にのる藤原為時の和歌です。

粟田《あわた》の右大臣（藤原兼通、道長の伯父）の家に、人々のこりの花を惜しみ侍りける、に詠める

おくれても　咲くべき花は　咲きにけり　身をかぎりとも　思ひけるかな

と詠んで、我が身の安心をうたっています。

また、同じ集に

われひとり　おがむと思ひし　山里に　思ふことなき　月もすみけり

とあり、一人の官人として、文人として、花山朝にたって生きる父為時の明かるい姿があります。

しかし、十七才の花山天皇が父冷泉天皇の弟円融天皇の譲位を受けて大極殿で即位し　新しい時代の幕開けに新政策を打ち出したものの、二年ももたなかったことは、為時ら文人貴族にとって思ってもみなかったことでした。

即位して三ヶ月後、十二月二十八日慶滋保胤の筆になる「意見封事ヲ求ムル」の詔が発布され、五位以上の官人に発せられたこの詔書は、天皇親政をうたい、天皇が天下の臣民に意見を求め臣下もそれに応えて諫言をすすめ、国の患いの最たるものは　大臣禄を重んじ諫めず、小臣罪を畏れて言わず、下情、上に通じないことである、といい、この天皇を中心とした政治理念は、嵯峨朝の漢文が作られ文学が栄えることが国家経営の大業につながり、ひいては国家社会の平和と安定につながるという文章経国思想にあり、官人である文人貴族達を大いに活気づけ大きな希望をもたらしました。

しかしこの詔書は太政大臣藤原頼忠の不快を買い、天皇は確かに聞いていない、ということで詔文を改めさせた、と『小右記』にあります。

花山天皇の不幸は相次ぐ身内の不幸により確かな後見をもたなかったことにあります。父の冷泉帝は御もののけのついた病い人、母の藤原懐子の父伊尹は天禄三年（九七二）十一月一日花山天皇五才のとき四十九才で亡くなり、母懐子も翌天延元年（九七三）四月三日花山天皇六才のとき三十一才の若さで亡くなり、母の兄弟の伯父達、挙賢、義孝も翌年天延二年（九七四）九月十六日、同じ日の朝と夕に疫病のため相次ぎ亡くなり、前少将、後少将といわれ、後少将の義孝の息子は藤原行成です。一人残った伯父、従四位上春宮亮藤原義懐だけが後見役でした。

義懐は、その後破格の昇進で従二位権中納言に任じられましたが、関白太政大臣藤原頼忠、左大臣源雅信、右大臣藤原兼家、大納言藤原為光、源重信、権大納言藤原朝光、藤原済時、など重要な顔ぶれは前期の円融朝と変らず、新たに公卿に叙されたのは兼家の息男道隆とこの義懐だけであり、新政府を動かす力はおのずと花山側に不利でした。

また十七才の若き天皇は個性的で、前例故実を無視することが多く、周囲の思惑を顧みない臨時の仰せ事が多く、『小右記』では筆者の藤原実資をしてしばしば不審をただされています。

例えば、永観三年（九八五）正月十日、この日わずか半日の間に興の湧くまゝに、小弓、舞、勝負楽と楽所、侍臣を召して寵妃忯子女御の弘徽殿で行い、本殿に還御なさるや、急に昨日から降り積もった雪で雪山を作らせ、文人楽人を召して作文会を開き、実資は、この間宮中では御斎会が行われているることでもあり、音楽がしきりと有ることは外聞も良くなく、行うべきではない、と頗る奇怏に思った、と日記にしるしています。

新政の格後荘園の停止例にしても、備前鹿田荘の紛争が朝廷と相対する荘園の本所である興福寺と氏の長者関白頼忠との間で一年も続き、結局朝廷は荘園整理を断念する外なく、事は関白頼忠と興福寺側の勝利に帰しています。

又、この頃の政務は公事《くじ》と呼ばれ、年中行事を主体とした儀式には天皇を主催者として上卿と呼ばれる公卿と弁官、外記、史などの官人が出席して行われますが、だん〳〵と公卿不参、出てこなくなって、寛和元年（九八五）正月十五日の兵部省の手結には公卿も射手も不参で中止になり、実資は甚だ奇怏なこと、公事の陵遅は万事このようなもの　と嘆いて、政治にとって大事な公事が次第に衰えていくことを心配しています。

天皇が即位して最初の年の十一月に行われる大嘗会の儀式も豊楽院で行われるのが先例なのに、花山天皇の大嘗会は大極殿で行われています。その理由は豊楽院の破壊による、とあり、先代の円融朝の御代、貞元元年（九七六）六月におきた大地震のため豊楽院が破壊され、それ以後九年間も再建されず大極殿でとり行われたようです。

しかし翌年寛和二年（九八六）十一月十六日に行われた次代の一条天皇の大嘗会は、立派に豊楽院で行われています。

一条天皇は円融天皇と兼家の女《むすめ》、詮子の長子であり、我が外孫の摂政となった兼家の大きな後見で、たちまちのうちに豊楽院は再建復興されたようです。

孤立無援の花山天皇の後宮も不幸でした。初めに入内した大納言為光の女《むすめ》　忯子を寵愛しましたが、七ヶ月の子を宿したまゝ亡くなり、追慕のあまり突然の出家に走った、といわれていますが、ときの実力者藤原兼家にとっては一日も早い退位を願っていましたから、花山朝に協力しませんでした。

寛和二年（九八六）は激動の年でした。

『栄花物語』には、この年正月より世の中が落ち着かない様子で、怪しく神仏のお告げなどが沢山あり、花山天皇も御謹慎にすごされる日が多い、と書かれています。

そして世の中の人々が大層道心を起こして 尼や僧になってしまうという噂が流れます。

四月二十二日慶滋保胤が突然出家して為時ら文人たちを驚かせます。

前々年封事を書き文人貴族の理想をうたい、花山朝に期待し、尽くした保胤の失望の結果なのでしょうか。

その二ヶ月後、六月二十二日夜、花山天皇は宮中を抜け出して東山の花山寺で出家してしまいます。

十九才の天皇が花山寺の厳久阿闍梨と蔵人左少弁で兼家の息子道兼に誘われて、ひそかに出家退位するという前代未聞のこの事件は 兼家一門による周到な計画のもとに行われた陰謀であり、その後道兼は蔵人頭に、一条天皇が即位すると新帝の外祖父兼家は摂政に、そして頼忠に代わって氏の長者となり、七月二十日の初の除目で道兼は参議兼中将に叙され、それ以後、兼家の東三条一門は栄進を続け栄花の一路を歩んでいきます。

花山天皇の突然の出家を翌日知った義懐と惟成は、たゞちに後を追い出家します。

為時も六月二十三日官を辞します。

ときに娘の式部は十四才になっていました。朝顔の和歌を詠むほど積極的な彼女には、父の無念な思いが我がことのように思われたにちがいありません。

花山天皇出家の二日前の六月二十日、安和の変の主謀者とみなされていた小一条師尹の供養のための法華八講の五巻目の法要が、その息子権大納言右近衛大将藤原済時の白川の邸で行われ、清少納言の『枕草子』で知られる「小白河といふ所は」に出てくる権中納言義懐は、その花やかな装いと女車に話しかける艶やかな様子が描かれていて、二日後には主上の出家、三日後には自らも出家することになる運命を予想させるものはひとかけらもなく、清少納言の筆が本当なら、すでに政治の中心からはずされて、花山天皇の心に添い得なかった政治家としての義懐の姿を見る思いがします。

それにしても当時の佛事が故人を偲び供養することから形骸化して、見世物になってしまっていることに驚くとともに、義懐と清少納言の法華経方便品の一句をもって応酬する駄洒落について、清少納言自身は得意がっていますが、人間の表しか見ない人の筆は人の本当の哀れを伝えてくれず、義懐にとって残念なことではなかったかと同情します。

四　斎宮済子女王退下事件と章明親王

天皇代替りごとに占いによって選ばれて伊勢神宮に仕える未婚の皇女が斎王と呼ばれ、斎王が住む宮殿が斎宮であり、現在三重県多気郡明和町に斎宮跡が発掘されて、一部復元建物が建てられてかつてのおもかげが再現されています。

斎宮は律令制のもと、斎宮寮という宮司が置かれた国家機関であり、斎宮寮の長官である斎宮頭の下に百人以上の官人が勤務し　最盛期には斎王に仕える命婦などの女官や雑用をつとめた総数は五百人以上に達し、地方の国庁よりはるかに大きな官庁であり、その財源は常陸国から伊勢国に至る諸国からの調庸であり、秋の終わり頃は諸国から物資をもった運送人が集まり、にぎわっていたそうです。

斎王は天皇家の守護神である伊勢神宮に、天皇に代わって天皇の長命と在位の長さを祈り、伊勢の地において天照大神の御杖代りとなり、天皇に奉仕する巫女のような役割をもっていたといいます。天皇に近い、けがれのない内親王や親王のむすめである女王などが卜定により選ばれました。

花山天皇の即位により卜定されたのは、醍醐天皇を父に、式部の曽祖父兼輔の女《むすめ》、桑子更衣を母として生まれた章明親王の女《むすめ》、済子女王でした。

章明親王と為頼、為時兄弟はいとこにあたり、永観二年（九八四）十一月五日、その卜定を章明親王に伝える役は、縁によりいとこの為頼でした。

章明親王第には邸の四方に木綿と賢木が飾られて、寛和元年（九八五）九月二日中河家（章明親王第）より東河（鴨河）で禊をして済子女王は左兵衛府に入り、九月二十六日、左兵衛府より鴨河で禊をして野宮に入りましたが、『日本紀略』によると、それからは不吉で不思議な記事が続きます。

野宮の建物は未完成であり、禊所の前方には葬送の火が見えたり、九月二十八日の夜には盗賊が入り、侍女の衣裳が奪われるという前代未聞のことがおこっています。

その上、翌寛和二年（九八六）六月十九日、この秋の群行をひかえて潔斎中の伊勢斎王済子女王が、あろうことか、瀧口武者平致光と密通した、という風聞が流れ、公家が神祇官を召してその事の実否を祈り申させた、とあります。

『本朝世紀』には、平致光が斎王済子の女房宰相君と相談のうえこのことがおこった、と書かれていますが、これはあくまで風聞、うわさであり、その実否はわからないから神祇官に祈らせたのであり、この三日後には花山天皇の突然の出家退位という事件がおきるのであり、兼家一門が仕組んだ陰謀にほかなりません。

済子女王の父章明親王の怒りはいかばかりか、花山天皇の伊勢斎宮に卜定された我が娘が、伊勢斎王の護衛滝口武者と密通したという風聞をたてられ汚名をきせられての退下は　到底許せるものではなかった筈です。

この事件の翌年永延元年（九八七）二月十九日のこと、鴨河堤の内にある章明親王の邸に殿上人たちが馬にのったまゝ乱入するという狼籍があり、それを見た親王が法に訴える、という騒ぎに発展します。

若い殿上人たちの乱暴は、済子女王の退下の風聞によるいやがらせでしょう。

章明親王と済子女王の嘆きを、このとき十四才だった式部はどのように感じ取ったことでしょうか。

章明親王は醍醐天皇の第十三皇子として生まれ、母桑子更衣の父堤中納言藤原兼輔の邸宅で育てら

れていて、式部の曽祖父兼輔の詠んだ和歌

人の親の　心は闇に　あらねども　子を思ふ道に　まどひぬるかな

は、その素直な詠みぶりが万人に親しまれ、式部も源氏物語の中で再三とりあげています。

また、章明親王と兼家との交流が『かげらふ日記』に書かれていて、それは応和二年（九六二）から康保三年（九六六）頃まで、章明親王三十八才、兼家三十三才のころで、親王が兵部卿宮で兼家が兵部大輔に任じられて同じ司に出仕してから　優雅な贈答歌が『かげらふ日記』にのっています。

賀茂の祭の禊の日、親王は兼家とその妻道綱母と同車して出かけたり、親王邸のすすきを道綱母が所望して頂いたり、端午の節会には物見の桟敷で隣同志で見物したり親しい関係が続き、親王が風雅な貴公子であることがわかります。それから二十年後、いとねじけたる兵部大輔から右大臣、摂政と時の権力者となった兼家と三品弾正尹《だんじょうのいん》章明親王、高貴でも力のない親王と娘済子女王は政治の渦の中にまきこまれてなすすべがありませんでした。

章明親王の三人の娘、長女隆子女王は安和二年（九六九）円融天皇の斎王として伊勢に群行しましたが、天延二年（九七四）疱瘡を患い、彼の地で亡くなり、現在斎宮跡公園の斎宮の森が隆子斎王の墓と伝えられています。

慶子女王は花山天皇の即位式に、重要な役目のひとつ、褰帳《けんちょう》の命婦《みょうぶ》として　後に道長の妻となる源高明の女明子と二人で勤めています。このとき明子女王は十七才ほどでしたから慶子女王も同じほどとすると、慶子女王は済子女王の姉ではなかったかと思われます。

そしてこの花山天皇即位の年、式部は十二才の少女でしたから、済子女王と式部は同じくらいの年令ではなかったかと想像されます。

三人の娘を朝廷に奉仕させ、自らも朱雀朝、村上朝、冷泉朝、円融朝、花山朝に親王として勤めた章明親王の晩年におそったこの不幸は　為頼、為時一家にとっても思ってもみなかった事態でした。

章明親王の邸は、母方の堤中納言兼輔の邸の隣にあったと思われ、『本朝文粋』にのる源順の詩に「京城の東に一勝地あり、大宰帥親王の幽宮なり」とあり、『政治要略』には「東北の辺の末に鴨河堤の内、弾正尹章明親王の第」とあり、式部が住んでいた兼輔伝来の地の隣にあり、為頼、為時兄弟とも親しく往き来していて　隆子女王は式部が二才の頃亡くなっていますが、慶子女王と済子女王には親しくお目にかかり　交流はずっと続いていたのではないかと想像します。

我が外孫七才の幼帝一条天皇の摂政として権力をふるった兼家も、正暦元年（九九〇）七月二日六十二才で亡くなり、章明親王は失意のまゝ、同じ年の九月二十二日六十七才で薨じられます。

章明親王家は息子の源尊光（従四下宮内卿）が長保四年（一〇〇二）三月出家してから、どのようなくらしをしていたのでしょうか。

源氏物語に登場する末摘花は、父親王に早くに死に別れ、古い邸に古風にくらす女王であり、その姿を揶揄されながらも凜として生きる姿に、済子女王を見るような思いがします。

末摘花は、最後に光源氏の六条院近くの東院に引き取られて幸せにくらす設定に、済子女王の不幸を自分のことのように思い嘆いて、厚い同情を寄せた作者紫式部の優しい心を感じます。

世の中が花山朝から一条朝にかわったころ、伯父の為頼の私家集『為頼集』には

このごろ　今上の宮（一条天皇）春宮（後の三条天皇）などに　人々参り仕うまつるときさきて

身をよせん　かたもおもへば　なかりけり　こびをいとはん　人しなければ

近頃、今上帝や東宮のもとへ人々が参りお仕え申し上げると聞いて
身を寄せて頼りと思うところも私にはない。
媚を売ることを嫌う人はいないのだから。

御代がわりは官人にとって生死を分けるほどのものでしたが、為頼はやはり一家の長として、丹波守、摂津守と順調に官職を得たのに、弟の為時は長徳二年（九九六）越前守の官職を得るまで、十年間散位のまゝ、家は古く蓬が茂り葎が伸びる家に家族とすごしています。

五　具平親王と為頼・為時家

醍醐天皇の母方の兄にあたり、三条右大臣と呼ばれた藤原定方は、五人の息子と十四人の娘がありました。その娘の一人は醍醐天皇の第三皇子代明親王と結婚して荘子女王を生み、荘子女王は、村上天皇の女御となり第七皇子具平親王が生まれました。定方のもう一人の娘は、堤中納言兼輔の息子、雅正と結婚して、為頼、為長、為時の兄弟をもうけました。

荘子女御と為頼・為時兄弟とはいとこになり、具平親王と紫式部はいとこ違いになります。具平親王は応和四年（九六四）六月十九日に生まれ、寛弘六年（一〇〇九）七月二十八日四十六才で亡くなるまで、兄の冷泉天皇　円融天皇、そして甥にあたる花山天皇、同じく甥にあたる一条天皇の御代を、政治とは無縁に詩歌、管絃、書道、陰陽道、医術などに通じ、文人として文壇の中心人物であり、道長をはじめとして公卿たちから一目おかれた存在でした。

歌人であった伯父為頼も、文人であった父為時も具平親王を慕って親しく交流しています。寛和二年（九八六）春、具平親王の書斎桃花閣で詩酒の宴が開かれて、大内記慶滋保胤、権左中弁藤原惟成、右中弁菅原資忠、そして為時、と当代の儒学が集まっての作文会の　わずか一ヶ月後には保胤が出家し、その二ヶ月後六月二十四日には惟成が花山天皇の後を追って出家し、菅原資忠も病で亡くなり為時自身も官を去り、翌永延元年（九八七）の春、同じ親王邸の桃花閣の詩宴で親王があの日を追想して懐旧の詩をよまれたのに次韻してよんだ為時の詩には、三人を哀悼し追慕し、自分のような才能のない人間が残り、親王様のかたじけない御恩をこうむり、親王様の凡庸な文学の奴僕にすぎない私をお屋敷に出入りさせていただいているのも、昔からの家司の一下僕だったからであろう、
とうたっています。

為時は自らを「翰墨之庸奴　藩邸之舊僕」といい、親王邸の旧僕であり、具平親王家の家司である、といっています。

式部は父に連れられて左京六条にあった具平親王邸・千種殿に遊び、親王の母・荘子女御にもお会いして親しくしていただいていただろうと想像します。

荘子女御の母と式部の祖母は姉妹でしたから、式部の祖母にとって荘子女御は姪にあたり、お会いすれば式部の祖母は、この利発な孫の話題をのせていたでしょう。

具平親王の妻は、あの安和の変で失脚した源高明の娘婿、為平親王の娘でした。

具平親王の姉・楽子女王は村上天皇の御代の伊勢斎王であり、この頃は千種殿に母女御とくらしていたと思われますので、この方とも式部は親しくお目にかかっていたと思われます。

式部は彰子中宮に女房として出仕する前、この具平親王家の女の童《めわらわ》として奉仕していたのではないか、という推測もあるようですが、『紫式部集』にはそれらしい和歌はなく、『紫式部日記』にも女房として出仕したのは彰子中宮が初めてのように書かれています。

為時は同じ永延元年（九八七）の詩の中で、「過ぎた昔を思うと心がいたみ、覚めながらも眠れるに似たり」とあり、「覚似〻眠」覚めていても夢の中にいるようで心が虚ろである、とうたっていて、この頃の為時の心の叫びが聞こえてきます。

すでに十五才になっていた式部には、父の心を共有できる内面的な理解力をもっていて、憂き世の中を、不条理な世の中を実感していたことでしょう。

しかし、為時は文人としては認められていてこの年の十月十四日、兼家の東三条第で八才になったばかりの一条天皇の行幸を仰いで落葉の詩宴が盛大に催され、為時も召されて文人として華やかな席に列し、正暦元年（九九〇）頃には大納言藤原道兼が粟田に造営した山荘の障子の名所絵に題してよまれた詩を、大江匡衡や紀斎名、高丘相如などの文人達とともに作文し、正暦四年（九九三）一月二十二日、宮中内宴の詩宴に、公卿以上に限られている綾の青色袍を着用した為時が出席しています。官人としてより文人としての為時の姿があります。

この頃の詩に「春の日閑居して唯詩を友とする」と題する詩が『本朝麗藻』にあります。

老いてますます詩を愛する心が尽きることなく、閑居してたゞ詩を友とするのみ、詩と私は心の中まで知り合った友人であり、知音の仲である、とうたっています。

為時にとって詩は身を安んじ慰めるものであり、一人静かに机に向かい坐す父の後姿を見て育った式部は　学問を愛し、白楽天を愛し、当節はやりの物語や物語絵を好む乙女に成長していったと思われます。

そして　為時が尊敬してやまない具平親王の詩に「贈二心公一古調詩」と題する詩があります。心公とは出家して寂心と称した慶滋保胤のことで、出家した保胤に贈った古調の詩です。

『今鏡』むかしかたりに、大内記のひじり保胤の事として、

中務の宮（具平親王）のものならひたまひけるにも、文すこし教へたてまつりては　目をとぢて仏を念じ奉りてぞ、怠らず務め給ひける

とあり、保胤は学問の師として具平親王に御教え申し上げるときでも、いつも仏を念じ申し上げて、怠らず務めている保胤の仏教者としての姿を伝えています。


具平親王の幼い時からの儒学漢文の師であった保胤の出家にあたって深い思いをうたい、今仏門に入った師に、まるで弟と兄みたいに私は君につき従い、願わくば極楽浄土に生まれ、ともに弥勒に会えますように。君は横川の源信僧都とともに行法を修して弥勒菩薩に遇おうとされ、私もたま〳〵それに参加することができた。

二人、ともに相次いで地獄めぐりに入るおりには、亡者たちをば尽く調べ直して罪を軽くしよう。

われらの分身は鬼畜をつき随えてたちまちに亡者たちの免罪をはらし、彼らをひどい苦痛から解き放とう。

世々に師と弟子として君の救勅をこうむって、私はあまねく法悦の食《じき》を衆生に分かち与えよう。

（『本朝麗藻』、畑中栄、高島要　柳沢良一訳　より）


「余有㆘生々誦㆓持㆖法花経㆒　教化衆生之願」

私はいきいきとして法花経を誦持し、衆生を教化して往生させたいという宿願がある、と祈りをこめてうたい、私はこの言葉を誓って決して忘れない、と強く結んでいます。

そして「相次入地獄」と、師の保胤と弟子の具平親王がともに相次いで地獄に入る、と言っています。

寛和元年（九八五）四月、源信僧都の『往生要集』が世に出たとき、そのすさまじい地獄の様相は衝撃的で、当時の貴族にとってそんな恐ろしい地獄に入ることなど思ってもみないことでした。厭離穢土　欣求浄土、と唱え極楽即ち浄土を目指し、そこに生まれることを願い修法を行っていて地獄に入ることなど考えてもいないことです。

清少納言は仏名会の翌日、定子中宮より地獄絵の屏風を、「これ見よ、見よ」と言われてその気味悪さに絶対見たくないと言って近くの部屋にかくれ臥した、といいますし、

和泉式部は『金葉集』に

地獄絵に　つるぎの枝に　人のつらぬかれたるをみてよめる

あさましや　つるぎのえだの　たわむまで　いかなるつみの　なれるなるらん

と、串ざしにされた罪人の姿を、いかなる罪か、と詠んで他人事としかみていません。

誰も地獄を自分のものとして見ていません。罪とか罰とか地獄とかは、我が身に一切かかわりのないもの、まして身分の高い貴族にはよそ事としか思えないことで、源信が『往生要集』で説いた真の意味の地獄を理解する人は少なかったようで、具平親王のような高貴な人がこのような詩をよむことは、為時、式部親子に強い印象を与えたのではないか、と私は思います。

同じ詩の中で、具平親王はこうも言っています。

人は皆栄利をむさぼり、上は大臣の位を求め、下は受領にのぞみをかけ、夜は財産の計算、明ければ東西に走りまわる。

しかし、銭の山、帛《きれ》の山は雲のあつまりにすぎない。

貴族も奴婢も同じこと、現世の利益を追いかけても、一朝秋の露のようにはかない命、夢に摘んだ

花の色に幻惑され執着してはならない。おそるべし、そこにはいばらのとげが茂っているから。

ここで具平親王は広く社会相をとらえて　源信の教えにより近づこうとしています。

『往生要集』が世に出たとき式部は十三才、保胤出家のときは十四才、この具平親王の詩が世に出たのはその後のことで、式部十五、六才の少女になっていた筈で、父為時からこの詩を聞かされて　具平親王、慶滋保胤、そして源信につながる仏の教えは　人間の生きる道を思索しはじめるきっかけになったのではないでしょうか。

「安和の変」の源高明、済子女王斎宮退下事件の章明親王、そして権力に与せず一人の親王として広い目をもって生きる具平親王、その姿に共鳴した式部は、後に源氏を主人公として現実の権力者藤原氏の対抗者として、源氏の物語を書いてみたいと思ったのではないでしょうか。

又、具平親王家と為頼、為時家が親しかったこととして、具平親王の男子、頼成が為頼の息子伊祐の養子になっていることです。

具平親王の子女は、嫡男源師房、長女隆姫（関白藤原頼通室）、次女敦康親王妃、三女嫥子女王（斎王、後に関白藤原教通室）があり、母は為平親王女《むすめ》となっていますが、頼成の母は別の女性（だから養子に出したのでしょう）で、『古今著聞集』によると、後中書王と呼ばれた具平親王が、雑役に従事するはした女を深く愛されて一子をもうけた、とあり、この子が為頼家に養子に出された頼成であったのでしょう。親王はいつもこの子を中心にこの母子を大変愛されていましたが、ある月の明かるい夜、広沢池の近くの遍照寺に詣でた際、彼《か》の女は物のけにとられて亡くなってしまった、とあります。

遍照寺は宇多天皇の孫の寛朝大僧正が、広沢の池の山荘を改めて、永祚元年（九八九）円融院が多くの公卿や侍臣を従えて渡御なさって、盛大な供養をして開かれた寺で、広沢の池には金色の十一面観世音菩薩が祀られた観音島があり、池畔には多宝塔など数々の堂宇が並び、釣殿には釣殿橋がかかり、月の名所でした。

後に、藤原範永が公任の息子定頼と遍照寺を訪れて、広沢の池の月を見て、

住むひとも　なき山里の　あきの夜は　月のひかりも　淋しかりけり（後拾遺集）

と詠んで、月の光がそゝぐ山里の寺の釣殿橋から見渡す観音堂や、池にうつる月を眺める秋の夜は心淋しくて、

いつも見る　月ぞと思へど　秋の夜は　いかなる影を　添ふるなるらむ（後拾遺集　藤原長能）

秋の夜の月は、いつも見る月とは違って特別な思いが添うようで、池に浮かぶ観音堂にふりそゝぐ月の光に誘われるように、かの女「おほかほ」は具平親王の手から離れていってしまったのでしょう。

この話は『古今著聞集』に語られているだけですが、具平親王家の家司でもあった為時から聞いた式部によって　源氏物語の第四巻、夕顔の巻の場面にとられているのではないか　と思われます。

悲しんだ親王は、父親王と母はした女の間にこの子を置いた三人の姿を絵に描かせて、車の物見の裏にかかげ、この車を「おほかほ」の車といって乗っていらっしゃった、とあります。

身分の低い一人の雑仕を深く愛された具平親王が、母親の死によって残された愛児の行方を案じて、親交のある為頼の家に養子に出されたのでしょう。

後に頼成の女《むすめ》祇子は、関白藤原頼通の妾となり、寛子（後冷泉天皇皇后）師実（摂政家を継ぎ関

白）を産み、従二位にのぼっています。
伯母にあたる隆姫は、頼通の正妻でしたが子がなく、祇子は隆姫に遠慮しつゝ多くの子をなし、師実は後継者となり、具平親王—頼成—祇子—師実と栄花に恵まれたのも　具平親王の生き方にあったのではないかと思います。式部はそこまでは知らなかったと思いますが。
源氏物語にあらわれた光源氏の性格は
「ひとつさまに　世の中をおぼしのたまわぬ御本性」といい「人の上を難づけ、おとしざまのこと言ふ人をば　いとほしきもの」とお考えになっていて、この多角的で多面的な物の見方は式部の一筋通った思考であり、具平親王の影響が大きいのではないかと思います。

六　物語絵を好む乙女たち

「国宝源氏物語絵巻」の現存する十九図の内の一図、東屋（一）は、浮舟が目の前に絵冊子を置いて、隣で女房の右近が物語冊子を読むのをじっと聞いている図で、これは平安時代の物語鑑賞法を示した有名な図になっています。

浮舟の前には、開かれている絵冊子の外に、二冊の絵冊子と巻物一巻が一寸離れて置かれています。とに角八百年を経たこの絵巻は、絵の具の剥落がひどく、一九七三年（昭和四十八年）発行された平凡社の「別冊太陽・源氏物語絵巻五十四帖」に掲載された同図の写真では、右近の読む物語冊子には文字を表わす黒い点々がはっきり並んでいますが、二〇一八年（平成三十年）十二月に徳川美術館で拝見した同図の物語冊子は、黒い点々は消えてしまってまっさらの状態になってしまって、かつて文字が書かれていた痕跡すら残っていません。一九三二年（昭和七年）保存を目的に額面装にされて、私共がずっと見てきたのは、一面一面額に入れられた絵と詞でしたが、額面装にしたことで本紙が常時空気に晒されて負荷がかかった状態になってしまい、元の絵巻物装に戻すことになり、二〇一二年（平成二十四年）から修理に入り、江戸時代から何重にもされた裏打ちなどを丁寧にとり除き、後世にながく伝えられるように、元の巻物装に戻して今回公開されたのだそうです。

当時は、物語は耳から聞き目で見るものだったようで、文字の書かれた冊子と絵が描かれた冊子が対になって、物語として受容されていたようです。

永観二年（九八四）十一月、花山天皇の同母姉の尊子内親王のために源為憲が書いた『三宝絵詞』

は、絵と詞が作られましたが、現在伝わるのは詞の方だけで絵の方は伝わっていません。

『三宝絵詞』によると、世の中には物語といって　女の御心をやる物が浜のまさごの数よりも多くあるけど、まことの心を書いたものはないので、佛典の偈に言われるように

「あまたの貴きことども絵にかかせ、また経と文を加えそえて」尊子内親王に奉った、とあり、絵が主体でした。

尊子内親王は、二才のとき父冷泉天皇の賀茂斎院となり、天延元年（九七三）八才のとき母懐子女御の死により退下、天元三年（九八〇）十月二十日、十五才で父の弟、円融天皇に入内、承香殿女御となりましたが、その一ヶ月後、十一月二十二日内裏焼亡、世人から「火の宮」と呼ばれた不運の内親王で、天元五年（九八二）四月九日の『小右記』によると、「昨夜人に知らしめずして、密かに、みずから髪を切って」突然落飾します。

その一週間前の四月二日、後見のない内親王が唯一頼りにしていた母懐子の義弟、藤原光昭が亡くなったことを受けて、翌三日急に宮中を退出し事に及んだものでしたが、当然宮中は大騒ぎとなり、邪気のためとか、年来の本意であったとか流言が入り乱れて、円融天皇からはしきりに仰せ言があった、と『小右記』は綴っています。

その二年後、弟の花山天皇が即位するなか、源為憲が内親王のために『三宝絵詞』三巻をあらわすのですが、その翌年寛和元年（九八五）五月一日病のため二十才で薨じられます。

『栄花物語』には「いみじう美しげに、光るやうにておはします」とあり、円融天皇もこの姪御の内親王をことの外慈《いつく》しまれたであろうと思います。

同じ年の六月十七日、亡くなった内親王のための願文を慶滋保胤が書いています。

出家というものは、老年の寡婦か、病弱で両親のない者がするものであるが、内親王は先帝（円融上皇）の女御、今上帝（花山天皇）の姉宮という貴い身分で出家をしてしまわれた。

これは佛の化身に違いない。

そして尊子内親王が亡くなる一ヶ月前、源信の『往生要集』がなっています。

この薄幸な内親王が亡くなったとき　式部は十三才の少女でした。

ところで、源氏物語には「輝やく日の宮」という巻があったことが藤原定家の源氏物語の注釈本『奥入』にあります。

一説として、一、桐壺　二、かゞやく日の宮　三、帚木　四、夕顔があげられ、「もとよりこの巻なし」と書かれ、桐壺の巻と帚木の巻の間にかゞやく日の宮の巻があげられているけど、この「かゞやく日の宮」という巻は元よりない、ということのようです。

「日の宮」は「火の宮」に通じ、「火の宮」は「妃の宮」に通じ、「日の宮」は尊子内親王のことではないでしょうか。

『大鏡』や『栄花物語』には　尊子内親王のことを世の人が「火の宮」とおつけした、とあり、「ひの宮」と言えば尊子内親王のことであり、誰でも知っていました。

高貴でも若くても美しくても、定まりのないこの無常の世の中を宿世のまゝに生きていくしかなかったこの時代、尊子内親王は自からの生き方を自から選び、『三宝絵詞』の佛の世界に遊び、二十年の命を寿ぎました。

十三才の少女式部にとって　尊子内親王の死は女性の生き方に興味を抱くきっかけになったのではないでしょうか。

今、想像をたくましくすると、「輝やく日の宮」は物語好きの少女式部によって書かれた尊子内親王を主人公とした小作品、短篇物語ではなかったでしょうか。そして、いつのまにか同じ作者の作品として源氏物語の一巻とされたことがあったりして、しかしその続きのわるさから消されて、定家の時代には名のみ伝わり、なくなっていた、と私は想像してみるのですが、どうでしょうか。

物語絵といい、絵物語といい、また女絵、男絵といい、歌絵、紙絵といい、式部の時代にはこのような絵が女性のまわりにいっぱいありました。

源氏物語の第四十七巻総角の巻には、匂宮が姉の女一宮の御方へ行くと物語絵や歌絵がいっぱい散らばっているのを見て、その中の山里の風雅な家居に恋する男女を描いた女絵に目がとまり、宇治の中の君にあげたいと思い、姉宮に請う場面がありますが、この御絵どもは紙に描かれた一枚絵のようで紙絵と呼ばれた絵のようです。

そして、女一宮が匂宮の見ていた在五が物語の絵を、「おし巻き寄せて」几帳の下よりさし入れよせた、とあって、その絵を手許に巻き寄せた、という表現は、一枚の絵が巻いた状態になると理解できます。

室町時代の十六世紀の絵ですが、土佐光信筆と伝わる、天理図書館蔵の源氏物語表紙絵（絵合）を見ると、正面に光源氏がその横に紫の上が座し、その前に二枚の紙絵とおぼしき絵と巻物二巻が描かれていて、正面に大きくひろげられた絵は紙絵のようで、その両端が内側に軽く丸く巻かれた状態になっていて、正面には男が一人、鍬をもって田を耕している遠景には田舎家と山並が描かれていて、これが紙絵と呼ばれる絵ではないかと思われます。

薄い和紙は裏打をしないと丸まってくるので、一枚絵は筒状になり、運び収納するのも一枚一枚平らに重ねたのではなく、丸めて運び収納し、見るときは両手でひろげて見たと思われます。

尚、この絵は塩を汲む作業とみて、須磨の絵日記風とする見方もありますが、撒いた海水をひろげる細攫（こまざらえ）や柄振（いぶり）などでなく、やはり鍬のようにみえます。

このような紙絵は手軽に誰もが描け、女性たちの間では手すさびに絵を描くことがはやり、源氏物語の中には絵を好み絵をよくする人物が沢山出てきますので、式部自身も絵を好み絵を描き、童友だちの間でもお互いに描いた絵が交流し　男性によって作られた物語に、女性達が女性好みの優雅な情緒あふれる絵を描き、楽しんでいた様子を想像します。

そしてその中に「輝やく日の宮」も式部の作として流通し、童友だちのなかで好評を得ていたかもしれません。

源氏物語のような大作は一朝一夕にできるものではなく、試行錯誤を繰り返していた筈で、もっと沢山の小作品があり友人達の間で愛好されていたにちがいありません。

『かげらふ日記』の作者は、「深刻な物思いをするよりは、私の亡き後に残った人の思い出として見てもらいたい、と絵をかく」と言っています。その絵は「我が絵日記」なのでしょうか、それとも「我が物語」なのでしょうか、女性のまわりには、絵と物語がいつもあったことを知ります。

それらの絵は残念ながら現物はひとつもなく　どのような物であったのか想像するしかありませんが、ここに平安時代にはやった歌絵の例ではないか、といわれる冊子があります。五島美術館所蔵の重文の観普賢経冊子の十二世紀の残闕で、粘葉綴の全八丁十六頁分の小さな冊子ですが、その内の第五丁裏と第六丁表に彩色下絵された冬ごもりの光景が、次頁七丁、八丁に散らし書きの『古今和歌集』の紀貫之の和歌の歌意を、うつし描かれたものです。
古今和歌集　巻第六　冬歌
雪の、木に降りかかれりけるをよめる
貫之

冬ごもり　おもひかけぬる　木の間より　花と見るまで　雪ぞふりける

第五丁裏の左隅に梅の樹が一本、大粒の雪が梅の樹に咲く花のようにきらきらと降りそそぎ、見開きの第六丁表は部屋の中で、中央に大きな囲炉裏を囲んで男女四人が描かれ、手前に夜着をかつぐ男の寝姿、囲炉裏の右側に赤ちゃんを抱く女房、囲炉裏の向こう側には女房の後姿、そして囲炉裏の左側、庭に面したところに、雪が降り積もる庭の梅の樹を眺めている女性の横顔が描かれ　この女性が主人公で貫之の歌心を表現しているようです。この歌絵の上には現在は観普賢経の経文が漢字で書かれていますが、この歌絵を描いた女人が亡くなって、その供養としてこの経文が書かれたのではないか、と言われています。

このように歌絵は絵と和歌が一枚づつ書かれて一対になっていて、物語絵も歌絵も、絵を描く人の技術的なことよりもその人のセンスが問われ、物語や歌の心をどうとらえるかがその絵の善し悪しをきめ、この観普賢経冊子の歌絵を見ていると、平安時代の女性の雅趣に富んだ絵心と教養の高さが理解でき、式部のような女性が沢山いたことを知ります。

女性たちの手すさびで始まったと思われる絵は、宮廷に所属した公的な絵画制作を担当した絵所の専門の絵師が描く、濃彩の作り絵が描かれるようになり、技術的に高まりました。

作り絵は、墨線で描かれた下絵に従って画面全体を濃密な顔料で余白なく厚く塗っていき、最後に人物の顔や服、調度などを墨線で描き起こす方法です。

政府機関としての絵所には、事務を司る別当の下に、専門絵師の「預《あずかり》」と「墨書《すみがき》」がいて、さらに補助的な雑工がいました。

「墨書」は、彩色絵の線描きの役で、墨の輪郭、構図を描き、色彩の指示をする師匠級の絵師でした。

絵に関して極め付きの巻は、源氏物語の第十七巻絵合の巻です。

桐壺帝の皇子ということにはなっていますが、光源氏と藤壺の子である冷泉帝（十三才）と光源氏の養女である斎宮女御（梅壺、二十二才）のお二方は絵が大好きで、ご一緒に絵を描き合うところからこの巻は始まります。

冷泉帝は、美しい斎宮女御が画趣豊かに正式の絵師の描法ではなく、自由に描きすさぶ姿がなまめかしく愛らしくて　梅壺にしげくお渡りになってご一緒に絵を描き合っていらっしゃいます。

冷泉帝は殿上の間に伺候する若い侍臣たちが、まねをして絵を描き始めたことにも　ことのほかお喜びになるほどに絵がお好きなのです。それを知った弘徽殿女御の父、権中納言は負けじとばかり、大層上手な絵師どもをお召しかかえになって、良い絵を描かせています。なかでも物語絵は情趣があって見所があるものといい　図柄がくわしくて親しみ深いものともいい、紙絵は画面が狭くて山水の悠々とした趣を見せ尽くせないものだが　ただ筆先の技巧や趣向のたくみさに飾られて　最近できたような手軽なものであっても昔の絵に劣らず、はなやかで「あな、おもしろ」と思われる点はかえってまさっている、といいます。権中納言の推す弘徽殿方は当節の新作の物語で興深い絵ばかり、光源氏の推す梅壺方は昔の物語で名高く由緒ある絵ばかりを、この絵合せのためお集めになった、とあります。

そして　藤壺中宮の御前で左右にわかれて物語絵合せが行われますが、決着がつかず、源氏の提案で内裏の絵合せが冷泉帝の御前で大々的に催されることになりますが、最後は梅壺方から出された源氏の須磨の絵日記により左方が勝つことになります。

この絵日記は　最初は一帖づつの冊子になっていて箱に入れてあったのですが、内裏の絵合せに出すため巻物にしたためた、とあります。源氏は昔の墨書の専門の絵師にも劣らぬ絵の名手でしたから、須磨にあって心の限り思いすまして静かにお描きになった絵は、浦々の自然描写の中に源氏のお心がそのまゝあらわれていて、見る者の涙を誘いました。

一枚一枚の紙に絵が、一枚一枚に文字が平仮名書きで、所々草の手で各字を連続させず　万葉仮名（いわゆる漢字）を書きまぜた書体で美しく書かれています。

この内裏絵合は、天徳四年（九六〇）村上天皇の御代に催された、天徳内裏歌合の模様に従って式部が創作した物合の一つであり　絵合が当代の冷泉帝の御代から始まったと　後代の人々が言い伝えるような事例になるように、と源氏はお考えになって、女房むきの私ざまのはかない遊びでも、目新しい趣向をこらしてお催しになった、とあります。

記録にのる実際の絵合が行われたのは、永承五年（一〇五〇）四月二十六日　後朱雀天皇と麗景殿女御（延子）の間に生まれた正子内親王のために催された絵合で、正子内親王絵合とも麗景殿女御絵合とも呼ばれる絵合のようです。

延子女御の父、道長の男、頼宗右大臣の後見で　外孫の六才の正子内親王のため催した絵合で、昔からの花合や草合より目新しいもので幼い内親王が御覧になるにも絵合が良いだろうと歌の心、よみ人を絵にかいて合わせ、相模、伊勢大輔ら女房が和歌を詠み　左は古今絵七帖とあたらしき歌絵のかねの草子、右は絵の草子六帖とあたらしき歌絵の草子一帖を合せますが、「おぼろげにては見さだめがたし」と勝負なしになります。

絵合という行事を考え、思いつくほどに式部は絵が、ことに歌絵や物語絵が好きだった、ということでしょうし、友人たちと一緒に絵を描いたり集めたり、式部自身の創作した物語絵が友人たちの間で流通し人気になっていた　などと想像するとわくわくします。

沢山の紙絵を座敷いっぱいにひろげて、品評し合って楽しんでいる乙女達を思うと、はるか昔、一千年前の平安京が親しみのあるものに思えてきます。

七　『かげらふ日記』と『賀茂保憲女集』

物語と物語絵の大好きな少女式部のまわりには大勢の女友達がいて、その賢明な人柄は尊敬され、何事も積極的な式部はリーダー格的存在であり、最愛の姉の死後も友人とお互いに慰め合う交流が続いていて、『紫式部集』に残された和歌がなかったらこのような女友達との交流はわからなかった、と思うと少女時代の和歌の存在は稀有で貴重です。

賀茂に詣でたるに、「ほととぎす鳴かなん」といふあけぼのに、片岡の木ずゑおかしく見えけり。

（一三）

ほととぎす　声待つほどは　片岡の　杜《もり》のしづくに　立ちや濡れまし

朝早く多分女友だちと一緒に上賀茂神社に詣でて　ほととぎすの声を聞きに行ったときのことです。ほととぎすの鳴くのを待ってじっと梢を見つめている乙女たち、朝露に立ち濡れながらそっと耳をすませている清純な姿が想像されて、やはり式部一人ではなく親しい友人と一緒に肩を寄せ合っている情景を思い浮かべます。

弥生のついたち、河原に出《い》でたるに、かたはらなる車に、法師の紙を冠にて、博士だちをるを、憎みて、

（一四）

祓戸《はらいど》の　神のかざりの　御幣《みてぐら》に　うたてもまがふ　耳はさみかな

三月の上の巳の日、賀茂河原で除厄息災を念じて祓が行われますが、式部が河原に出てみると仏教の法師が陰陽師のまねをして、坊主頭に紙冠をかぶってお祓いをしています。白い三角の紙を冠のように額にのせ、両辺の三角になった端紙の両端を両耳の後から前に耳はさみをして垂らした形が、手に持つ白い御幣《みてぐら》の形とそっくりで、法師自身が御幣《みてぐら》になったような姿を、式部は面白がっているようです。

当時、陰陽師と呼ばれる人々が生きるためのなりわいとして、庶民のお祓いをしていて、清少納言は『枕草子』で、「見苦しきもの」としてあげていますが、慶滋保胤は陰陽法師を見て、仏弟子が陰陽師のまねをして、ととがめますが、法師が、「上人にもなれず、いかにして妻子を養い我が命をつなぐことができようか」と訴えるのを聞いて、堂を建てるために勧進したものをその僧に与えた、という話が、『宇治拾遺物語』にあります。

見苦しいものでもあるけど、庶民が僧より陰陽師の呪術的御祓いを信仰していることを知っている式部は、「憎みて」とありますが、本当に憎んではおらず、世の中の無盾を現実的に受けとめているように見えます。

少女の式部はこの頃からすでに世の中を一面だけでは見ず、他面的に見る広い目を持っていました。前のほととぎすの和歌のような、清純な乙女心とは相対するような大人びた和歌と、少女時代の式部の心を知ることのできる興味深い二首です。

式部が少女時代をおくっていたとき、男性の手になる物語にあきたらない女性が、自らの生き方を日記に綴り世にひろめました。

『蜻蛉（かげらふ）日記』の作者と『賀茂保憲女集《かものやすのりむすめ》』という私家集の作者、賀茂保憲の女《むすめ》です。『かげらふ日記』の作者は式部と同じように名前がわかっていませんので、夫兼家との息子の道綱の母と呼ばれています。

やはり式部と同じように、父は受領の藤原倫寧の女《むすめ》で、後に摂政となる藤原兼家に見染められて、本妻ではないものの、三大美人に数えられるほどの美人で、すぐれた歌人でもありましたが、式部と違っていたことは何よりも気位が高く、夫の兼家の女ぐせが許せなかったことです。

天皇をはじめとして男性は数人の女性を妻にすることがあたりまえだった時代、百日百夜毎夜私の所に通ってきて私を愛して欲しい、と日記に書くほどの女性で、その人が日記を書く動機は、日記によると、世の中には物語がいっぱいあるけど、どれを読んでも絵空事ばかりで本当の女性を書いたものはひとつもないので、私のような平凡で何の取り得もない人間だけど、私の生き方を日記に書いて読んでいただけたならば、臣下では一の人である摂政兼家の妻になった女なんてこんなもの、とわかっていただけるのではないか、と思うのです。でも私は、思うようにならない我が身を嘆いてばかりいて、新しい年がめぐってきても一向に嬉しくもなく、ものはかない我が身と生き方を思うと、あるかなきかの思いがして、この日記はかげらふのような女の日記ということになると思います、と書いています。

上中下三巻の日記は先例の紀貫之の『土佐日記』をならっているとはいえ、これは日記というより私小説であり、夫兼家に対する不満、嘆き、憤りなど悩み思うことをあからさまに書き、兼家の相手の女性に対しては憎しみ、妬みを胸のあくまで述べ、我が子道綱に対しては母親として最大の愛情をそそぎ、亡くなった母や頼りに思う父や姉に対しては家族としての深い思いやりを見せ、一人の女性の生き様が美しくも悲しくも表現されています。この日記は作者が十九才の天暦八年（九五四）から天延二年（九七四）作者三十九才までの二十年余りの記録であり、紫式部は天延元年（九七三）の生まれと設定していますので『かげらふ日記』の出来事は式部誕生以前のことで、この日記がまとめられ公になったのは　大体天元五年（九八二）頃ではないかといわれていますので、式部十才の頃でしょうか。

それより以前、数々の物語はあったものの、このような平仮名で書かれた、女性による文学作品があったという記録は、現在までないので、この日記こそ源氏物語の先駆といってもいいのではないかと私は思います。

文字を持たなかった我々の祖先は、中国大陸から入ってきた漢字を受け入れて、万葉仮名から草仮名、そして平仮名（女手）と発展し言文一致の文章をもって物語が書けるようになって、ここに一人の女性が初めて、多分試行錯誤しながら絵空事ではないありのまゝの自分を日記という形で公にしたことは、当時の人々を、ことに女性を驚かせ、十才の少女式部もその刺激を受けた一人ではなかったか、と思われます。

真名と呼ばれる漢字で書かれた漢詩文学が主流とはいえ、仮名で書かれた物語は女子供の物と哀められていても、心の言葉をそのまゝ表現して感動させることができることを、この『かげらふ日記』は知らしめて、女性達を鼓舞したと考えると、平安京に生きる女性達の姿がいきいきと見えてきます。

この後に続く『枕草子』の清少納言、『源氏物語』の紫式部、『更級日記』の菅原孝標の女、『栄花物語』の赤染衛門や出羽の弁、等々女流文学者が輩出され、後世の我々から見ると正統な男の漢詩文学より女流文学の方に重みを感じるのです。

実は紫式部の母方の祖父の兄藤原為雅の妻が『かげらふ日記』の作者の姉であり、清少納言の姉が『かげらふ日記』の作者の同腹の兄理能の妻であり、『更級日記』の作者の母は『かげらふ日記』の作者の異腹の妹であり、いずれも『かげらふ日記』の作者と縁つづきであることは不思議なことではありますが、平安朝の貴族の世界は存外と狭い範囲の中にあったように思います。

うわさがたてばパッとひろがり、事件がおこれば「世の中ゆすりて」誰も不安に思い、だから「人笑へ」になることは屈辱であり、絶対に避けなければならない生活の上の戒めでした。

一方、賀茂保憲の女は天文道に通じ陰陽家として名高い賀茂保憲の女として、道綱の母より少し後に生まれ、紫式部より少し前に生まれた、同時代に生きた女性で、自撰私家集『賀茂保憲女集』を残した歌人で、父賀茂保憲の弟慶滋保胤の姪にあたります。

彼女は女房として公に出仕することもなく、一生父の保憲の家ですごしたらしく、公に知られることなく、寛弘二年（一〇〇五）から同四年（一〇〇七）の間に成立した勅選和歌集『拾遺和歌集』に「読み人知らず」として一首採歌されていますから一応世間には知られていたのでしょう。後のことになりますが、冷泉家時雨亭文庫蔵『賀茂女集』の表紙に藤原定家が、「一首の取るべき歌なし」と書いていて定家には評価されませんでしたが、定家も撰者の一人である『新古今和歌集』に同じ撰者の藤原雅経の撰により「読み人知らず」として一首がとられています。その後貞和二年（一三四六）『風雅集』には二首が賀茂保憲女としてのせられ、『新続古今集』に一首、『秋風和歌集』に四首、いずれも「賀茂のをんな」として採歌されて評価されていきます。

『賀茂保憲女集』は実にユニークな家集で、私家集であるのに勅撰和歌集のような総序の文があり、それは鴨長明の『方丈記』にほゞ匹敵する量をもつそうですが、序詞、枕詞、掛詞、縁語が多く、その上、荒削りの仮名文で、錯誤もあるらしく大層読みにくい文です。

先達の助けを借りながら読んでいくと、

我が身の如く悲しき人はなかりけり。

人間どころか鳥虫にも劣り、草木にも等しくない存在であり、はかない世の中でも万物は最も輝く瞬間をもっているので我が前途への望みをもっていたけど、今、年をとっていくまゝに卑しき我が身には友とする人もなく、拙なき身には雅びやかなこともない。

そして万物は本来平等であるけど、実際は万物に差別があり人の世も同様である。

といいます。

その人の子供広くなりて　賢きは高き人となり、幼きは下卑《げす》き身と定めける。

しかし人は皆同じゆかり也。

されば高き卑しきなぞは鳥こそあれ、いつも高き卑しきあらむ。

人は皆平等であり、貴賤もまた男女の仲も幸不幸も定まったものではない。

と言い切っています。

そして結びの言葉として、当時流行していた疱瘡《もがさ》（天然痘とも麻疹とも）をひどく病み、それだけではなく多くの病をしてかろうじて助かり、予後のつれづれに　我が身のはかないこと、世の中のつねないこと　たゞ心ひとつに思って和歌を詠み、この和歌によって蘇ってこの集をあんだことを述べ

疱瘡の盛りに目をさへ病みければ、枕上に面白き紅葉を人の置いたりければ

くもりつゝ　涙しぐるる　我が目にも　猶もみぢ葉は　あかく見えけり

と、うたい、その後に二百十首の和歌が続き、歌集になっています。保憲女がいつ疱瘡を病んだのかわかりませんが、正暦四年（九九三）の大流行のときではなかったかといわれています。

その斬新な思考と和歌の清新さを明治生まれの詩人、生田春月が昭和二年（一九二七）に発行した『山家文学論集』で、「王朝時代の二女性」としてあげ、（あと一人は菅原孝標女です）あの華やかな平安朝にも、こんな寂しい女性がいた、と書いて紹介しています。

『保憲女集』の成立が正暦四年（九九三）の疱瘡流行の年から『拾遺和歌集』の成立する寛弘四年（一〇〇七）までの間とすると、紫式部の出仕は寛弘二年（一〇〇五）ですから式部の結婚から寡婦時代のころでしょうか。

『新古今和歌集』の巻第十八、雑歌下に　読人しらずとしてとられた保憲女の和歌、

そむけども　天の下をし　離れねば　いづくにも降る　涙なりけり

この世を背いて出家しようとも、天（雨）の下を離れないのでどこにでも涙雨は降ります。この地に安住の地はないのでしょうか。どうして涙ばかりふるのでしょう。

この和歌からは、生田春月のいう寂しさがあふれ出ています。

式部が『紫式部日記』の中で、所謂消息文といわれるところに、自分の誦経生活への願いを述べたところがあります。

たゞひたすらこの世をそむき出家しても　弥陀来迎の雲に乗って往生するまでの間に心がぐらつくようなこともありそうで、ためらっています。

誦経の生活への願いも私のような生れながら罪業の深い者にはかならずしもかなわないでしょう。前世からの宿命のつたなさが感じられることが多いので、よろずにつけて悲しうございます。

そしてこの消息文の最後に、

身を思ひすてぬ心の　さも深うはべるべきかな。なにせむとにか、はべらむ。

私は俗世に生きるわが身可愛さの未練な心が何と深いのでしょう。

そのような未練な気持で誦経の生活への願いを口にして一体どうしようというのでしょう。

憂き世の中を我が憂き身が生きていく試練　そこに矛盾を感じながら耐えて自省する式部の本心が正直に書かれています。

賀茂女も、たとえこの世をそむいたとしても、この穢土にくらすかぎり、涙がいつも共にある悲しい自分であり、仏の尊い教えをお聞きしてもこの穢土を離れられない、未練な心を捨てられない、悲しい自分です、と我が本心を吐露しています。

『賀茂女集』にのる次の和歌は、式部の源氏物語にとられている用例です。

冬ごもり　人もかよはぬ　山里の　まれの細道　ふたぐ雪かも

この「まれの細道」（人通りが稀な細道）が第五十一巻浮舟の巻に、匂宮が宇治にいるという浮舟を訪れる場面に使われています。

京には友待つばかり消え残りたる雪　山深く入るまゝに　やや降り埋みたり。

常よりもわりなきまれの細道をわけ給ふほど、御供の人も泣きぬばかり恐ろしう、わずらはしきことをさへ思ふ。

この「まれの細道」という言葉はこの『賀茂女集』が初例だそうで　式部は源氏物語の中で、薫が囲っている浮舟のいる宇治へ、いつもより難儀な雪の降り積もり埋まった、人もめったに通らない道をも何ともせず行く匂宮の奔放な性格を踏まえて使っています。

道綱の母と賀茂女の共通点は、公の女房仕えをしたことのない家庭人であることです。視野が広く、自己意識の高いこの二人の家庭婦人の存在は、この時代特別だったのでしょうか。この二人の女性の批判精神はどこからきているのでしょうか。

『賀茂女集』に、日本の国は、唐土《もろこし》のさかしく賢いことより劣っているけど、なまめかしく、たおやかなことはまさっていて、風土も美しいけど　人の心あはずして　をかしきことは少なくして憂きことは多かり。

と言っています。

日本の国は優艶で美しい国なのに、人の心が一致せず、明かるく知的なことが少なくて、つらいことの方が多い、というのは、岡一男先生によれば、平安中期の摂関政治、および荘園経済の発展にともなう権力争奪、社会不安、神経戦争の険悪な世相、人心が痛々しく表現されていて、女性として政治的社会的批判にまで及んでいる、とされています。

陰陽道をもって暦博士の家に生まれた彼女は、豊富な知識に恵まれ、広い視野で、社会全体を見る目があり、女性の置かれている位置からの発言とも思われ、それは、紫式部とも道綱母ともに共通する思いであり、十世紀の我が朝にこのような女性達がいたことを、二十一世紀に生きる者として誇りに思うところです。

第二章　越前への旅

一　為時　越前守に

寛和二年（九八六）七月二十二日花山天皇の退位を受けて、七才の一条天皇が即位しました。

一条天皇の母詮子皇太后の父藤原兼家が念願の摂政となり、同母の息子たち、道隆、道兼、道長の三兄弟の性格はとりどりでしたが、末弟の道長は翌永延元年（九八七）十二月土御門の源氏の左大臣雅信の女《むすめ》倫子と結婚します。

『栄花物語』によると、倫子の父雅信は、口ばたの黄色い青二才を婿どるなど、もっての外、と絶対に許さなかったそうですが、母の穆子が道長の特性を見込み、「この君こそ婿にすべき君」とすっかり気に入り結婚できたことを道長は一生忘れず、八十六才の長寿を全うした穆子のため孝養をつくしたことが自らの日記『御堂関白記』に語られています。

このとき二十一才の道長は従三位左京大夫でしたが　結婚の翌年の一月二十九日には権中納言に昇進していて青二才どころではないのですが、兄の道隆や道兼にくらべての雅信の言葉だったのかもしれません。

そしてこの年、長女の彰子が生まれました。式部は十六才になっていました。

この寛和二年（九八六）の一条天皇即位から正暦元年（九九〇）七月二日の兼家の死までのおよそ五年間は摂政兼家の時代であり、疫病の流行もなく比較的におだやかな流れの中で目立ったのは、兼家による我が息子たちの官職を強引に引き上げる手法でした。

実はこの永延二年（九八八）一月十六日、式部の母方の曽祖父、藤原文範中納言が八十才になるのをもって致仕の上表を提出して　息子の為雅の伊予守任命を申請しました。

　致仕は律令法では数え年七十才以上になった官人は致仕を申し出ることができ、致仕を認められた者は位田、位封、位禄は在任中のまゝ、職封、職田は致仕前の半分が支給されましたが、季禄は支給されず　又致仕した者が参内した場合は　現職時代の職と同じ官職についた者の前が充てられる、ときめられていました。

　藤原文範は式部の母方の祖父為信とその兄為雅兄弟の父であり、従二位中納言までのぼり、醍醐朝、朱雀朝、村上朝、冷泉朝、円融朝、花山朝、一条朝と七代に仕えた公卿で、具平親王と漢詩のやりとりをするほどの詩人でもあり、政界では民部卿を兼ね重鎮として活躍していました。

　寛和元年（九八五）三月六日、小野宮実資は民部卿文範の所領の小野山荘に花見に出かけ、和歌を詠み、翌七日は円融上皇が花見に近くの観音院から御幸され、八日には関白太政大臣藤原頼忠が花見に訪れ、文範の小野山荘は桜の名所でした。

　観音院は天禄二年（九七一）文範が創建した大雲寺の中に、朱雀天皇の内親王昌子冷泉帝皇后がこの年、寛和元年（九八五）二月二十二日建てられた寺で、同じ北山にあり、式部も父為時とこの寺や山荘をしば〲訪れて、曽祖父の文範とも遊び、秋は紅葉が美しく、実資も兄の高遠とともに遊んでいますので　春、秋のこの山里は式部のお気に入りで、落葉宮の小野の山荘、浮舟の小野山荘、そして光源氏が若紫を見出す北山の寺の風景など　みなここにあり、少女時代の式部のもっとも親しい場所であったのではないでしょうか。

　八十才になった文範が永延二年（九八八）一月十六日致仕し、中納言の職掌を辞退したことは　兼家にとって道長にとって願ってもないことでした。

道長はこの前年九月二十日従三位左京大夫、十二月倫子と結婚、翌永延二年（九八八）一月二十九日参議も中将も経ずにそのまゝ権中納言になりました。

中納言昇進のためには参議の年労を積むこと十五年以上の者とされていましたが、ここに参議を経ずして中納言に任じられる「不経参議」の慣例が作られ、以後道長の子息たち、頼通、教通、頼宗、能信は参議を経ずして権中納言に上っています。

式部の父為時は、寛和二年（九八六）花山天皇退位後散位十年、長徳二年（九九六）一月二十五日の縣召除目で「大間書」に

越前国　守　従四位上　源朝臣　国盛
淡路国　守　従五位下　藤原朝臣　為時

とあり、やっと受領に任命されました。
ところが一月二十八日の『日本記略』には
「右大臣道長が参内し、にわかに越前守国盛の職を停め　淡路守為時を越前守に任ず」
とあって、下国の淡路国の守から大国の越前国の守に任じられました。
このことは後世になってさまざまの逸話をうんで『今昔物語』『今鏡』『古事談』『十訓抄』『続本朝往生伝』などに語られています。それらによると
為時朝臣は淡路国が下国であることを不服として、書《ふみ》とも申文ともを　女房とも内侍ともに出して一条天皇に訴えた。その句は、

苦学寒夜　紅涙露襟　除目後朝　蒼天在眼

寒い夜、苦学して涙は紅い血となって襟をぬらし、除目のあった翌朝、望みはかなえられずたゞ蒼

い天を仰いで嘆くばかりである。

これを御覧になった一条天皇は、食事も召しあがらず夜の御帳に入られ涕泣なさっている御姿を、参内して見た道長が、すぐ国盛朝臣を召して辞状を出させ、為時朝臣を越前守に任じた。

とあります。

『今昔物語』には、この申文の漢詩に一条天皇が感動されたため、とありますが、一条天皇はまだ十六才の若さとはいえ、『本朝麗藻』にのるすぐれた漢詩を作る文人であり、その一条天皇を感動させるほどの文とも見えず、『続本朝往生伝』の大江匡房は、越前守をとられた源国盛朝臣は家中の上下の者が涕泣し、国盛自身も播磨守になったものの病を得て死んだ、という話にまで発展させています。

しかしこれらの逸話には不信な点が多くあり、一月二十五日の除目の日から一月二十八日の道長の突然の任地替えまで中二日しかなく、この間直物があったとしても、この申文が書かれ上奏されるまで日がなさすぎますし、それよりこの申文は淡路国の不服は言っておらず　十年の間散位であった為時にしてみれば受領に任命されればよかった筈であり、どうして一条天皇と道長が越前守を、と考えたのかわかりません。

また国盛が任じられた播磨国も大国であり、下国の淡路守におとされた訳でもありません。

為時にあっては一条天皇即位の翌年、初めて東三条第で開かれた落葉の詩宴に文人として出席し幼帝一条天皇の御姿を拝し仕官の思いを抱くものの、学者肌の為時であってみれば、権勢家に阿《おもね》る社交性は持ち合せていません。学問の道を歩むにしても、この頃は家業として世襲化され、菅原氏、大江氏、藤原氏の南家、式家、北家のうちの日野流の五つの家系が交互に文章博士二名についてその地位を占めるようになっていて、文人として高く評価されている為時ではあっても仕官はならず、うっ積したものがあったと思われます。

そんな父の背中を見て育った式部も長徳二年（九九六）には二十四才の成人女性になっていました。

　この年、長徳二年（九九六）一月五日、『小右記』は一条天皇が母后東三条院を朝勤行幸した記事の最後に、民部卿藤原文範が東三条院に参内したことを伝えています。

この月の末にある除目を見据えての東三条院への訪問とみると、いろいろのことが想像されます。

このとき八十七才の文範は、息子の為信の女《むすめ》の婿である為時のことをずっと気にかけていて、東三条院を介して一条天皇に孫婿為時の仕官を願い出たのではないでしょうか。

　かつて永延二年（九八八）一月十六日八十才をもって中納言を致仕した文範は、為信の兄の為雅の仕官を願い出ました。

そしてこの六日前に弟の為信が出家し、多分いくばくもなく亡くなっていると思われ、残された為時やそのひ孫にあたる式部や惟規のことを心にかけてくれていたのではないでしょうか。

八十才の高齢とはいえ中納言を辞すのはそれなりの思いがあってのことで、我が一門の繁栄を受領として生きる道をえらび、一門の末長い幸運を願っていたと思われます。

　その二年後、永祚元年（九八九）一月二十二日、兼家の摂政大饗に招かれた致仕の民部卿文範が、中門から入って庭中に進み、拝し終わって庭に着した様子を見た者たちは涙を拭うばかりだった、と『小右記』に書いた藤原実資は、翌二十三日、摂政兼家の御前に伺候して長い間清談して、このとき兼家が出家の本意を語られて、語られるに従って涕泣したことを伝えています。天下を自分の物とし子息たちの栄進もかない何の不足もない兼家にしても、六十一才という年令からくる体の不調をかかえ憂き身を悟り、弥陀の世界を欣求しています。翌正暦元年（九九〇）一月五日、十一才で元服した一条天皇に一月二十五日、兼家の息、内大臣道隆の女《むすめ》、孫の定子が入内し、女御となったのを見届けるように、五月八日落餝し入道、法名如実と名のり、七月二日六十二才で薨じます。

兼家のあとは道隆の時代となり、長徳元年（九九五）四月十一日、四十三才で亡くなるまで五年間つづき、十一才の一条天皇と十五才の定子女御の幼い夫婦は、定子女御が四才年上の勝気な性格ながら仲睦まじく明かるい後宮であったようです。

長徳二年（九九六）一月二十三日除目始、二十五日除目、二十六日右大臣道長家大饗、そして二十八日道長は参内して一条天皇、もしくは姉の東三条院から一月五日に参上した文範の話を聞き、かつて永延二年（九八八）一月十六日の文範の中納言辞任を受けて、一月二十九日その空いた中納言に二十一才のまだ若い自身が前年、倫子の父の反対を押し切って結婚して、わずか二ヶ月ばかりで昇進できたことへの思いから、道長は家司である源国盛の越前守を辞させて、大国の越前守を為時に与えて、文範に感謝の意を伝えたのではないでしょうか。

致仕した文範は正暦五年（九九四）九月二十六日には、封戸五十烟が加給されています。（日本記略）

そして長徳二年（九九六）一月五日老骨にムチ打って東三条院に参上した文範は、孫婿の為時の越前守任命を聞き、道長に感謝しながら三月八日八十七才の長寿を全うしました。越前守に任じられた為時一行は、文範の葬儀を済ませて忌明けた夏、四月か五月、越前へ下っていったと思われます。

実は、この長徳二年という年は「長徳の変」と呼ばれる政変がおきた年でもあります。

兼家のあとを襲った道隆は父と違い豪放で、大の酒好きが高じて水飲病（糖尿病）を患い、正暦五年（九九四）二月廿日の積善寺供養の法要をはなばなしくとり行ったあとは病気がちで、疫病の流行もあり、その晩年は恵まれず、我が息子伊周の後継問題は思うようにならず、翌長徳元年（九九五）四月六日病により入道出家、四月十一日、四十三才で薨じます。

道隆の子女たち、定子も伊周も、母の高階貴子が円融朝の内侍として出仕して高内侍と呼ばれて、『大鏡』には、
まことしき文者《もんざ》（漢詩人）で、少々の男子には勝っていて　女のあまりに才賢きは　物凶しき、
と書かれるほどの女学者肌の才女で、その教育よろしく二人共に学問好きに育ったようですが、上に立つ者の資質に欠けていました。為時が越前守に任じられた除目の十日ほど前、長徳二年（九九六）一月十六日、「長徳の変」と呼ばれる事件が伊周によっておこされます。父道隆の早い死は伊周や定子に大きな打撃を与え、一条天皇の母、兼家の娘である詮子は、同母の兄道隆の死後の政権は、次第のまゝに、兄弟の順に継ぐべく、同母の次兄道兼、そして同母の弟道長が承継すべきと考えていて、甥にあたる伊周は次代と考え、一条天皇にもそのように指示していたと思われます。

しかし兄道隆のあとを受けた右大臣道兼は、関白宣言を受けるも、流行していたはやり病の赤加瘡《あかもがさ》にかかって五月八日に亡くなり、世に七日関白と称されました。

五月十一日には道長に内覧宣旨が下り、六月五日右大臣、藤原氏氏長者《うじのちょうじゃ》宣下、と道長の時代に入っていきますが、伊周の抵抗は強く、道長との対立が続き、同年七月二十四日の陣座では諸公卿の前で激しく口論し、その三日後にはそれぞれの従者が都で乱闘騒ぎをおこしています。

このあと、世の中が我が思うようにならない伊周は、女性問題で花山法皇に不敬を働く事件、即ち「長徳の変」と呼ばれる事件をおこしてしまいます。

長徳二年（九九六）一月十六日、実資は右大臣道長の書状により事件を知ります。

花山法皇が内大臣伊周とその弟中納言隆家に故一条太政大臣為光の邸で遭遇し闘乱となり、隆家の従者が法皇の御童子二人を殺しその首をとって持ち去った、といい、実は伊周が通っていた為光の女《むすめ》三の君と同じ邸に住む四の君に花山法皇がひそかに通い出したころ、伊周は自分の相手の三の君に通っていると誤解し、弟の隆家に相談し従者の武士を連れて法皇一行を襲い、法皇の衣の袖を弓で射抜いた、という事件であり、花山法皇としては、出家の身で女通いが露見する体裁の悪さに口を噤んでいたようですが、すぐに道長の知るところとなりました。

二月五日には、伊周は多くの兵を養っているという風聞があり、伊周家司の菅原董宣朝臣や尉平致光及兄弟の宅に精兵を隠しているというので、検非違使が派遣され、家宅捜査が行われる事態に発展しました。

実は、この尉平致光という人物は、かの済子斎宮の野宮で密通したと噂された滝口武者で、桓武平氏の流れをくむ平国香の弟良兼の息子とも孫ともいわれる人物で、中関白家にとりこみ、伊周の郎党として仕えていたとみえ、兼家、道隆のために働いていたようです。

あらためて章明親王と済子女王親子の悲運と哀れを思い、式部のやるせない気持が伝わってきます。

平致光は、長徳の変後、主君の伊周と共に検非違使に逮捕され、後年伊周の弟隆家が太宰権帥に任官されると太宰大監として、隆家の郎党となって九州へ下り、寛仁三年（一〇一九）刀伊の入寇事件に隆家の指揮下奮戦しますが、その後の消息は不明で、九州に土着し鎮西平氏の祖になったと推測されるそうです。

長徳二年（九九六）四月二十四日、為時一行が越前を目指して都をあとにしたころでしょうか、花山法皇を射た事、東三条院を呪詛した事、私に太元帥法を行った事で、伊周隆家兄弟に配流宣命が下り、伊周は太宰権帥に、隆家は出雲権守に下されることになりましたが、翌二十五日、伊周は妹の定子中宮の御所にこもって下向せず、一条天皇の許容もなくただ早く追い下すよう命じられて、中宮御所のある二条大路は、伊周の下向を見るため、見物の雑人や車にのった者たちが群がっていました。

二十八日になっても、伊周は定子中宮と手に手をとって離れようとせず、追い下すことができずに、大勢の見物人が后の宮の中に乱入し、宮の中にいる人々の悲泣が声を連ねてひびき渡って修羅場と化した、と『小右記』は伝えます。

そんな中、五月一日、定子は『栄花物語』によれば、「宮は御鋏して御手ずから尼にならせ給ぬ」とあり、感情のまゝに出家してしまいます。

式部たちがこの騒ぎを見聞していたかどうかわかりませんが、敦賀から武生へ、日本海が荒れない夏の間に渡るべく、旅路をいそいで下向していったものと思われます。

二　琵琶湖を渡って

正暦元年（九九〇）八月三十日のことですが、『小右記』によると藤原文範の弟筑前守藤原知章が筑前守を辞退して藤原宣孝（これよりおよそ十年後紫式部と結婚）が任じられましたが、知章朝臣は今春筑前守に任じられたばかりでしたが着任後、子息及郎党、従類三十余人が病死したので辞退に及んだ、ということです。三十余人も一度に病死するというのは、はやり病でもはやったのでしょうか。これをみても受領として地方へ下るには四十数名からの人員を要したということで、これだけの人数が女子供を含めて旅するのですから大変なことです。

しかし一国の受領の守として、今なら県知事にも相当する権力を持ち、徴税請負人の性格を帯びた受領は、京官よりずっと収入を得ることができました。

この二年前永延二年（九八八）尾張国でおきた有名な「尾張国郡司百姓等解」で郡司や百姓に訴えられた尾張守藤原元命のように、諸税率を勝手に決めて私腹を肥やして巨利をあげた国司もいて、政府は一応元命を解任しますが、その後他の官職についており、特別に対策が講じられたわけではなかったようです。為時の越前下りには、娘の式部が同行したことは『紫式部集』をみてもたしかです。二十四才の式部、二十二才の弟の惟規、式部の継母である惟通の母、そして義弟の惟通、その妹なども父と同行したのではないか、と想像します。

特別な理由のないかぎり家族は同行して、主人の守としての職務を遂行し、地方での生活を円滑にいくよう支えました。

一方、配流する者には家族の同行は許されませんでした。
伯父の為頼の私家集『為頼集』には次の和歌があります。

越前へくだるに　こうちぎのたもとに

なつごろも　うすきたもとを　たのむかな　いのるこころの　かくれなければ

越前へ下る人に小袿の袂に入れて

夏衣の薄い袂を頼みにすることです。

あなたの無事を祈る私の心ははっきりとしていますから。

これは式部宛て、とはっきりとは書いてありませんが、越前へ下る姪の式部にあてた和歌、とよんでいいと思います。

この伯父は姪の式部をいつくしみ、宣孝との結婚についても心を配っていたようです。

次に

人のとほきところへゆく、ははにかはりて

ひととなる　ほどはいのちぞ　をしかりし　けふはわかれぞ　かなしかりける

人が遠い所へ行くので母に代わって

あなたが一人前の大人に成長するまでは　私は命が惜しくあなたを長生きして見守りたいと思ったけど、今日はあなたとの別れが悲しくて、命長いことが恨めしいほどです。

「はは」は為頼為時兄弟の母、藤原定方中納言の女《むすめ》であり、紫式部の祖母であり、この祖母のいつくしみにより母のいない幼時をすごし、その経験は源氏物語の祖母たち、光源氏の祖母、紫の上の祖母、夕霧の祖母　そこに共通するのは慈悲深い祖母の姿です。式部の返歌があった筈ですが、残されていなくて残念です。

式部が二十四才になって初めて体験する越前への旅、童友だちは都を離れることを悩んでいましたが、好奇心の強い式部は伯父為頼や祖母の心配をよそに新しい体験に期待をこめて　父もこの聡明な娘に都とは違う鄙の体験をさせてやりたかったのではないでしょうか。

家族、郎党を含めて四十数名の一行の下向は、『紫式部集』に数首の和歌として詠まれていますが、式部の心の内を詠んだ歌が中心で、一行の動静を示すものはありません。

亡き姉の代わりに、式部が姉君として慕っていた女性が、式部の越前下向と同じ頃、家族と九州肥前に下ることになり、式部は便りを書きます。

（一五）

北へ行く　雁のつばさに　ことづてよ　雲の上がき　書き絶えずして

私は北の国越前に参りますが、西のあなたの所から北へ帰っていく雁のつばさにことづけて、書き絶えずお便りを下さい。

返しは西の海の人なり、

（一六）

行きめぐり　誰も都に　かへる山　いつはたと聞く　ほどのはるけさ

返事は西の海からありました。

　あなたのいらっしゃる越前の「五幡」「かへる山」と聞くと、いつまためぐり会えるのか、はるかな思いがして悲しいです。

津の国といふ所よりおこせたりける

（一七）

難波潟《なにはがた》　群れたる鳥の　もろともに　立ち居るものと　思はましかば

その女性が下向の途中、津の国（摂津の国）から便りをよこしました。

　この大阪湾の難波の浦に群れて楽しんでいる水鳥のように　あなたと一緒に立ったりすわったり一緒に遊んでいると思うことができたらどんなに嬉しいでしょう。


次に、かへし　とありますが歌を欠いています。

　筑紫に肥前といふところより　文おこせたるを、いとはるかなるところに見けり。

　その返りごとに

（一八）

あひ見むと　思ふ心は　松浦《まつら》なる　鏡の神や　空に見るらむ

九州筑紫の肥前という所より手紙をくれました。私はたいそうはるかなる所、越前で拝見しました。その返事に、

あなたにお会いしたいと思う私の心は、肥前の松浦にある鏡の神が、空から御覧になっていらっしゃるでしょう。

返し、又の年持て来たり。

（一九）

行きめぐり　逢ふを松浦《まつら》の　鏡には　誰をかけつつ　祈るとか知る

返事が翌年、式部のいる越前に届きました。

遠い国を行きめぐりながらあなたとお会いできる日を待っている私は、松浦の鏡の神に誰のことを心にかけて祈っているかおわかりでしょう。

この女友だちと式部のやりとりを見ていると親友以上の、本当の姉妹のような情愛がこもっていて、式部の人を思いやり人を愛する、その豊かな愛に心が満たされます。

そんな二人の間に本当の別れがきてしまいます。それは越前から帰京した後の事ですが、『紫式部

集』の四十番の夫宣孝の死をふまえた和歌の前に、

とほきところへ行きにし人の亡くなりにけるを、親はらからなど帰り来て、悲しきこと言ひたるに

(三九)

いづかたの　雲路と聞かば　尋ねまし　列《つら》離れけん　雁がゆくへを

遠く肥前へ行った女友だちが亡くなったことを、親兄弟が都に帰って来て　私に悲しいことを言ってきて知りました。

列を離れてしまった雁の行方を　どちらの雲路に行ったかわかったなら、私は何をおいてもあなたを尋ねましょうものを。

一体どこへ行ってしまったのですか。あんなにお会いしたいとお互いに誓ったのに。式部の悲痛な声が聞こえてきます。

いつの時代も人の出会いと別れのつらさ、悲しさがあり、とくに感受性の豊かな少女時代の別れはつらく悲しく、実の姉の死を詠んだ和歌を残していない式部が、ここに姉と慕う女友だちの別れを詠んでいることは、実の姉だけでなく姉と慕う女友だちさえなくしてしまった、その喪失感に打ちのめされている式部が哀れです。

近江の湖にて、三尾《みを》が崎《さき》といふところに、綱引くを見て

（二〇）

三尾の海に　綱引く民の　手間もなく　立居につけて　都恋しも

京を出立した為時一行は、逢坂山を越え大津の打出浜から舟にのって、磯づたいに琵琶湖の西岸を北の塩津港を目指します。

途中現在の高島市安曇川三尾里付近で、漁民たちが網を引いて魚をとっているのを見て、

三尾が崎の海で網を引いて、ひまなく立ったりすわったりして働いている漁民たちを見ていると、あなたが難波津の海で水鳥の立ち居している姿をお詠みになったのを思い出して、あなたとすごした都が恋しい。

又、磯の浜に、鶴の声々鳴くを

（二一）

磯がくれ　おなじ心に　鶴《たづ》ぞ鳴く　汝《な》が思ひ出づる　人ぞ誰ぞも

磯のものかげで鳴いている鶴の悲しい声を聞くと、私と同じ心で鳴いているように聞こえて、鶴よ、お前が思い出している人は誰なの、私は肥前に行った友よ。

「磯の浜」という地名が琵琶湖の東岸の米原町にあることから、この和歌は武生からの帰途の和歌という説もありますが、詞書の初めに「又」とあることから同じ西岸のどこかの磯の浜と解した方が、

二〇番歌のつゞきからも素直です。

このあたりで為時一行は岸により陸にあがって、一泊したのではないでしょうか。


夕立しぬべしとて、空の曇りて、ひらめくに

（二二）

かき曇り　夕立つ浪の　荒ければ　浮きたる舟ぞ　静心なき

空がかきくもり夕立ちがきて、かみなりさえひかり浪も荒れて乗っている舟は浮いたようでおそろしい。

初めての舟旅で、しかもこれほど荒れた近江の海を　式部は船酔いもせずによく無事に渡りきることができたものです。

後のことですが、『義経記』の源義経は、奥州下りに同じコースを舟で渡っていますが、船酔いに苦しめられた、とありますから。

やっと塩津の港に着いた一行は、ここから山路を日本海側の敦賀まで越えていきます。


塩津山といふ道のいとしげきを、賤《しづ》のをのあやしきさまどもして、「なほ、からき道なりや」といふを聞きて

（二三）

しりぬらむ　往来《ゆきき》に慣《な》らす　塩津山　世に経《ふ》る道は　からきものぞと

琵琶湖の北方の塩津山の草木がおいしげり、きつい山道を、見なれぬ粗末な風体の木樵か、農夫かかごかきか　行き違いざまに　この山道はやはり辛い道だなあ、と言うのを聞いていつも往き来して慣れている山道でしょうに、塩津山の塩はからいもの、世渡りの道も同じようにからくてつらいもの、と知っているでしょうに。

琵琶湖を無事渡って安堵したせいか、式部の口は軽くなっているようです。

賤の男の言葉を聞いて、からき道に反応する式部の心の中を忖度すると、白楽天の「新楽府」にのる「太行路《たいこうのみち》」を思い浮かべます。

この詩は夫婦にたとえを借りて、君臣の関係が終わりをよくしがたいことを諷した諷諭詩です。

太行の山路のけわしさは車をもくだくといわれるほどだが、若しこの山路を人の心にくらべてみたら、どうしてどうして、けわしいどころか平らな道です。

人の心は好き嫌いがあって、しかもきまりがない。

行路難、人の世をわたるけわしさ、

人と生まれたら、婦人の身となるなかれ。

女の一生の苦楽は他人に由ってきまってしまう。

人の世を渡るむつかしさは、山よりも水よりも難《かた》く険しい。

しかしそれは山や水にあるのではなく、人情が定めないからである。

（『白居易』　注者　高木正一　岩波書店）

少女の式部は、父の、この子が男だったら、という思いをずっと持ち続け　行路難、人の世を渡るけわしさを感じていた筈です。

今、賤の男が、辛い道だなあ、と仲間同志で話しているのを聞いて、その通りよ。私も女の身に生まれ、行路難、あなた方と同じ道を歩んでいるのよ。わかるでしょう。

この和歌について、まだ若い娘がいっぱしの大人にむかって生意気だ、という見方がありますが、私はいつくしみのある式部らしい和歌だと思います。

水うみに、老津島《おいつしま》といふ洲崎《すさき》に向ひて、童《わらわ》べの浦《うら》といふ入海《いりうみ》のおかしさを、口ずさびに

（二四）

老津島　島守《しまも》る神や　諫《いさ》むらん　浪もさわがぬ　童《わらわ》べの浦

途中雷雨にあっておそろしい思いをした後、琵琶湖の北、塩津浜に着いたとき、その入江は静かなたたずまいで、行く手の正面に塩津大川の川口がひろがり洲崎があり、その砂洲島が老津島と呼ばれ葦《あし》の茂る中に神社があり、一方行く手の右手に入江をはさんで童べの浦という浦浜出の浜辺がひろがっています。この塩津湾の入江にある老津島と童べの浦という名前に興味をもった式部は　塩津山越の山中で、不図思い出して口ずさみます。

老津島の島守る神がいさめたのでしょう。叱られた童べのように、童べの浦は浪も立てず静かにし

ていたわ。

最近の調査で塩津港遺跡が発掘され、老津島神社と呼ばれていたかもしれない社殿建物群がみつかっているそうです。

塩津大川の河口にひろがる約二五〇〇平米の場所で発掘された建物群は、八世紀に建てられ、同じ場所に規模も同じくして建てられ続けて、十二世紀に廃絶したことがわかったそうです。


（塩津浜歴史研究会『塩津港遺跡』より）

（二三）（二四）と続くこの二首は式部にしては珍しい俳諧歌です。
紀貫之の『土佐日記』には、一行の船旅についてきた童がうたう舟歌を、哀れに聞きながら行くと、岩の上に黒鳥が集まっていて、その岩に寄せる波が白く砕けて、楫《かじ》とりが、「黒鳥のもとに白き波をよす」と言ったのを、身分の程にも合わず黒と白を対比して、文学的な秀句のように言うわい、と舟君なる紀貫之が、

わが髪の　雪と磯べの　白波と　いづれまされり　沖つ島守

私の髪の雪のような白さとあの磯べの白波とではどっちが白いか、沖の島守よ。

ここに登場する童、白髪の老舟君なる貫之、楫とりの男、沖の島守、式部は『土佐日記』のこの場面を塩津山中の徒然に思い出して　思わず口ずさんだのではないでしょうか。

式部の伯父為頼は歌人として有名ですが、その歌は弟の為時と違って軽妙で洒脱です。

わかかりしをりに　つねに女のもとより　かへされて

かりの子も　すもりはあると　いふめるを　などて夜ごとに　われかへるらん

雁の子だってかえらずに巣守となるものがあるのに、私は夜毎に女のもとに通うのにどうして毎夜追い返されてしまうのだろう。

ここにある為頼の姿はとぼけていてどこかおかしみがあります。

こんな歌もあります。

むまごの　をうなにてむまれたるをききて

きさきがね　もししからずば　よきくにの　わかき受りやうの　妻がねならし

女の孫の誕生を祝って率直に喜びを表わしていて　思わず、そうですね、と素直に言えてしまう軽さがあります。

式部の二首の歌には軽妙さと洒脱さを伯父から学んだようなところがあり、琵琶湖を渡ってやっと旅路についてほっとして、旅の楽しさを味わっているようです。

三　敦賀にて源信僧都に会う

日本海に面した越前国敦賀に着いた為時一行は、越前国一宮である気比神宮に詣り、この近くにあったという松原客館に宿をとり、しばらく滞在したと思われます。

松原客館は、渤海使の迎賓宿泊設備として気比神宮司が管理していた国の施設であり、延長四年（九二六）渤海国滅亡により渤海使の往来が途絶えて七十年が過ぎたこの時点でどのような状態になっていたのかわかりませんが、為時一行が敦賀に入る前年の長徳元年（九九五）九月四日、隣の若狭国に唐人七十余人が来着したという報告が朝廷に奏上され、道長をはじめ公卿たちの陣定が連日開かれてその対応が審議され、九月二十三日宋商人朱仁聡、林庭幹ら七十余人を越前国へ移すことを決定し、その船を越前国敦賀に回航させました。

敦賀に移させたのは松原客館がまだ機能していたことと、交易するのに京に近かったことによると思われ、定子皇后宮の使いが敦賀津に派遣され朱仁聡から唐物を購入していた事実もあります。

敦賀に到着した為時一行は、敦賀湾に停泊する朱仁聡の商船と林庭幹の商船の偉容を目にして、多分初めて見る外国船に式部は驚いたことでしょう。

同じ頃、源信僧都が弟子の寛印を伴って、朱仁聡の船に同乗し再来した僧斎隠を尋ねて、この敦賀に来ていました。

寛和元年（九八五）『往生要集』を世に出した源信は、永延元年（九八七）の初め、西海道、九州に頭陀行の旅に出ます。

その年の十月二十六日、朱仁聡の船が博多に来航し　同船していた唐僧斎隠に会い、源信は自らの著『往生要集』と源信の天台の師である慈恵大僧正良源の『観音讃』著作郎（内記）慶保胤の『十六相讃』及『日本往生伝』源為憲の『法華経賦』を、この日本にも志ある者がいることを宋国に知ってもらい、仏教の交流をはかり、ともに極楽に往生する縁を結ぼうと、斎隠に託しました。

源信より託された『往生要集』は、翌年永祚元年（九八九）大宋国婺州雲黄山僧、行辿《ぎょうてん》が読んで感動し、正暦二年（九九一）九月廿一日、行辿の書状と経典が天台横川の源信の許に届けられました。

博多の津で源信が斎隠と出会ってから八年後、斎隠が大宋国杭州奉光寺の僧源清の牒二通をもって朱仁聡の商船に乗り敦賀の津に再来したことを知った源信は、博多の津で、一生は過ぎやすく宋国と日本国とは蒼蒼、青くかすみ遠くへだたり、いつ再来できるか泣血するばかり、と別離の言葉を書いてわかれた斎隠の来訪に、心を浮き立たせて敦賀を目指しました。

八年前は一介の沙弥にすぎなかった斎隠も、杭州銭塘西湖の水心寺の僧に立派に成長し、源信も日本と宋国の天台の交流を仲介してくれた斎隠を心強く思い、感謝の念を抱き、益々両国の仏教の交流をはかり、ともに極楽に往生せん、と五十五才の源信は志をあらたにしたと思われます。

源信の敦賀訪問のことは、大江匡房の『続本朝往生伝』にのる、沙門寛印の条に

源信僧都　宋人朱仁聡に見《まみ》えむがために学徒を引きて　越前の国敦賀の津に向へり。

とあり、それは奇しくも、為時一行の越前下向の時期を同じくし、ただし、この両者が邂逅した、という記録はありませんが、この摂関期の宗教界を代表する源信と越前国司の為時が、ここ敦賀で相まみえた、と考えると、文人としての為時、その娘の学問好きで物語好きの式部の親子にとって、この源信の異国との文化交流をはかる熱い思いは新鮮な驚きをもって二人の心を打ち、若い式部は、老年

の源信のほとばしる情熱と、自を捨て他に生きる真摯な姿勢、その広い視野、それは物語作家にとって必須条件であり、聡明な彼女は源信から学んだのではないでしょうか。

式部が十才くらいの少女時代、源信は比叡の横川から京中を頭陀行して、『大鏡』によると、四条の宮と呼ばれた円融天皇中宮遵子が、銀《かね》の食器を作らせて供養されたので、源信はそんなにしていただいてはかえって見苦しい、と、この乞食をやめた、とあり、京中を乞食して修業していた源信の姿を式部は見かけて　知っていたかもしれません。

ここ敦賀でも乞食をして頭陀行していたと思われ、堅苦しく親しみにくい高徳の僧綱（僧正・僧都・律師）といった身分にのぼるような、高貴な仏教者とは違う源信の姿を、式部はずっと心の中にとどめて、後に宇治十帖に弱い女性浮舟を救う人物として登場することになるのですが、大切にあたためていたのではないかと想像します。

朱仁聡らは太宰府へ行ったり越前国に滞在したり、その間朝廷は朱仁聡より贈られた鵝羊を返したり、若狭守が朱仁聡に陵轢される事件がおきたりしていますが、『小右記』に長徳三年（九九七）六月十三日条には、高麗国の牒状に関連して日本国を辱める文があり、大宋国の謀略か、とあり、北陸、山陰道に官符を給う僉議をしていたとき上達部たちが、「大宋国の人は近くは越前に、又鎮西にもいた。早く帰国させるべきだ。特に越前にいた唐人は日本国の衰亡を見聞きしたのではないか。恐るべきことである」と言っている、とあり、スパイの疑いまでかけられたようですが、長保三年（一〇〇一）帰国したようです。

しかし源信はこれらの事件に関係なく、斎隠の帰国までに慈恩門徒に送る注釈本を完成させて斎隠に託しています。

一方文人として為時は、朱仁聡の一行の中にいた文人と唱和詩の贈答を行っています。

「引見した後、詩を作って太宋の客、羌世昌に贈る」

と題された詩が『本朝麗藻』にのっています。

六十人の客人方は心ざまは同じだが、一人羌氏は推して才気がすぐれている。

一行が来られたことはこの敦賀の煙村の外にまで遠くとどろき、お客をおもてなしする儀式は、このような水辺の館舎でするのがかえって恥ずかしいくらいです。

ねがわくば詩篇をもってこまやかに心を通わせたい。

（『本朝麗藻・巻下』本間洋一）

文人である為時も、源信の熱い情熱に劣らず、否、この邂逅で知った源信の崇高な思いに後押しされるように　大宋国の文人との交流を願って、訴えるように詩を贈っています。

続いて　宋客羌昌世に寄せた詩

重寄、重ねて寄せたり。

言葉は違っても詩心は同じ。

二つの国の間は、みどり子が成長し、母も兄も老いるほど、はるか万里の彼方にあり、どうしたらお互いの心を通わせることができるのだろうか。

と為時は嘆いています。

相手の羌世昌の詩は伝わっていませんが、『宋史日本伝』には、為時の詩を評して

「詞は美しく飾っているが　あさはかで取るところ無し」と書かれていて、為時の思いは届かなかったのでしょうか。

源信にしても　後に延久四年（一〇七二）入宋した成尋の『参天台五合山記』によると、『往生要集』は国清寺はじめ諸州諸寺に流布していない、と聞かされて「おそらく婺州の行辿のもとに納められたまゝ流布しなかったものか　日本において聞くところとは違っている」とあり、日本におけるような源信讃仰はなかったようです。

かつて醍醐天皇の御代延喜十九年（九一九）十一月、最後の渤海使一行一〇五人が若狭に来航したとき朝廷は、やはり同じく敦賀の松原客館へ回航させましたが、設備も待遇も悪いという渤海使の訴えにより、越前国に改善を指示しました。

このとき越前権掾であった都良香の子、在中が大使裴璆との別れに臨んでよんだ詩が大使を大いに喜ばせた、と『江談抄』にあり、その他『文華秀麗集』『経国集』『菅家文草』などには、日本の文人と渤海使節との詩の交歓をのせていて、渤海使節との親しい交流がありましたが、大国である宋国と小国の渤海国の人々とは気質が違っていたのでしょうか。為時の贈答詩にもみえる、敦賀の煙たなびく寒村、客をもてなすには粗末な客館など　朝廷は朱仁聡をはじめ七十余人の宋人が我が国の貧しい姿を見聞きし帰国して宋国に伝え、我が国を侮って侵略してくるのではないかと恐れているようです。

生涯にたった一度の旅に出た式部は、いろいろな人々との出会いがあり　京にいては決して会えなかったその人々との出会いは、式部の視野をひろげさせ目覚めさせ、偉大な物語作家を誕生させた旅ではなかったかと思います。

為時一行は京を夏の初めに出立して日本海が荒れる秋から冬の季節を避けて、夏のおだやかな日本海を敦賀の津から武生へ舟で渡っていったと思われます。

実は、弟の惟規の私家集『惟規集』に

越のかたにまかりし時、もろともなりし　をんな

荒れ海も　風間もまたず　舟出して　君さへ浪に　ぬれもこそすれ

惟規はこのとき妻を一緒に連れて越前に下ったようで

敦賀の津から武生まで、日本海の荒海を風間を待って渡るようなこともなく、順調に舟出して　大事なあなただけでも浪にぬれなければ。

惟規はこのとき二十二、三才の若者であり、『尊卑分脈』をみると陸奥守藤原貞仲の女《むすめ》と結婚し、貞職という子までもうけていますから、「をんな」は貞仲の女と思われます。

藤原貞仲は道長の家司で、寛弘二年（一〇〇五）十月十九日、木幡の浄妙寺三昧堂供養に寺の造営の預かりとして、その功により道長より袙を下賜されていますし、長和五年（一〇一六）十月二十二日陸奥守となり、道長に馬十疋を献上していることが『御堂関白記』にのっています。

この惟規の歌が今回の越前への旅のものとすると、惟規は妻を同道していたことになり、式部は弟夫婦と一緒に、一族郎党みな父為時に従って旅をつづけ、敦賀から現在の河野村の港に着けば武生までは低い山を越えて到達でき、この道は後に府中馬借街道と呼ばれ、水上交通による物資輸送が盛んになると、馬借たちが往来して、京と武生を結ぶ重要な街道となりました。

それにしても、式部が敦賀で歌を一首でもよんでくれていたら、と思うものの、『紫式部集』は老い津島の和歌の次は、武生の官舎での初雪の和歌になっています。

四　武生、そして帰京

暦に、初雪降ると書きたる日、目に近き日野岳といふ山の、雪いと深う見やらるれば

（二五）

ここにかく　日野の杉むら　埋む雪　小塩《をしお》の松に　今日やまがへる

かへし

（二六）

小塩山　松の上葉に　今日やさは　峯のうす雪　花と見ゆらん

潮の満ち引きの少ない日本海は、冬期になると、大陸から吹く北西季節風が日本列島に大量の降雪をもたらします。

雪、雪という言葉が続き、武生に着いた最初の年の冬なのか、翌年の冬なのか、式部の和歌には京の小塩山が出てきて、京恋しい思いにあふれています。

かへしは女房でしょうか、雪を花と見て慰めています。

降り積みて、いとむつかしき雪を、掻き捨てて、山のやうにしなしたるに、人々登りて、「なを、これ出でて見たまへ」といへば

（二七）

ふるさとに　帰る山路の　それならば　心やゆくと　ゆきも見てまし

もう完璧なホームシックです。

武生でよんだ和歌は雪ばかり、武生の近くには越前の海岸もあり、『萬葉集』にゆかりの味真野もあり、武生での生活になれなかったのか興味をもたず、一年の半分は雪に埋もりどんよりとした鉛色の空に覆われた日々、京の賑わいにくらべ何もない地方のくらしは一年もたてば京にいる人や景色がなつかしくなるのも当然のことで　同じ官舎にくらす家族たち、父や継母の惟通母、そして弟惟規夫妻、異腹の弟妹たちとの生活も式部を楽しませるまでいかず、日本海の荒々しい景色そのまゝに気持が沈んでいくようでした。

そんな式部を慰めてくれたのはあの肥前にいる〝姉君〟からの便りでした。日本海の福井県と九州の佐賀県、今でも鉄道で行くにしても大部離れていて、平安時代に京を介してこのような私的な文が往き来していたことに驚きます。

肥前から便りが来るのを一日千秋の思いで待ち、心ときめかしていた式部が、京に戻ってからこの人の死を知ったときの落胆は想像を絶するものがあり、式部ならずともこの無常の世の中を恨み、そして悟らざるを得ません。

年返りて、「唐人《からびと》見に行かむ」といひける人の、「春はとくくるものと、いかで知らせたてまつらむ」といひたるに

(二八)

春なれど　白嶺《しらね》の深雪《みゆき》　いや積《つも》り　解《と》くべきほどの　いつとなきかな

「唐人《からびと》を見に行こう」と言ってきた人は誰なのか、やはり結婚相手の藤原宣孝とするのが妥当かと思います。

宋船の到着は長徳元年（九九五）九月以降、式部たちが越前への下向が定まったのは、翌長徳二年（九九六）一月、下向したのは四月、式部がまだ京にいたこの年の一月から四月までの間に「唐人を見に行こう」と式部に言ってきたことになり、宣孝はこの頃式部に求婚したのでしょうか。

式部が敦賀にいたころは宣孝はやって来ず、その年も返った翌長徳三年（九九七）の春　武生にいる式部に便りがあり、春になれば自然と氷は解けるもの、貴女の心も解けるものと何とかしてお教えしたいもの、と言ってきたので、式部は、季節は春になりましたがここ越前の近くの白根山の雪は深く積もって春を知らぬように　私の心もいつとけるかわかりません、と言ってやります。

一応拒否の形にはなっていますが、それは当時の恋愛歌の常套手段、雪、雪に埋まった武生の冬、暦の上では春になってもいつとけるともわからない　どんよりとした鈍色の世界、明かるい日射しを浴びて白い雪がいやが上にも輝く京の春、ふるさと恋しい式部の心は京にいるその人が偲ばれて、何と

なくすねているように見えます。

長徳四年（九九八）京では疱瘡が流行し、『日本記略』は「今年天下夏より冬に疫瘡が流行し、六月七月の間京の男女の死者甚多し」とあり、一条天皇をはじめ藤原行成などの働き盛りの官人も、そして宣孝も罹病し、七月廿八日には伯父為頼の妻であり、息男の伊祐の継母が亡くなりました。

十月四日豊明節会のための五節定があり　五節を献上すべき人々の中に藤原伊祐（散位、前信濃守）の名前がありますが、十一月十日の『権記』によると、藤原伊祐朝臣は触穢によって五節の舞姫を献上することができない旨上奏してきた、とあります。

また、『千載和歌集』の巻第九哀傷歌に中務卿具平親王が為頼を悼む和歌があります。

花の盛りに藤原為頼などともにて、岩倉にまかれりけるを、中将宣方朝臣（注）長徳四年（九九八）八月二十六日没）などかかくと侍らざりけむ、のちのたびだにかならず侍らんと聞えけるを、その年中将も為頼も身まかりける、又の年かの花を見て前大納言公任のもとにつかはしける

春くれば　散りにし花も　咲きにけり　あはれ別れの　かゝらましかば

長徳四年（九九八）の春、具平親王は岩倉で花見をして、為頼や源宣方と来年の春は必らず一緒に花見をしようと誓ったのに、為頼も宣方もその年長徳四年（九九八）に亡くなってしまった。

花は春がくれば去年散ったのに再び美しく咲いてくれるのに、誓った人たちはいってしまってもういない。あはれ　花と同じように再び咲いてくれたら嘆くまいものを。

これらにより為頼は長徳四年（九九八）中の十月四日から十一月十日までの間に亡くなったものと思

われます。

何の病であったのかわかりませんが、伯父為頼病む知らせはすぐ武生にもたらされて、為時は娘の式部に弟惟規夫妻をつけて、急いで上京させたのではないでしょうか。

冬の十一月は日本海は荒れて船での上京はならず、海添いの険しい山々を越えていかなければなりません。

式部一行は木の芽峠を越えて京にむかいました。


都の方へとて、かへる山越えけるに、呼坂《よびさか》といふなるところの、わりなき懸《か》け路に、輿《こし》も舁《か》きわづらふを、恐ろしと思ふに、猿《さる》の、木《こ》の葉の中よりいと多く出《い》で来《き》たれば

（八一）

猿《まし》もなを　遠方人《をちかた》の　声交《か》はせ　われ越《こ》しわぶる　たごの呼坂《よびさか》

猿よ、もっと遠方人と声を交わしなさい。私は輿もかきわずらう難所の呼坂で大声を出して呼びたいのをがまんして越えていきます。伯父さま、どうか無事でいらして下さいませ。私は今呼坂で、心細さとわびしさの中で猿のなき声を聞いて、猿たちにもっと大きな声で伯父様と声をかわして伯父様の無事を祈って欲しい、と呼びかけています。

水うみにて　伊吹《いぶき》の山の雪いと白く見ゆるを

（八二）

名に高き　越《こし》の白《しら》山　ゆき馴《な》れて　伊吹《いぶき》の岳《たけ》を　なにとこそ見ね

木の芽峠をやっと越えて、往路でのぼった塩津山を今日は下って塩津浜に着いた一行は、塩津港から舟にのり、塩津湾を出たとたんに前方の竹生嶋のはるか左方に、その山だけが白い雪をいただいた伊吹山の美しい姿が現れます。

女房たちが口々に、水うみの上に浮かぶように立つ、白い伊吹山の神々しい美しさをほめるのを聞いても、式部の心は沈んだまゝで、女房たちと一緒になって喜べない自分をよんでいます。

卒都婆《そとば》の年経《としへ》たるが、転《まろ》びたうれつつ、人に踏まるるを

（八三）

心あてに　あなかたじけな　苔《こけ》むせる　仏の御顔《みかほ》　そとは見えねど

琵琶湖を渡り大津の浜にたどり着いた一行は、京から出迎えにきた為頼の息子伊祐や、伯父為長の子信経らに会い、このとき式部は伊祐より為頼の死を知らされたのではないでしょうか。

逢坂山あたりの山道にさしかかったときでしょうか、古い石の卒都婆が倒れ人々が踏みつけて歩いて行く様子を見て、墓をイメージする卒都婆を詠んでいます。

仏様の御顔はすっかり苔むして外からは見えないけど、私には心の中に頼みにするところがあるせ

いか、ありがたい仏様のお顔が見えます。

この「そとは」と「卒都婆」をかけて　和歌の題材とはかけ離れた卒都婆をうたった、軽妙で洒脱なよみは、伯父為頼をまねて　式部の伯父へのオマージュではないでしょうか。

第三章　結婚時代

一　結婚

越前より京に戻った式部は間もなく藤原宣孝と結婚します。

宣孝は三条右大臣藤原定方の男、朝頼の系統で、その子権中納言為輔を父に、天暦六年（九五二）頃の生まれのようですので、式部とは二十一才ほどの年の差があり、父為時より五才ほど年下のようです。

為輔と為時はいとこになり　それぞれの子である宣孝と式部はいとこの子同志です。

宣孝には数人の妻があり、系図からその子供をみていくと、第一子隆光の母は下総守藤原顕猷の女とあり、次に頼宣の母は讃岐守平季明の女とあり、次の儀明の母は不明、隆佐、明懐の母は中納言藤原朝成の女、そして賢子の母紫式部となっています。

最初に結婚したのは、従五位上、下総介、相模守藤原顕猷の女で、その子隆光は式部と同年令くらいといわれていて、式部が生まれたときには宣孝には最初の妻がいたことになります。次の妻は正四位下讃岐守備中守平季明の女で、平季明は光孝天皇のひ孫にあたり頼宣が生まれています。

次の儀明について系図の母の欄は空白になっていますが、隆佐、明懐の母は藤原朝成の女で、従三位中納言朝成は定方の男で、宣孝の祖父朝頼とは同母兄弟ですので　朝成の女は為輔や為時とはいとこになります。

最初の妻顕猷の女は宣孝と同年令か、二、三才下くらいとして、二番目の妻平季明の女については子の頼宣の生年がわからないので年令もわかりませんが、宣孝とそう違わない年令ではないでしょうか。

三番目の妻朝成の女との子隆佐は、寛和元年（九八五）頃の生まれで、長子隆光とは十二才ほどのひらきがあり　顕猷の女も平季明の女も、子供一人産んだあと系図にのる子供を産んでいないようなので、想像するに、夜離れが続いていたか、亡くなっていたのか、宣孝は朝成の女と結婚する頃は独り住みになっていたかもしれません。

藤原朝成は『今昔物語』によると、賢明で胆力があり知識にすぐれ策をよくし、大食いの肥満体であったといい、様々な逸話があり、一条摂政藤原伊尹と参議任官を競ったり、三条西胴院にあった邸宅は鬼殿と呼ばれた、などと話題のつきない人物であったようです。その女《むすめ》は三人あり、長女脩子は村上天皇の中将更衣と呼ばれ、天徳四年（九六〇）の有名な内裏歌合に左の頭として奉仕しています。二女が後年宣孝の妻となり、三女は藤原実資の兄高遠室となり、父朝成が天延二年（九七四）四月五日五十八才で亡くなると、その年の閏十月二十七日子供を出産後亡くなっています。このとき二女の、後年の宣孝室は、少くとも二十才はすぎていて、父と妹の死によりその生活はどうなっていたのか、別の資料によると、天元四年（九八一）十月十日朝成卿の邸宅が売却された、という記事もあり　不如意な生活を強いられていたかもしれません。

式部の伯父為頼は、母の定方女の兄にあたる朝成は伯父にあたり、近しい仲で交際があったようで、『為頼集』に、三条中納言（朝成）が所領していた摂津の国の浜辺の別邸に、朝成のお供について いってよんだ和歌があり　それは康保年間（九六四〜九六七）の朝成五十代為頼二十代の頃のことです。

また為頼はいとこにあたる宣孝の父為輔とも親しく交際していて、同じ『為頼集』に、花山院がまだ東宮でいらしたとき（九六九～九八四）五節の舞姫を出すことになっていた右中弁為輔に、舞姫の額にさす櫛を貸したことがあり、後年為頼の知人が五節の舞姫を出すことになり、あの櫛のことを思い出した為頼は、為輔の未亡人に問い合わせたところ返ってきたので、感激してよんだ和歌がのっています。為頼、為時兄弟は為輔のいとこで、為輔の息子の宣孝とも官人として一緒に仕事をすることも多く、良く知った親戚同志でした。

朝成の女のことを知る為頼が、宣孝が二人の妻との間にすきまのあることを知っていて、父親のいない朝成の女との結婚をすゝめたのではないか、と推測するのですがどうでしょう。

宣孝と朝成の女《むすめ》との子、隆佐が寛和元年（九八五）頃生まれていることから、その前年頃結婚、朝成の女は宣孝とそう違わない年令のようで、このとき三十才くらいと思われ、永延二年（九八八）頃明懐（後に権少僧都・興福寺別当）、そして系図にはありませんが、正暦三年（九九二）頃女子が生まれているようです。

そして朝成の女はこの女の子が生まれてそう遠くない頃亡くなっているのではないかと思われます。『紫式部集』に、夫宣孝の死後、この女の子と式部の贈答歌があります。

亡くなりし人のむすめの、親の手書きつけたりけるものを、見て言ひたりし

（四二）

夕霧に　み島がくれし　鴛鴦《をし》の子の　跡を見る〳〵　まどはるるかな

亡くなった夫宣孝の継娘が、父の宣孝の残された筆跡を見て式部に言ってよこしました。夕霧の中を、島かげにかくれて行ってしまった親鳥を追う鴛鴦の子の私は、父の残された筆跡を見ていると心淋しく、心惑うばかりでとてもつらいです。

同じ人　荒れたる宿の桜のおもしろきこととて、おりてをこせたるに

(四三)

散る花を　嘆きし人は　このもとの　淋しきことや　かねて知りけむ

「思ひ絶えせぬ」と、亡き人の言ひけることを、思ひ出でたるなり。

同じ人、継娘が父亡き後の荒れた邸の桜がきれいに咲いたからと折ってよこしました。散る桜の花を惜しんで嘆いた人は、散ってしまった桜の木のもとが淋しいように、残された子が淋しいことを前もって知っていたでしょうか。

生前の夫が「思ひ絶えせぬ」といつも言っていた事を思い出しました。

この「思ひ絶えせぬ」は、『拾遺和歌集』巻第一　春にのる中務の子にまかり後れて侍りけるころ東山にこもりて

咲けば散る　さかねば恋し　山ざくら　思ひ絶えせぬ　花のうへかな

この和歌は子供をなくした母中務の悲傷の歌ですが、ここで宣孝が「思ひ絶えせぬ」と言っているのは、朝成の女が幼い我が娘を残してみまかり、さぞ思ひ絶えせぬ思いでいるだろう、とその母を思いやっているのではないでしょうか。

そして又、自分が死んでしまったらこの子はどうなるのだろう、思ひ絶えない、と言っているのかもしれません。

この女の子が正暦三年（九九二）頃の生まれと仮定すると、父宣孝の死は長保三年（一〇〇一）ですからやっと十才になったばかりで、式部のこの親娘《おやこ》を思いやる優しい心と人の世の無常と人生の淋しさ、いろいろな感情がわいてくるような贈答歌です。

宣孝は正暦の終わり頃（九九四）から長徳の始めの頃（九九五）は独り住みで、又心配した為頼が姪の式部の婿として、為時家に仲介したのではないでしょうか。

尚、この継娘は、藤原伊周の息・道雅と結婚し、上東門院中将という歌人を儲けています。

（二九）

近江守の女《むすめ》懸想《けそう》ずと聞く人の、「二心《ふたごころ》なし」など、つねにいひわたりければ、うるさくて

水うみの　友呼ぶ千鳥　ことならば　八十《やそ》の湊《みなと》に　声絶えなせそ

近江守の娘に懸想している、という噂を耳にして、式部にさかんに「そんなことはない」と言ってくるので面倒くさくて

近江の湖で友を呼ぶ千鳥よ。いっそのこと一つと言わず八十の湊で声を絶やさずにおなき遊ばせ。

この近江守の娘は近江介源則忠の女の事のようで、源則忠は醍醐天皇の皇子盛明親王の息子で、長徳二年（九九六）一月近江介になっています。

『拾遺和歌集』巻第十八、雑賀に、則忠朝臣女の歌があります。

成房朝臣法師にならむとて飯室にまかりて、京の家に枕箱をとりにつかはしたりければかきつけて侍りける　　則忠朝臣女

生きたるか　死ぬるかいかに　思ほえず　身より外なる　玉櫛笥《たまくしげ》かな

源則忠の女は藤原成房を婿取り、長保二年（一〇〇〇）七月中宮彰子が則忠の堀河第に方違えに移御なさった際の謝礼を、則忠は、この邸は今は成房朝臣が領事するものです、と道長に奏上している記述が『権記』にあります。

成房は藤原義懐と藤原文範の息、為雅の女との間に天元五年（九八〇）生まれ、父義懐が花山天皇のあとを追って出家したときは、成房は五才でしたが　飯室にいる父を慕って出家の思いが強く、『権記』には、行成がこのいとこにあたる成房を引き立て、夜を徹して語り合う姿がしばしば登場していますが、体が弱かったこともあり、則忠の女との間に女の子までありながら　行成の説得を押し切って長保四年（一〇〇二）二月三日、二十一才で入道します。

近江介源則忠の女は藤原成房と結婚しましたので、この噂は宣孝本人が言う通り二心なかったわけ

です。

長徳四年（九九八）冬、越前より一人帰京した式部は、宣孝との結婚をすゝめてくれた伯父為頼を偲びつゝ　宣孝との結婚に傾いていく数首の和歌が『紫式部集』に続きます。

歌絵に、海人《あま》の塩焼く図《かた》を書きて、樵《こ》り積《つ》みたる投木《なげき》のもとに書きて、返しやる

（三〇）

四方《よも》の海に　塩焼く海人《あま》の　心から　やくとはかかる　なげきをや積む

宣孝への式部の返歌です。

この歌絵は宣孝が書いてよこしたものか、式部が書いてその上に和歌を書いて返事をしたものか、判然としませんが、

四方の海で塩を焼く海人の仕事とは、こうした投木（嘆き）を積み上げ重ねることでしょうか。男の人って利口のようで利口でないのね。

文の上に、朱といふ物を、つぶ〳〵とそそぎかけて、「涙の色を」と書きたる人の返りごとに

（三一）

紅の　涙ぞいとど　うとまるる　移る心の　色に見ゆれば

もとより人のむすめを得たる人なりけり

手紙の上に朱を点々とそそいで「これは私の涙の色です」と書いてきた人（宣孝）に
紅色の涙こそ一層うとまれますよ。
だって紅は変色しやすい色、あなたの移り気な心が見えますもの。
「もとより人のむすめを得たる人なりけり」という言葉をどう解釈するのか迷いますが、いい大人が子供のようないたずらをして、と軽くいなしているのではないでしょうか。

文散らしけりと聞きて、「ありし文ども、取り集めておこせずは、返り事書かじ」と、言葉にてのみ言ひやりければ、「みな、おこす」とて、いみじく怨じたりければ、正月十日ばかりのことなりけり。

（三二）

閉じたりし　上《うへ》の薄氷《うすらひ》　解《と》けながら　さは絶えねとや　山の下《した》水

宣孝が式部からきた文を他人に見せたと聞いて「さしあげた文を皆集めてよこさなかったらもう返

事はさしあげません」と言葉だけで言ってやったら、「皆返す」と言って大層恨んできました。

それは長保元年（九九九）正月十日頃の事です。

凍りついていた水の上の薄氷がとけて、折角仲良くなれたのに　それでは山の下水は絶えてしまえ
とおっしゃるのですか。

薄氷がとけて二人が結婚したのは正月十日頃のようです。

越前より一人帰京した翌年の正月のことです。


すかされて、いと暗うなりたるに、おこせたる

（三三）

東風《こち》に　解くるばかりを　底《そこ》見ゆる　石間《いしま》の水は　絶えば絶えなん

なだめられて大層遅くなってから宣孝から返事がきました。
春の東風に石間の水は少しとけただけだから、その底が見えるほど浅い水なら絶えるがいい、浅い
心のあなたとの仲なら絶えてもいいです。

「今は、ものも聞えじ」と、腹立ちたれば笑ひて、返し

（三四）

言ひ絶えば　さこそは絶えめ　なにかその　みはらの池を　つつみしもせん

宣孝がもう何にも言わない、と怒っていってきたので、笑いながら

いいでしょう。そうおっしゃるなら二人の仲が絶えても結構よ。もう遠慮も気がねもしませんわ。

夜中ばかりに、又

（三五）

猛《たけ》からぬ　人かずなみは　わきかへり　みはらの池に　立てどかひなし

気の弱い人数でもない私ですから、いくら心がわきかえり波立ってもあなたには勝てません。

二人の贈答歌はたわいない夫婦げんかのやりとりのような軽妙さがあり、結局は泣く子には勝てぬと白旗をあげる夫宣孝の大らかさが式部をつゝみこみ、夫婦仲は良く幸せな結婚生活だったと思います。
但し、二年半の短かい夫婦生活でしたけど。

桜を瓶《かめ》にさして見るに、取りもあへず散りければ、桃の花を見やりて

（三六）

おりて見ば　近まさりせよ　桃の花　思ひぐまなき　桜おしまじ

結婚した年の春三月のことでしょう。

桜の花と桃の花を前に夫婦の唱和です。

　桃の花よ。手折ってみたら近づけば近づくほどその美しさを見せて欲しいわ。

見る人の気持など考えないですぐ散ってしまう、思いやりのない桜の花なんて惜しいと思わないわ。

返し、人、

（三七）

ももといふ　名もあるものを　時のまに　散る桜にも　思ひおとさじ

夫、宣孝の返歌です。

　桃は百年《もも》に通じる名をもっているから　ほんのわずかの間に散ってしまう桜より見下げるようなことはしません。

近づけば近づくほど親しくなる桃の花を愛でる式部　それに同調する宣孝、婦唱夫随の仲の良さもさることながら、圧倒的に桜の花の美しさを誇った世の中で、桃の花の美しさを見出してそうありたいと願う式部の心を思いやる宣孝、二人の距離の近さを感じます。

花の散るころ、梨の花といふも　桜も、夕暮れの風のさわぎに　いづれと見えぬ色なるを

（三八）

花といはば　いづれか匂ひ　なしと見む　散り交《こ》ふ色の　ことならなくに

花といえば、桜の花と梨の花といづれが風情がない花と見ようか、どちらも風に散り行く色は異なっていないのに。

『古今集』以来、桜の美しさの前に梨の花などは「世にすさまじきもの」と見られていて、その梨の花が夕暮れの薄明かりの中で散っていく花びらの美しさを見出してよんだ歌ですが、これは桜や梨の花のことだけではなく、世の中一般の見方についても、男と女、富と貧、貴と賤等々、偏見から自由の目で見る、式部の普遍的な人間性に寄るものであると思います。

この年の終わりか、翌長保二年（一〇〇〇）の初めに、一子、賢子が誕生しています。

後に後冷泉天皇の乳母となり従三位までのぼった賢子ですが、母と違って名前だけはわかっていますが、生年月日はわかっていません。長保元年（九九九）十一月六日に一条天皇と定子皇后の間に第一皇子敦康親王が生まれていますが、賢子と同年令かと思われます。

式部一行が越前へ下向した頃「長徳の変」がおきて、定子皇后の兄弟である伊周と隆家の配流がきまったとき、定子皇后は第一皇女脩子内親王を妊娠中であり、一条天皇の皇后として我が身を律することなく、感情のまゝ髪を切り出家してしまいました。

定子皇后自身に本当にその覚悟があったとも思えないのは、一条天皇のもとに出家の身で内裏に上り、その年の長徳二年（九九六）十二月十六日脩子内親王を、長保元年（九九九）敦康親王、長保二年（一〇〇〇）十二月十五日第二皇女媄子内親王を出産していることです。

当然、公卿たちから定子皇后に対する批難が出ています。

長徳二年（九九六）五月一日定子落飾のあと、六月九日には定子の御所が焼亡、『小右記』には古人の言葉として、「禍福は糾《あざ》なった縄のようである」つまり『史記』や『漢書』にある言葉で、幸福と不幸はより合せた縄のように交互にやってくる、と書かれています。

十月八日に太宰府へむかった筈の伊周が、密かに上京し定子皇后のもとにかくれているという風聞があり、又伊周は出家したと奏上したのに剃頭していない、と結局十一日太宰府へ追却されます。

ここでも『小右記』は、「積悪の家は天譴《てんけん》（天罰）をこうむったか。後の人は怖れるべきである」と書いています。

長徳三年（九九七）四月五日には一条天皇の母東三条院の病気恩赦により二人は召還されますが、やはり『小右記』には、

「定子は職御曹司に参られた。天下は感心しなかった。あの宮の人々は定子は出家されていないと称している。はなはだ希有なことである」とあります。

長保元年（九九九）六月十四日内裏焼亡、八月十八日の『権記』には大江匡衡の言葉として、「白馬寺の尼（則天武后）が宮中に入って唐が亡んだ、とある。皇后定子が内裏に入って火事になったことはその旧例をひいたものか」とあり、世間にはそのような噂が流れていたようです。

そのようなとき、敦康親王を身ごもった皇后定子が里邸へ行啓するにも、供奉する上卿は皆、道長

の宇治へ行ってしまい、不如意のまゝ前但馬守平生昌第へ御輿で、板の門屋の邸に行啓し、人々から御輿が板の門屋を出入りすることは聞いたことがない、と笑われています。

十一月七日敦康親王が誕生したときも、『小右記』には「世間では横川の皮仙（行円）のようなものだ」と言っているとあります。

出家の身でありながら子供を産む、出家ならぬ出家だ、と揶揄されているのでしょう。

そしてこの年の十一月一日道長の女《むすめ》彰子が十二才で入内し、翌長保二年（一〇〇〇）二月二十五日立后し中宮となります。

このとき、一帝二后という異常な事態が発生することになりますが、能吏の藤原行成の奏上により道長の思うまゝに立后、宣旨が下されました。

定子中宮は正妃であるがすでに出家入道されているので神事を勤めない。特別な一条天皇の私恩があり中宮職の号を停止されることなく全て封戸を納めているのである。我が朝は神国であり神事を先とすべきである。重ねて妃（彰子）を立てて后とし、氏の祭祀を掌らせれば神明はあるいは許してくれるのではなかろうか。（権記）

そして二月二十五日中宮（定子）職を皇后宮職とし、新后宮（彰子）を中宮職としました。『御堂関白記』によると、二月十日立后前の彰子女御が内裏を退出すると、翌十一日は春日祭の神事が行われている内裏に、出家した定子中宮が参入され、道長は祭が穢されたと不快感をあらわにしています。

このときに身ごもった定子は、この年の十二月十六日二女媄子内親王を産んだ後、後産がおりず二十五才の若さでその哀れな一生を閉じています。

式部は、定子が一条天皇の特別な私恩だけが頼りの四面楚歌のなか、二人の子供の成長だけしか楽しみのない定子皇后の悲しさを、夫の宣孝や弟の惟規、いとこの伊祐や信経から朝廷の話として聞いていたと思います。

『紫式部日記』の中に式部の清少納言に対する厳しい批評があって有名です。

藤原俊成の女《むすめ》の作と言われる『無名草子』にも、

宮（定子中宮）のめでたく盛りにときめかし給ひしことばかりを、身の毛も立つばかり書き出でて、関白殿（定子の父道隆）失せさせ給ひ、内の大臣（兄伊周）流され給ひなどせしほどの衰へをば、かけても言ひ出でぬほどのいみじき心ばせ　なりけむ。

「いみじき心ばせ」と普通ではない心のほどである、と作者は清少納言のことを言っていますが、式部も、

「清少納言こそ　したり顔にいみじう侍りける人」

清少納言は得意顔をして普通ではない人　と言っていて、「いみじき心ばせ」といい、「いみじう侍りける人」といい、「いみじ」がキーワードです。

「いみ（忌）」を形容詞化した語が「いみ・じ」で、程度がはなはだしいことを表す語であり、望ましい場合にも望ましくない場合にも用い、具体的な内容を示す語が省略されることが多いですが、『枕草子』の八二段に、定子から「万事を捨てて参れ。さもなくば　いみじうにくませ給はむ」との仰せ言に、清少納言は「いみじう」とある文字には命も身もさながら捨ててなむ、と参上した、とあり「いみじう」という定子の言葉にふるえあがって命も身もそのまゝ捨てて命令に従っています。

清少納言が自ら言うように、「いみじう」とは、身も心も捨てなければならないほどの普通ではないすさまじい状態を指すようです。

『枕草子』の回想場面に登場する定子中宮は、いつも美しい栄花の中心にいて、その場面を印象的に断片的にとらえて描き、実はその主人公は定子中宮ではなく清少納言自身であり、それほどにすばらしい定子中宮であるならば、そのお心に添ってその苦悩に満ちた生涯を、その真実を、清少納言の冴えた筆で残して欲しかったと思います。

式部の目から見れば、虚構の世界を造り出してそれがあたかも真実の世界のように描き出して、定子中宮に対して忠誠を尽くす、とみせながら欺瞞的態度であり不忠実であり　鼻もちならない人間とみえたのではないでしょうか。

宣孝は『宣孝記』という日記を書いていたそうですから　今その日記が残っていたら式部の動静や考え方など少しは書いておいてくれたのではないでしょうか。

その宣孝が定子の哀れな崩御後、わずか四ヶ月後に疫病のため突然世を去ることになるとは　式部も想像だにしていなかったでしょう。

賀茂祭の調楽に人長として舞の妙技をふるい、宇佐使として西下、道長に馬を献上し、長保三年（一〇〇一）正月三日宮中の供御薬事を奉仕、四月二十五日四十九才で亡くなりました。

二　寡婦時代

去年《こぞ》の夏より薄鈍《うすにび》なる人に、女院かくれさせたまへる又の春、いたう霞みたる夕暮れに、人のさしおかせたる

（四〇）

雲の上も　物思ふ春は　墨染《すみぞめ》に　霞《かす》む空さへ　あはれなるかな

昨年の夏より夫の死により喪に服している私に　やはり昨年長保三年（一〇〇一）閏十二月二十二日に亡くなられた一条天皇の母、東三条院の諒闇のため世の人が皆喪に服しているこの春、大層霞んだ夕暮れに知人が弔問にきて下さいました。

宮中でも物思うこの諒闇の春は空さえ墨染色にかすんで哀れなのに、まして夫の喪に服していらっしゃるあなたはいかばかりでございましょうか。

返し

（四一）

なにかこの　ほどなき袖を　濡らすらん　霞の衣　なべて着る世に

世の人すべてが喪服を着て悲しんでいるのに、私の如きとるに足りない袖を濡らしているのでしょう。私一人だけの悲しみでもありますまいに。

知人の弔問歌に対して、「なにかこのほどなき袖」と我が身を卑下してうたう式部は、いかにも式部らしく、最愛の夫を亡くした悲しみが強く伝わってきます。

『紫式部集』の次の四二番歌と四三番歌は宣孝が残した継娘との贈答歌になっています。次に続く五首の歌は、物語絵を見てよんだ和歌の連続ですが、生前の夫との思い出をなつかしく回想しているようです。

絵に、物《もの》の怪《け》つきたる女のみにくき図《かた》書きたる後に、鬼になりたるもとの妻《め》を、小法師のしばりたる図《かた》書きて、おとこは経《きょう》読みて、物の怪責《せ》めたるところを見て

（四四）

亡き人に　託言《かごと》はかけて　わづらふも　おのが心の　鬼にやはあらぬ

返し

（四五）

ことわりや　君が心の　闇なれば　鬼の影とは　しるく見ゆらむ

物の怪となった亡き元の妻が鬼の姿になって小法師にしばられている図をかき、その前には妻についたその物の怪が憑坐《よりまし》に移されて、その憑坐の女のみにくい姿をかいて、夫が経を読んで物の怪が退散するように祈っている絵を見て、

亡くなった元の妻にかこつけて物の怪に苦しんでいるのも、自分自身の心の鬼に責められているのではないですか。

この式部の和歌に対して返しをした人を、自問自答とみてもいいですが、やはり夫の宣孝ではないでしょうか。

その通りです。あなたはいつも自分の心の闇を見つめていて、その心の奥にある本性を凝視しているので、その物の怪の姿が鬼の影とはっきり見えるんですね。

「おのが心の鬼」に対して「君が心の闇」と答えることができるのは、女房や他人ではなく、宣孝以外にはいないと思うのです。

絵を見て、元の妻が鬼の姿になって祟りをしているのではなく、自分の心の中の鬼が原因なのではないか、という問いに「その通り」と答えて、式部の心と以心伝心できる夫婦であったことを、この贈答歌は示してくれていると思います。

『賀茂保憲女集』の和歌に、

年ごとに　人はやらへど　目に見えぬ　心の鬼は　ゆく方もなし

大晦日の夜「鬼やらひ」の行事で鬼に紛した人を追い払って厄払いするけど、目に見えない心の中にすむ鬼はどうしたらよいのか、追い払おうと思っても追い払う方がない。

人間の業とも本性とも、心の闇の中に蠢《うごめ》く心の鬼は、人間の心に住みついていて、追い払おうとしても追い払うことができない。

人間の悲しさを、妄執に苦しむ人間の哀れさを、式部も賀茂女もみつめているようです。源氏物語の第三十五巻、若菜下で、六条御息所の死霊に光源氏が我が妄執におののく姿があり、人間誰もが持つこの心の闇、心の鬼を、これほど強く意識して和歌によんでいる二人の女流文学者を平安時代に見出して、その思考の深淵に心ゆすられます。

絵に、梅の花見るとて、女、妻戸《つまど》おし開《あ》けて、二三人ゐたるに、みな人々寝たる気色書いたるに、いとさだ過ぎたるおもとの、つらづゑついて、眺めたる図《かた》あるところ

（四六）

春の夜の　闇《やみ》のまどひに　色ならぬ　心に花の　香《か》をぞ染《そ》めつる

梅の花の馥郁たる香りが漂う春の夜、夜目に白い梅の花を眺める女房二、三人が妻戸の外に、へやの中には寝ている女房たちもいてその中の一人、年配の女房が頬杖ついて梅を眺めている物語絵を見

て、
春の夜の闇の中で、私は夫を失い幼な子と共にどう生きて行くのか迷って風流ならぬ荒れた心のまゝでいますが、こんな美しい春の宵は、そんな心をも馥郁とした香りに染めてくれるようです。

同じ絵に、嵯峨野に花見る女車あり。なれたる童の、萩の花に立ち寄りて、おりたるところ

（四七）

さを鹿の　しかならはせる　萩なれや　立ち寄るからに　おのれおれ伏す

嵯峨野の秋、風流な女車から降りた女童が、萩の一枝を折ったところを書いた物語絵を見て、その萩によせて、雄鹿は萩を妻として慕い寄ってくるもの
雄鹿がそのように習慣づけた萩だからなのでしょうか。萩は雄鹿が近づくと自分の方からなびいて折れ伏すのです。

物語絵には雄鹿の姿はないのに萩の花から連想して雄鹿を登場させ、亡き夫の回想にふけっている式部は、自分もあの萩のように雄鹿に馴れ親しんだろうか　と反省しているようにもみえます。

世のはかなきことを嘆くころ、陸奥《みちのく》に名あるところ〴〵書いたる絵を見て、塩釜《しおがま》

（四八）

見し人の　煙となりし　夕べより　名ぞむつましき　しほがまの浦

「世のはかなきことを嘆くころ」とは宣孝の死から間もないころのことで、この塩釜の絵は歌枕をかいた名所絵でしょう。

連れ添ってきた夫が煙となってしまった夕べより、その名を聞くだけでもむつまじく思われる塩釜の浦です。

それほどに夫宣孝のことが思われる式部であり、源氏物語の中でも光源氏が夕顔を偲ぶ和歌

見し人の　煙を雲と　ながむれば　夕べの空も　むつまじきかな

と詠まれていて、式部と宣孝、光源氏と夕顔、それぞれむつまじい仲でしたが、その期間は短かくはかなくて、夢なのか、幻なのか、式部の心はさまざまにゆれ動いています。

つづく次の三首は、夫の死後式部に言い寄ってきた男との和歌です。

門たたきわづらひて、帰りける人の、翌朝《つとめて》

（四九）

世とともに　荒き風ふく　西の海も　磯辺《いそべ》に波は　寄せずとや見し

と恨みたりける返りごと

（五〇）

かへりては　思ひ知りぬや　岩かどに　浮きて寄りける　岸のあだ波

式部の家の門までやってきて求婚してきた男の和歌です。

昔からいつも荒い風が吹きあれていた西の海でも、磯辺（女）に波（男）が寄せつけないということはありません。

と恨んできたので、式部の返歌

西の海から京に帰ってきておわかりになったでしょう。あなたは岩かどのような私の固い岩に浮きあがって寄せてくる岸のあだ波のようなお方と。

年返りて、「門《かど》はあきぬや」といひたるに

（五一）

誰《た》が里《さと》の　春のたよりに　鶯《うぐいす》の　霞《かすみ》に閉《と》づる　宿を訪《と》ふらむ

先に、門をたたきわづらった男が年あけて「門はあきぬや」と言ってきたので式部の和歌、春になってとび出した鶯が誰の里をたづねたついでに、このような霞が閉じている家をたづねるでしょうか。

式部の厳しい拒否の和歌がつづいています。

これからみても、後に式部は道長の妾という話が出てきますが　あり得ない話だと思います。

この後、『紫式部集』には（欠歌）とあり（五二）番歌につゞきますが、この和歌は一番良本と言われる定家本にはなく、異本といわれる古本系にある和歌です。

八重山吹をおりて、ある所にたてまつれたるに、一重《ひとえ》の花の散りのこれるをおこせ給へり。

（五二）

おりからを　ひとへにめづる　花の色は　うすきを見つゝ　うすきとも見ず

式部が八重の山吹をある御方に奉ったところ、その御方が散り残った一重の山吹の花を贈って下さいました。

山吹の花は一名「くちなし」といい、「物言わぬ」「言わないで偲ぶ」という意味をもち、式部が、夫との死別の悲しさを言わず偲んでいます、と八重の山吹を奉ったのに対して、八重の山吹より早く咲く一重の山吹の花の散り残ったのを贈って下さいました。

時宜を得たようにおくって下さった一重の山吹の花の色は、八重の花より薄いけど、八重の山吹は実をつけないけど一重の山吹は実をつけて子孫を残し強く生きていくように、私も強く生きたいと思います。

この御方は、式部にこの一重の山吹の花のようにたくましく強く生きなさい　と励ましてくれていて、式部もそれにこたえています。

世中のさはがしきころ、朝顔を、おなじ所にたてまつるとて

(五三)

消えぬ間の　身をも知る〳〵　朝顔の　露とあらそふ　世を嘆くかな

宣孝が亡くなったのは四月二十五日の初夏の山吹の花が咲く頃　そして朝顔は盛夏に咲くとすると、この二首は長保三年（一〇〇一）の夏の詠でしょうか。

朝顔の花の上に宿るはかない露と同じように、人の命も露の消えない間のはかないものと知りながら、露とあらそって嘆いていることです。

このあたり祖本から一丁以上の損傷が想定されるそうですが、敬語が使われていることから八重山吹

を奉った所は旧知の尊貴な身分の方となると、章明親王家の済子女王か、具平親王家の荘子女御か、やはり荘子女御のところと解釈したいと思います。

『権記』や『御堂関白記』には行成も道長もしば〳〵具平親王第を訪問する記事があり、『権記』には具平親王の母荘子女御に御挨拶する場面もあって、寛和五年（一〇〇八）七月十六日七十八才で亡くなるまで御元気でいらしたようです。

『小右記』には正暦元年（九九〇）七月十一日実資が大層かわいがっていた女児が亡くなり、八月十日四七日法事のあと、中務宮の母女御荘子女王が書状をもって弔問したとあり、こまやかなお人柄だったのではないでしょうか。荘子女御は天暦四年（九五〇）二十才のとき入内、村上天皇の麗景殿女御と呼ばれ、天暦十年（九五六）三月廿九日内裏で麗景殿女御歌合が行われ、平兼盛、壬生忠見、中務が左右にわかれ歌合を行っています。

中務は宇多天皇の二品皇子敦慶親王と歌人の伊勢の御との間に生まれ、歌合のときは荘子女御は二十六才、中務は四十五才ほどでしたが、荘子女御の歌の代作をするほどに親しい間柄であったようです。

『拾遺和歌集』、巻第九雑下に次のような和歌がのっています。

伊勢のみやす所うみたてまつりたりける　みこのなくなりにけるが、かきをきたりけるゑを　ふちつぼよりれいけいてんの女御の方につかはしたりければ　このゑかへすとて

麗景殿みやのきみ

なき人の　かたみと思ふに　あやしきは　ゑみても袖の　ぬるるなりけり

伊勢御息所は宇多天皇の後宮、温子皇后に仕える女房でしたが、宇多天皇との間に皇子が生まれ、『伊勢集』によると五才で亡くなっています。

その幼い皇子がかいた絵なのか、母の伊勢御息所がかいた絵なのか、或いは絵師にかかせた絵なのか、そのかきおいた絵が藤壷にあり、その絵を藤壷より麗景殿女御の許へおつかわしになると　女御から和歌を添えて絵が返されてきました。

亡くなった人の形見と思って拝見しますと、もうずい分と昔のことですのに　不思議と思い出されて涙が袖を濡らすことです。

この亡き人とは誰なのでしょうか。又藤壷とはこの時代彰子中宮を指すと思うのですが、亡き人が伊勢御息所ではないことは確かです。荘子女御が入内したとき、伊勢の御はすでに亡くなっていましたから会ったこともない筈です。亡き人の形見を見てなつかしむのですから、その亡き人を知っていて親しい筈です。

とすると、伊勢の御の娘の中務でしょうか。中務は正暦二年（九九一）前後、八十才位で亡くなっていますから、それ以後の藤壷はやはり彰子中宮になります。

彰子中宮の入内は長保元年（九九九）十一月一日一条院内裏に入られ翌長保二年（一〇〇〇）十月十一日新造内裏　藤壷に入られ、それ以後藤壷は彰子中宮の居所となります。

この藤壷に伊勢御息所の皇子の絵がどうしてあったのか、その絵を藤壷より麗景殿女御にどうしておやりになったのか、藤壷の彰子中宮と具平親王の母麗景殿女御と呼ばれた荘子女王との関係は、又荘子女王と伊勢御息所の皇子との関係は、これらの疑問を解く鍵は、紫式部にあるのではないかと私は考えます。麗景殿女御荘子女王の和歌にある亡き人を伊勢御息所の娘中務とすると、藤壷でその皇子の絵を見た式部が、この皇子の父違いの妹にあたる中務と親しかった荘子女王を思い浮かべ、この皇子の絵は中務が母伊勢の御よりいたゞいた形見だったかもしれない、と気付き、中務の形見として荘子女王にお見せしたのではないでしょうか。

和歌に「あやしきは」とあるのは、荘子女王は伊勢御息所も皇子も知らないけど、その二人に縁のある中務のことがなつかしく思い出されて、その絵を見ていると涙が流れる。とよんで、十数年前に亡くなった中務のことを偲んでいるのではないでしょうか。

この仮定が許されるならば、式部が彰子中宮の許に出仕後のことになりますから、寛弘二年（一〇〇五）十二月二十九日以降、この和歌の載る『拾遺和歌集』の成立は寛弘四年（一〇〇七）前後とされていて、その頃この荘子女御の和歌から　紫式部を中心に彰子中宮と荘子女御の三者の親しい関係がみえてきて、中宮の宮の内の和やかな風景が垣間見られて、藤壺の奥床しい雰囲気が偲ばれます。

世を常なしなど思ふ人の、おさなき人の悩みけるに、から竹といふもの瓶《かめ》にさしたる、女ばらの祈りけるを見て

（五四）

若竹の　おいゆく末を　祈るかな　この世を憂しと　厭ふものから

世を常なしと思ふ人—私の幼い娘が病気になって、女房たちが生命力の強い竹を瓶《かめ》にさして、早く良くなるように、と祈っているのを見て、

若竹―幼い我が子のすこやかな成長を祈らずにはいられない。
だけど私はこの世を早く別れたいと思っている。

式部が我が娘賢子のことをよんだ唯一の和歌です。母親として我が子のすこやかな成長を願う心は人一倍もっていても　厭世感に閉じこめられている我が心を正直に吐露するこの重苦しさ、子育ては楽しく希望に満ちたものだけどそれは自分の生の一部分でしかない、ということでしょうか。自分には厳しく他人《ひと》には優しい式部の性格ではありますが、女性として真摯に生きるとはこういうことか、と思わず襟を正さざるを得ません。

次の二首は式部の寡婦生活の最後の和歌です。
身を思はずなりと嘆くことの、やう〳〵なのめに、ひたぶるのさまなるを思ひける

（五五）

数ならぬ　心に身をば　まかせねど　身にしたがふは　心なりけり

（五六）

心だに　いかなる身にか　かなふらむ　思ひ知れども　思ひ知られず

自分の身が思うようにいかないと嘆く事がだん〳〵と一通りでなく、普通にすっかりその状態にあ

る、と自分でも思うのです。
人並でもないとるに足りない自分の心に身をまかせようとは思わないけど、悲しいことに自分の心はそんな自分の身にしたがってしまうのです。

自分の心だけは自分の思い通りにしたいのだけど、それは一体どんな状態になればそうなるのだろうか。そんな状態になったところで思い通りにはならないということは思い知ってはいるけど、あきらめることができない。

この式部の深い嘆きは、心にまかせぬ我が身の成り行きであり、世を常なしと思いこの世を憂しと厭う我が心からであり、夫亡き後の寡婦生活の最後にこのような苦しい心をよんでいますが、『紫式部日記』には

つれづれに　ながめ明かし暮らしつゝ、めぐり来る四季を　さびしく　物思いをしながらも過ごし、行く末の　心細さはやるせないものの　まあ　どうなることだろうと思いながらも　はかなき物語（謙遜していますが源氏物語のこと）を書いていて、その物語について　童友だちだった人々や知人など多くの友だちといろいろ語り合い、なかでも気の合う人とはしみじみと文通し合い、一寸親しみにくい人には縁故を求めてまで文通して、この物語についてさまざまの意見を聞かせてもらって　こんなとりとめのないことにつれづれをなぐさめつゝ、自分はこの世にあるべき人数とは思わないけど、さしあたり恥づかし、つらしと身にしみて感じることばかりはまぬがれてきました。

と綴っていて、源氏物語の執筆に心を入れている様子がうかがえます。

世の中のむなしさをふっきるような積極性がみえて、源氏物語に対する執念を感じます。

一方、為時は長保三年（一〇〇一）春頃には任務を終えて越前より帰京し、宣孝の死のときは式部の傍にいて励まし、力になってくれていたと思われます。

この年の十月九日、四十の賀を迎えられた一条天皇の母、東三条院への御屏風四帖にのせる和歌十二首のうち、道長が三首、為時の和歌が一首選ばれて、行成の筆で屏風に書かれる栄誉に浴していま す。

この時代の文人は同時にすぐれた歌人でもあり、そのためかその漢詩文も和様化する傾向にあり、宋人が為時の詩を評して、「詞は甚だ美しく飾っているが、あさはかでとり得なし」といわれたのも日本人の細やかな心情は宋人には理解できなかったのかもしれません。この道長の時代にあって、道長にも一条天皇にも信頼され、すぐれた能吏であり文人であった藤原行成と為時については、「行成詩稿」に大変親しかったことが知られています。

長保五年（一〇〇三）夏ごろ行成が亡き母、源保光女《むすめ》（荘子女王の姪）を追慕しよんだ詩に為時が同じ文人仲間の源為憲とともに次韻して詩をよみ、それに追和してよんだ行成の詩の中に　為時か為憲かのいづれか、あるいは両名をさして「詩仙」と呼び、都の人が「元白の再誕」という由をしるしています。

当時、詩の神さまといわれた白楽天に模されるとは、社交辞令としても為時が詩人として高く評価されていた証しです。

同じ年の五月一日の左大臣道長第で行われた法華三十講の始めの日、為時は講の後の作文会で詩を作り、五月十五日同じ道長第で行われた左大臣家七番歌合に左の歌人として出席していて、道長にも文人として高く評価されています。

寛弘元年（一〇〇四）中も多くの作文会が開かれていますが、記録からは為時の参加は確認できませんが、閏九月十八日具平親王第での作文会には、行成も参加していて、為時も参加しているのではないでしょうか。

閏九月二十二日宇治別業で行われた作文会で道長がよんだ詩に、行成を介して具平親王が和した詩が道長のもとに届けられたり、詩を通しての交流が多く語られています。

道長、具平親王、行成、為時、そんな詩を通しての交流のなかで、式部の彰子中宮への出仕がきまったとしても、不思議ではない思いがします。

源氏物語の執筆に心をくだく日々、異腹の弟の比叡山で修行していた定暹が、師の延暦寺阿闍梨教静とともに、長保四年（一〇〇二）十月二十二日東三条院追善八講に聴衆二十口の一人として奉仕するため下山し、同じ年の十二月四日には行成宅で行われた行成室の七々忌の法事に、教静阿闍梨が奉仕しているので弟子の定暹も下山し、その都度定暹は実家の為時家を訪れて、姉の式部とも親しく言葉を交わしていたのではないでしょうか。

定暹は寛弘三年（一〇〇六）から五年（一〇〇九）の頃に教静阿闍梨から灌頂を受けて、阿闍梨となっています。

寛弘八年（一〇一一）一条天皇御大葬には、御前僧二十口の一人として参列、その後律師に任じられ三井寺の林泉坊に住し、長和五年（一〇一六）四月二十九日三井寺にて出家した父為時の剃髪の介添えをしました。

末摘花の兄の醍醐の阿闍梨の姿に定暹が投影されているように思います。

幼い頃から培ってきた高邁な精神が外から襲ってくる不幸や不運をはねのけて、式部に自由な心と力を与えてくれたものが源氏物語の創作であり、夫亡き後の寂寥《せきりょう》をなぐさめ希望を与えてくれたのが源氏物語執筆の日々であったと思います。

明治の文豪森鴎外は、息子の於菟さんによると、鴎外文学を不朽ならしめたもの、鴎外の創作意欲をかきたてたものは、その憂き時代、つまり最初の妻との不和と後の妻と鴎外の母との不和で家庭的に苦慮した時代であった、と書いています。

鴎外研究者の吉野俊彦も、鴎外個人には気の毒であるにしても、家庭内のいざこざに感謝しなければならないのかもしれない、と書き、文豪といわれる人々にとって、憂き時代こそ偉大な文学的著作を残し得た、と思うと、式部の憂き身を嘆く憂き心が源氏物語への創作意欲をかきたてた、と想像することは許されるように思います。

第四章　出仕時代

一　出仕

寛弘二年（一〇〇五）十二月二十九日、式部三十三才のとき彰子中宮の後宮に出仕して女房となった、とするのが一般的です。

このとき、宮中は大変な騒ぎの中にありました。十一月十五日の夜半内裏の温明殿から出た火は賢所に安置されていた神鏡を破壊し、内裏は皆焼亡、一条天皇と彰子中宮は二十七日道長の東三条第に遷御されたのです。その里内裏で十二月二十三日から二十五日まで内裏仏名会が行われ、二十八日には中宮仏名会が行われ、翌二十九日は追儺《ついな》が行われていました。そんな年末のあわただしい中、東三条第の里内裏にいらっしゃった彰子中宮の許へ出仕したことになります。

翌寛弘三年（一〇〇六）の元日節会は内裏焼亡により音楽は奏さない、と『小右記』にありますが、道長（御堂関白記）も行成（権記）も元日節会は通常通りに行われ、三日には中宮の御在所で大饗が行われ、集まった公卿が数巡の宴飲後和歌をよんだ、と道長は書いていますから、初お目見えの式部は和歌をよむことは免除されたのでしょうか、それとも道長に強要されてそっと逃げたでしょうか、式部は初めて体験する正月の大饗の様子を、女房として緊張して見ていただろうと想像されます。

初めて内裏《うち》わたりを見るにも、もののあはれなれば

（五七）

身の憂さは　心のうちに　慕《した》ひ来て　いま九重《ここのへ》に　思ひ乱るる

初出仕して四日後には中宮大饗のきらびやかな宴、大勢の女房たちにとり囲まれた彰子中宮、道長をはじめ威儀を正した公卿たち、圧倒され緊張して、自分のような者がこの中に入っていくことができるのか、不安と期待の入り交った気持を「もののあはれ」と言ったのでしょうか。

今、宮中の九重にいながら我が身の憂さは心の中に後から追いかけてきて、いく重にも思い乱れています。

まだ、いとうゐ〳〵しきさまにて、ふるさとに帰りて後《のち》、ほのかに語らひける人に、

（五八）

閉じたりし　岩間の氷　うち解けば　緒絶えの水も　影見えじやは

返し

（五九）

深山辺《みやまべ》の　花吹きまがふ　谷風に　結びし水も　解けざらめやは

この年の正月は、一日は晴れたものの二日から六日まで雨つづきで十五日には激しい雨が降り、それでなくても緊張している式部の心も晴れ間なく、まだものなれないまゝ一時里下りをしたようです。

まだなれず様子もわからないまゝ里に帰って後　宮中でほんの一寸語り合った女房に

凍結した岩間の氷が春になって解けてくるならば　流れのとだえている水の流れに人影がうつって見えないことはないでしょう。

もう少しなれて落ち着いたら参内致します。

返し

深山（大内山）あたりに咲いている花（女房）たちに、吹きまよう中宮様の暖かい区別もなく吹く慈愛の風に、凍った水もとけないことがありましょうか。早く御出仕なさい。

出仕したばかりなのに、一人の気の合う女房をみつけ現在の自分の状況をそれとなく伝えていて、自らを人見知りで消極的な人間、といっているわりには仲々社交的です。

彰子中宮は、源氏物語の作者として興味津々の式部がほんの一週間ほど出仕して里居してしまったので、早く出て来て欲しいとお思いになったのでしょう。

女房を介して春の歌をよみなさい、とおっしゃってきたので式部はあわてて、まだ出仕の仕度もしていなかったので隠れ家のような里から歌を奉ります。

正月十日のほどに「春の歌たてまつれ」とありければ、まだ出で立ちもせぬ隠《かく》れ処《が》にて

（六〇）

み吉野は　春の気色《けしき》に　霞《かす》めども　結ぼほれたる　雪の下草

桜の名所み吉野はもう雪もとけて桜の景色にかすんでいるでしょうけど、こちらはまだ雪の下の草のように雪に埋もれていてままなりません。申し訳ございません、という程の気持でよんでいます。

「正月十日のほど」というのは、式部が宣孝と結婚したのが七年前の正月十日のほどでしたから、その同じ日のほどを思い出すと今更に悲しみがよみがえってきて、桜の華やかさより雪の下草に心がいってしまい　初お目見えの心苦しさもあいまって本音でよんでいます。

この後式部はすぐ出仕したことと思います。

そしてこの年の三月四日、彰子中宮は一条天皇とともに、昨年の内裏焼亡以後里居とされていた東三条第から一条院内裏に還御されますが、その日東三条第の満開の桜の花のもとで花宴《はなのえん》が華やかに開催されました。

彰子中宮の父道長は、東三条第の紫宸殿（東三条第の寝殿）の御帳、壁代など御室礼を皆新調して、花宴にふさわしくととのえられました。一条天皇と彰子中宮の御臨席のもと御膳が供され　道長家の人々及家司に賜爵があり、その後文人たちが召されて「水を渡って落花が舞う」という題で作文会が

開かれ、紙と硯を賜った文人たちは詩を作ります。その中に式部の父為時もいます。

御前の池には竜頭鷁首の船が浮かび、船楽が鳴りひゞき、天皇の御前では船をとどめて童舞が舞われ、上下の文人達が詩を献上、その後賜禄があり、道長は一条天皇に御馬十疋を献上、一条天皇と彰子中宮は一条院御所に還御なさいました。

この花やかな儀式を新参の式部は中宮の女房たちの席で見ていた筈で、奉仕する父為時の晴々しい姿を眺めていたと思われます。

為時も、彰子中宮のおそばの席でかしこまっている我が娘を見て誇りに思っていたと思います。『本朝麗藻』に載る為時の詩は、咲きほこった桜の花びらが池の上で舞っている風情をはなやかに美しく喜びをもってうたっています。落花を舞姫にたとえて、御前の池に舞い散り風に飛び、回転している花びらが画面いっぱい自由に踊り舞う姿は喜びにあふれていて、為時の今の思いを表現しているようです。そしてこの庭園はまことの勝地であり、そこで催される一条天皇の盛大な宴席にのぞむことができた幸せをうたい、道長に対する賛美と一条天皇に対する尊敬、そこに我が娘が奉仕する喜びがこめられていると思います。

（『本朝麗藻全注釈』　今浜通隆　新典社）

この花宴は源氏物語の第八巻、花宴の巻にとられているといいます。花宴の巻は二月二十日あまりとあり、日は違っていますが、先ず作文会が開かれて文人が招かれています。

かかる方にやむごとなき人多くものしたまふころなるに　はづかしく　はるばるとくもりなき庭に立ち出づるほど　はしたなくて　やすきことなれど　苦しげなり。

このような作文の道にすぐれた人々が多くおられる頃なので、殿上人はともかく地下の人々は気おくれがして紫宸殿の南庭の白砂が一面に敷きつめてはるばるとくもりない庭に立つと　きまりわるくて何でもないことだけど面映ゆそうです。

これは式部が女房の席から見た父の様子ではないでしょうか。

楽、舞と続き左大臣の息子頭中将が舞う柳花苑が大層面白いので桐壺帝より御衣を賜る、という名誉なことがあり、人々は珍しいことに思った、とあります。

東三条第の花宴でも翌五日一条天皇が還御なさった際、道長に直衣を賜っています。

花宴の巻は式部出仕後の作か、或いはこの東三条第の花宴を見た後に書き直したか　とも考えられます。

この二日後の三月七日『権記』の記事に、行成が我が邸を寺にあらためた世尊寺に行くと、留守居の阿闍梨が「帥（伊周）が花見にこの寺を訪れて見えられた」と語ったので、行成は甚だ奇怪なことである、と書いています。

伊周は父道隆亡き後、一条天皇の母東三条院の「兄弟は次第のまゝ」という兄道隆の後は弟の道兼、そして弟の道長に政権を、という考えに対して、父ともども政権の奪取を目指し失敗し、妹定子皇后の残した敦康親王と脩子内親王の後見者となるべき人なのに、今はそのお二方は道長と彰子中宮の庇護のもとにあり、息子の道雅にしても前年十四才で元服、式部の夫宣孝と朝成女との娘と結婚し、一条天皇と彰子中宮の恩寵をこうむって順調に加階しており、伊周自身も詩人として名高く、道長に文人として一目おかれている存在ながら、その心の中にどんな思いがあったのであろうかと想像すると、一人寺に咲く桜を眺める伊周の姿は行成をして奇快なことと言わしめたのでしょう。

弥生《やよい》ばかりに、宮の弁のおもと、「いつかまいりたまふ」など書きて

（六一）

憂きことを　思ひ乱れて　青柳の　いと久しくも　なりにけるかな

返し

（六二）

つれ〴〵と　ながめふる日は　青柳の　いとど憂き世に　乱れてぞふる

里居が続いたこの三月はいつの三月なのか、出仕して二〜三年の頃でしょうか。宮の弁のおもとという女房から

憂きことをあれこれと思い悩んで　青柳の糸ももうすっかり伸びてしまって、あなたの里居もずいぶん分と長くなりますね。

式部の返事です。

つれ〴〵と長雨が降り物思いにふけってくらす日は　ます〳〵この憂き世に思い乱れております。

式部の憂き世に思い乱れる性向は、女房たちの間にもよく知られていたようですが、彰子中宮の意向をくんでのことでしょう、心配して便りをよこす女房がいました。

　こんな里居の時間は源氏物語の執筆にあてられていたと思われ、物語作家としてもその明晰な頭脳には一目おかれていて、このおもとのような一般的な女房たちにも親しまれ、尊敬もされていたのではないでしょうか。

「かばかり思ひくしぬべき身を、いといたうも上衆《ず》めくかな」、と人の言ひけるを聞きて

（六三）

わりなしや　人こそ人と　言はざらめ　みづから身をや　思ひ捨つべき

「当然卑下し遠慮しなければならないのにたいそう気どっているわね」と人が言っているのを聞いて

　道理に合わないわ、人さまは私を人数に入れぬとおっしゃっても　私は私を自分で見殺していいものでしょうか。

女同志の世界、それもそれぞれ身分の差があり、式部と同等かそれより上の女房たちにとって、中宮様から何かと目をかけられている式部は妬み謗りの対象であったかもしれず、受領級の身分の上、寡婦の式部には相当の圧力がかかってきて、押しつぶされそうになる心との戦いを制するものがあった筈です。

それはほかでもない、源氏物語に対する執着心であり　源氏物語の作者としての矜持です。

薬玉《くすだま》おこすとて

（六四）

忍びつる　ねぞあらはるる　あやめ草　いはぬに朽《く》ちて　やみぬべければ

返し

（六五）

今日はかく　引きけるものを　あやめ草　わがみ隠れに　ぬれわたりつる

里居している式部のもとに、中宮の意を受けた女房から薬玉がおくられてきました。五月五日のあやめの節句が近づきあやめ草がその長い根をあらわします。私はずっと忍んであなたの出仕をお待ちしていましたが、このまゝ黙っていたらあなたは沼の中で朽ちてしまうんではないかと心配で、心配で。

式部の返し

今日はこのように私を引き立てて下さったのに、私はあやめ草のように水の中に身をかくしてしまって。

感謝の涙にぬれつづけております。

『紫式部日記』に、新参の女房として式部の人柄を先輩や同僚の女房たちが予想して、たいそう風流ぶって気詰まりで、人づき合いが悪そうでよそよそしくて、物語をこのみ由緒ありげに気取り、すぐに歌を持ち出し、人を人とも思わず、ねたげに人を見落とす人と、皆そう思って憎んでいるようだ、と式部は我が欠点を並び立てています。しかし実際は、会ってみると不思議なほど穏やかで別の人かと思った、と人々から言われて自身面映《おもは》ゆく感じています。

寛弘四年（一〇〇七）の正月十三日には弟の惟規が兵部丞兼六位蔵人になりました。三月三日には、道長の土御門第で曲水宴が催されて水辺に座を立て羽觴《うしょう》（酒杯）がしきりに流れるなか、公卿や殿上人や地下の文人二十二人が参会して詩作が行われ、名前はありませんが為時も文人の一人として参会し栄誉に浴していると思われます。

卯《う》月に八重咲ける桜の花を、内にて

（一〇四）

九重に　匂ふを見れば　桜狩《さくらがり》　重ねて来たる　春の盛りか

『伊勢大輔集』によると、この春四月奈良興福寺の扶公僧都が例年の如く献上してきた桜の取り入れ

役を式部が新参の伊勢大輔にゆずり　大輔が、

いにしえの　奈良の都の　八重桜　今日九重に　匂ひぬるかな

と詠んで彰子中宮に奉った、その返しを中宮に代って式部がよんだ和歌となっています。

宮中に匂うごとく美しく咲いている桜を見れば、桜狩をする春の盛りが二度やってきたようです。伊勢大輔の歌の下の句「今日九重に　匂ひぬるかな」を、そのまゝ受けて「九重に匂ふ」とよみ出し「春の盛り」を「重ねて来たる」と春の再来をうたって、伊勢大輔をあくまで立てた式部の思いやりが伝わってきます。

二人は仲の良い女房同志であり　伊勢大輔は弟の惟規とも知り合いであったようです。

桜の花の祭の日まで散り残りたる、使の少将の插頭《かざし》に賜ふとて、葉に書く

（一〇五）

神代には　ありもやしけん　山桜　今日のかざしに　おれる例《ためし》は

この年の桜の花は葵祭の四月十九日まで散り残っていて、葵祭の勅使となった彰子中宮の異腹の弟近衛少将藤原頼宗のかざしに、例年なら葵や桂を用いるのに今年は散り残った桜の花を中宮が頼宗にお与えになって、式部が中宮に代わってよんだ和歌です。

神代の昔にはあったかもしれません。

四月まで桜が散らず残っていて賀茂祭のかざしとして折った例は。
この年の四月十九日の賀茂祭は、午前中雨が降り人々が嘆いていると午後から晴れて万人が喜び、頼宗をはじめ祭の使が善を尽くし美を尽くしかつてないほどすばらしい祭であった、と道長は『御堂関白記』に書いています。

花やかな桜のかざしをつけたこの数え年十五才の舞の上手な美少年を、式部は彰子中宮とともに拝見して喜びをもってうたっています。

頼宗は中宮の後宮で御奉仕すること多く、式部とも親しく、式部を「式部の君」と呼んでいて、後に式部の娘賢子と愛人関係になって、賢子が母の死を嘆くのを見て式部への哀悼の歌をよんでいます。

四月二十五日には一条天皇の内裏密宴が清涼殿で催されて、具平親王と敦道親王（冷泉帝の皇子で和泉式部を愛人とした）が招かれ天皇より一品が加階され、具平親王は琵琶を弾じ一条天皇は御笛を、宰相中将源経房（源高明と愛宮の五男）が笙を奏で、とくにこの日召された楽人の演奏があり、為時ら召された文人が詩を作り、夜通し物の音がたえず暁方に及んでやっと密宴が終わりました。

一条天皇と具平親王はすぐれた詩人でもあり『本朝麗藻』には一条天皇の「書中有往事」の詩に対して具平親王が「偸《ひそ》かに御製を見て感有り、自ら以て本韻に次ぐ」詩を次ぎ、又一条天皇の「重ねて有り」の詩を次ぎ、具平親王が又次ぎ、お二方の次韻応酬の作があり、この密宴でも沢山の詩が作られ、大江匡衡《まさひら》朝臣が詩を披講し酒肴を賜わり　天皇より一品が加叙されて具平親王は二品親王となります。

二日間に及んだ密宴の最後は、中宮の御在所である一条院東北対に二人の親王が参上し、彰子中宮に加階の慶賀を啓上され、道長は、

「この中宮は私の娘であり恐れ多いことである」と『御堂関白記』に書き感激しています。

そして密宴の三日後四月二十九日には、道長の土御門第作文会が開かれ文人十余人が作文を行ったと『御堂関白記』にあり　名前はのっていないものの為時も参加したのではないかと思われ、為時は道長の恩顧を被って文人として活躍していることがわかります。

この年の八月二日、道長は二週間ほどかけて、大和の金峰山詣に出かけています。釈迦の恩に報い、弥勒に知遇し、蔵王権現に親近し、釈迦弟子である自分の無上菩提のため自ら写経した経、十五巻を経筒に納め金峰山頂に埋めました。この経筒は元禄四年（一六九一）山上本堂再建の造作のとき出土し、現在京都国立博物館に展示されています。

山上埋納の後、道長は近くの小守三所に詣で金銀、五色の絹の幣、紙、米を献上しました。この吉《よし》野《の》水《み》分《くまり》神社《じんじゃ》は「みくまり」が「みこもり」と転じ、平安中期、丁度この頃から子安明神と呼ばれて子授けの神としての信仰を集めるようになっていて、道長のもう一つの大事な目的は彰子中宮の懐妊のためであり、秋の長雨の中、船、牛車、馬、徒歩による全工程二四〇〇キロの従者百人を超える旅は並大抵の決心では完徹できないものです。

後にこの吉野水分神社の現在の社殿は、慶長十年（一六〇〇）豊臣秀頼の創建だそうで、豊臣秀吉がこの神社に参詣し秀頼がさずかったとか、本居宣長の両親がこの神社に祈願して生まれたとか、いろ〳〵な子授かりの話が伝わっています。

道長は式部が出仕する前年、寛弘元年（一〇〇四）十二月十三日には彰子中宮の御願成就のため石山寺観音堂前で前大僧正観修をして三七ヶ月増益法の御修善を行い、この日結願して、中宮少進の藤原弘道を石山寺につかわし、加持を受けた中宮の御衣を取りにやらせています。

又、翌寛弘二年（一〇〇五）式部出仕の二ヶ月前、十月二十五日から十一月三日まで、七才の敦康親王のための御修法を観修のもと石山寺で行うため　道長夫妻、藤原行成などが敦康親王に供奉して石山詣に出かけ　二十七日には一条天皇の勅使として宣孝の長子隆光が石山寺に参じています。

道長が妻の倫子を伴って石山寺に詣でたのは、勿論敦康親王の御ためですが、彰子中宮の御ためでもあり、それほどに待たれる皇子の誕生であり　彰子も数えの十七才になっていました。

このまゝ彰子中宮に皇子が生まれなければ、道長にとっては甥にあたる敦康親王が、一条天皇の第一皇子として次期天皇にのぼることは間違いなく、是非とも待たれる我が娘の産む皇子でしたが　表立ってそれを祈願することは憚れるのか　すでに第一皇子をお持ちの一条天皇に遠慮されたのか、大目的の影にかくれるように祈願していて、一の人として豪放な性格と思われる道長も、案外と繊細な心をもっていてその人柄がわかります。

その敦康親王の御読書始が、石山寺より戻った十日後の十一月十三日に彰子中宮の飛香舎に於いて行われ、父親である一条天皇が母のない親王を心配なさって密々に飛香舎に御渡りになりました。

その詳しい様子は『小右記』に、実資自身は亡母の遠忌のため出席しませんでしたが　資平より聞いて書いてあり、『権記』の行成も子細は別に記すとしてありますが、道長の『御堂関白記』にはこの記事を欠きます。

石山寺より帰京後の十一月十日の記事に、小雪が降り道長が石山寺に詣でて近くの崇福寺《すうふくじ》に参詣した折、崇福寺が叙爵を申請したのでその名簿を式部の弟少内記惟規に下した、とあり、十三日の記事は夜に入って内裏から女方と同行して退出した、とあるのみです。

二　敦成親王誕生

寛弘五年（一〇〇八）四月十三日の『権記』は中宮御懐妊五ヶ月という記事を載せ、行成はその十四日前の三月十九日に中宮御懐妊、男の子という夢を見たといいます。

金峰山参詣の早速の御利益に道長の喜びもさぞかしひとしおであったことでしょう。『御堂関白記』には相次ぐ中宮のための御修善御読経が記され、四月十三日中宮は内裏から里邸の土御門第に行啓され、四月二十二日から法華三十講が始まり、五月二十二日の結願の日まで毎日三十日間行われる盛大な法要です。

五月五日は三十講の五巻の日、この日は悪人成仏女人成仏を説く提婆品が講読されるので、特別な供養として薪の行進が行われ、池のまわりを巡って、この日は百三十四人の僧や公卿たちが、そして伊周も参加したと道長は書いていています。

土御門殿《つちみかどどの》にて、三十講の五巻、五月五日にあたれりしに

（六六）

妙《たえ》なりや　今日は五月《さ》の　五日《いつか》とて　五《いつ》つの巻の　合《あ》へる御法《みのり》も

何とすばらしいことでしょう。今日は五月五日、法華三十講の五巻の日が丁度めぐり合わせたとは。

その夜、池のかがり火に、御燈明《みあかし》の光り合ひて、昼よりも底までさやかなるに、菖蒲《しょうぶ》の香今めかしう匂ひ来れば

（六七）

かがり火の　影もさわがぬ　池《いけ》水に　幾千代《いくちよ》すまむ　法《のり》の光《ひかり》ぞ

その五巻の日の夜のこと、昼間大勢の人たちが棒物を持って巡った池にかかげられたかがり火にへやの仏前にともされた御燈明《みあかし》の火が光り合って、昼よりも池の底が見えるほど明かるくて　菖蒲の香りが新鮮ではなやかに匂ってくるので

池の水面に映えるかがり火の影も波立たず静かで、幾代照らしつづける仏法の光であろうか。

公《おうやけ》ごとに言ひまぎらはすを、向ひたまへる人は、さしも思ふこともの し給ふまじき容貌《かたち》・容姿《ありさま》・齢《よわい》のほどを、いたう心深げに思ひ乱れて

（六八）

澄める池の　底まで照らす　かがり火の　まばゆきまでも　憂きわが身かな

公事の賀歌として私はまぎらわして「かがり火」の歌をよんだのですが、向いにいらっしゃる大納

言の君はそれほど物思いなさるとは思えない姿、かたち、齢のほどなのに大層心深げに思い乱れて、
澄んだ池の底まで照らすかがり火がまばゆいほどに憂き我が身であることよ。
大納言の君は中宮の母倫子の姪、したがって中宮のいとこになる上臈の女房であり、夫との不縁により中宮に出仕していて、小柄で色白の美しい人は道長の召人の一人になっていて、式部から見れば、上臈で美しく幸せな身なのに、と思いながらも大納言の君に深く同情しています。

この土御門第で開かれた盛大な法華三十講の盛儀は、里に下った彰子中宮の安産を祈っての仏事であり、その荘厳な雰囲気の中で、式部は彰子中宮に楽府二巻をお教え申し上げ始めました。

式部は隠し、宮も忍んでいらっしゃいましたが、殿（道長）も上（倫子）もお気付きになって、漢書の類を立派にお書かせになって殿は宮に奉られました。

『白氏文集』は白居易（白楽天）の詩文集であり、八四五年完成の七十五巻、三八四〇首ある中の巻三・四巻に新楽府五十篇が収められています。

「新楽府」・「奏中吟」などの「諷諭詩」は当時の社会問題を反映したものが多く、とくに民衆の生活苦などを描き人民の苦しみに同情した作品が多く、政治の乱脈と社会の混迷を諷刺批評し、より多くの人々の幸せを願って詠んだ詩を「諷諭詩」、と白楽天はよんでいます。

平安時代は白楽天が一番の人気であり、藤原公任の『和漢朗詠集』にとりあげられた唐人の詩句一九五首の内、白楽天の詩句はその七割を占める一三五首と圧倒的であり、白氏崇拝をみることができます。

彰子中宮が『白氏文集』に興味をお示しになったのももっともなことながら、その「新楽府」を貫ぬく思想は社会批判であり、受領級身分の式部にはつきあげてくるものがあって白楽天の精神に近づ

くことができたと思われますが、彰子中宮のような最高身分のお方が本当に理解なさることがおできになられるか、男性の官人たちにとっても「新楽府」の序にいう

「これらの詩は、君のため、臣のため、民のため、事のために作ったもので装飾のために作ったものではない」

との精神を自分のものとした詩人は一部の人を除いてはなく、その作る詩は装飾的美文主義に陥っている現実のなかで、彰子中宮に楽府を講義した式部ですが、今、式部の心を忖度すると、まだ若い二十一才の后、彰子中宮こそ楽府の詩にあらわれている白楽天の真の精神を理解し、将来の国母として人民を思いやる為政者になって欲しい、という思いが、たどたどしく　と謙遜していますが、自信をもってお教え申し上げたのではないでしょうか。

後に『小右記』の藤原実資から「賢后」と呼ばれているのも、式部を通して楽府の精神を理解なさり学んだからではないかと思います。「君のため　臣のため　民のため　事のため」という教えを学ばれた彰子中宮は誰にも思いやり深い中宮として成長していきました。

敦成親王誕生の詳しい様子は『紫式部日記』に流れるように美しい文章で語られていて、『栄花物語』の作者もそのまゝ引用しています。

秋の気はい入りたつまゝに　土御門殿の有さま　いはむ方なく　をかし

五壇の御修法が始まり名高い僧正、僧都が多くの伴僧をしたがえて加持する声のおどろおどろしさ。そんなななか、朝霧が立ってかすんだような朝、前栽の花が咲き乱れている中に女郎花がとてもきれいに咲いているのを殿（道長）が御覧になって、一枝お折りになって式部の局の几帳の上より「これ、

ただに返すな（和歌を所望）」といって下さいました。

（七七）

女郎花《おみなえし》　盛りの色を　見るからに　露の分きける　身こそ知らるれ

こんなに盛りに色美しく咲いている女郎花を見ると　露が分けへだてをして美しく咲かせてくれないわが身が思われます。

すると道長はすす早《ばや》く

（七八）

白露は　分きてもおかじ　女郎花　心からにや　色の染むらむ

いやいや、白露は分けへだてなんてしませんよ。あなたがそう思っていれば美しい色に染まりますよ。

この丁丁発止と渡り合う二人の贈答歌の快さ　二人の頭の回転の速さと良さ、ここからも、道長が式部を高く評価し信用して彰子中宮の重用の女房としてとりたてたことがわかります。

またしめやかな夕暮に、宰相の君（道長の兄大納言道綱の女でかげらふ日記の作者の孫にあたります。豊子）と式部が物語りしていると、道長の長子で彰子中宮の弟、三位の君頼通がやって来て世間話をして帰る姿は、昔物語にほめたる男性のように思った、といい、十七才のまだ初々しい中宮様の弟君との会話を楽しむ若々しい式部がいます。

中宮の出産が近づいた八月末には、上達部や殿上人など大勢が寝殿と対の屋を結ぶ橋の上や対の簀子《すのこ》などに泊り込み、音楽、読経、今様歌、勝負事をしたりして待機しています。宮仕へをやめた人々が中宮御出産と聞き集まってきて、この頃は何かと騒がしく、八月廿六日には中宮が中心となって御薫物の調合をして人々にお分けになったり、そして九月九日重陽の節句には、中宮の母倫子より式部に菊の綿がおくられてきて

九月九日、菊の綿を上の御方より賜へるに

（一一五）

菊の露　若ゆばかりに　袖触《そでふ》れて　花の主《あるじ》に　千代はゆづらむ

私はいただいた菊の露にほんの少し袖をふれて、この菊の千年の寿命を花のあるじのあなた様におゆづり致しましょう。

ここに道長、頼通、倫子と中宮にかかわる方々が登場しているのは式部の配慮であり、親子、姉弟を大切にする式部の家族を思う気持が入っています。

これより少し前、土御門第法華三十講を済まされた後、彰子中宮は六月十四日一条院内裏に参入され、七月十六日土御門第に退出、翌十七日一条天皇の勅使として兵部丞惟規が姉の式部もいる土御門第に参上しています。

式部はこのことは書いていませんが、寝殿の第一間に招かれた惟規は公卿たち四、五人からお酒をすゝめられて泥の如く酔ったそうで、このとき惟規は三十四才くらい、貞仲女との間に子供もいる筈で、為時には孫、式部には甥にあたり、このあたりどのような交流があったのか資料がなく皆目わかりませんが、父とともに官人として、道長、行成、実資の日記にその姿は散見されています。

九月十一日正午《うま》の刻、空晴れて朝日さし出でたる心ちして平らかに、男の御子敦成《アツヒラ》親王がお生まれになりました。

九月十七日七夜の御産養は一条天皇がされて、勅使として蔵人右少将藤原道雅（伊周男）がおくられてきました。

御方々の産養がつづく中、御帳の中にいらっしゃる中宮様は、国母としてもてさわがれるようなうるわしい御気色にもお見えにならず、少しうち悩み面《おも》やせて横になっていらっしゃる御様子は、いつもより弱々しく若く美し気で、御帳の中にかゝげられた燈炉が明かるく、一段と美しい御肌の色がきよらで　豊かな髪の毛が一つに結ばれてそれがかえってすばらしい、と式部の筆はつづきます。

十月十余日まで中宮は御帳を御出にならず、近くの西の御座に夜も昼もいらっしゃいます。そこへ道長が若宮を見にいらっしゃって、ある時など若宮におしっこをかけられて、

「あゝ、この宮のおしっこにぬれるとは嬉しいことだ。このぬれた衣を火でかわかすことこそ我が思いの通りだ」と喜んでいらっしゃいます。

そして式部は、道長が中務の宮（具平親王）家のことに心を入れていらっしゃって、私を中務宮家に心を寄せる者とお思いになって親しくして下さるにつけても、まことに心の中では深く思うことが多いのです、と綴っていて、道長と具平親王と為時・式部親娘の三者が深く関係していることがわかりますが、具体的な記述がないのが残念です。

敦成親王誕生を受けて十月十六日の一条天皇の土御門第行幸が近づいてくると、邸内は準備に余念なく、つくろいみがきあげ、はなやかな雰囲気になってくると、式部の心は反対に苦しいまでに憂愁に沈みこんでいきます。

ふと池を見ると、水鳥たちがのんきそうに遊び泳いでいるのを見て

水鳥どもの思ふことなげに遊びあへるを見て

（補遺一）　（陽明文庫本　日記歌）

水鳥を　水の上とや　よそに見む　我れも浮きたる　世を過ぐしつつ

水鳥を水の上の姿としてだけで他人事のようにみられましょうか。私だってあの水鳥が水の下では一所懸命に脚かきをしているように、宮中では華やかな生活をしながら、内面では心落ち着かない憂き日をすごしているのだから。

十月中旬、時雨がさと降る日、仲の良い小少将の君が里下りをしていて、その里より式部に文を寄こしました。

（一一六）

雲間なく　ながむる空も　かきくらし　いかに偲《しの》ぶる　時雨《しぐれ》なるらむ

雲の切れ目もなくあなたのことを思っていますと、空も一面にかきくもって時雨が降りましたが、何を、どのように偲んで降る雨なのでしょうか、私があなたを慕って泣く涙なのでしょう。

返し

（一一七）

ことわりの　時雨の空は　雲間あれど　ながむる袖ぞ　かわく世もなき

式部の返事

初冬の時雨柄、降る時雨には雲の切れ目がありますが、あなたを思って物思いにふけっている私の袖はかわくひまとてありません。

十月十六日、当日の朝、里から戻った小少将の君と一緒に参上しました。一条天皇ののられた鳳輦が西の中門から入って来ると、南池に浮かべた新造の竜頭鷁首の船の伶人たちが奏楽を始め、はなやかで厳粛な緊張する場面で御輿は寝殿の南階に寄せられ、かついでいる駕輿丁がその身分は低いながら、天皇がおのりになっている御輿を両肩にのせて、身体をかがめて大層苦しそうにうつぶし臥せている姿を見てあの駕輿丁と自分とどこが異なるというのだろうか。彼にくらべれば高い身分の宮仕えではあるけど、その身分にも限度があるにつけても大層安げなく苦労が多い。天皇と女房と駕輿丁と、当時の人々にとってあたり前の階級意識を　式部は苦しげな駕輿丁の姿に自分を重ねて、「いとやすげなし」と同情を寄せています。

自分は苦しく弱いものなのに、その自分より更に弱いものに心を奪われるのは、我が憂き身と心を究極まで嘆き苦しむところから自づと湧き出る優しさ、母の心のようなもの、それは人間愛そのものではないでしょうか。

『かげらふ日記』の作者が安和元年（九六八）初瀬詣に出かけたときのことです。

乞食《かたひ》どもの　坏《つき》、鍋《なべ》など据えてをるも、いと悲し。下衆《げす》ぢかなるここちして、入りおとりしてぞおぼゆる。

目も見えぬ者の　いみじげにしもあらぬが思ひけることどもを、人や聞くらむとも思はず　ののしり申すを聞くもあはれにて　ただ涙のみぞこぼるる。

初瀬の長谷寺の参道にすわって食器や鍋などを地面において物乞いをしている者どもを見るのは、自分まで下衆になったような気がして悲しい。寺に入ってかえって身を落としたような気分になる。

とあり、「いと悲し」とあるのは同情を寄せているのではなく我が身が悲しいのです。

又長谷の観音の前で、目が見えず身分もたいしたものでもない者が、心に願っている願い事を、他人が聞いているのも思わずに大声でののしるように祈っている声を聞くのも、その願い事が自分と同じ願い事であり自分までその者と同じ心になってしまったようで　何とも情ない自分であることよ、と思うとあはれで、折角長谷寺までやってきたのに涙が流れる、とあって、道綱母が「悲し」「あはれ」と言っているのは相手のことではなく自分のことのようです。

『枕草子』の清少納言はもっと痛烈です。

下衆《げす》にほめらるるは　女だにいとわるし。

をかし　と思ふ歌を草子などに書きておきたるに　いふかひなき下衆のうち歌ひたるこそ　いと心憂けれ。

身分差のあったこの時代、それはあたり前のことでしたが、同じ時代に生きた紫式部や賀茂女は違っていました。

『往生要集』を著わして仏の慈悲を説いた源信、「新楽府」で貧しい庶民を描き「諷諭詩」を作った白楽天、何より曽祖父兼輔より続く為時家の絆と、式部の母方の曽祖父文範より続く絆と、式部を育てた全てのものが結集して偉大な作家が誕生したことを知ります。

三　源氏物語の流布

敦成親王の御五十《いか》日の御祝は十一月一日に行われました。その宴席でのこと、右大将藤原実資が酔って女房たちの褄や袖口を数えていらっしゃるのを見て、式部は、酔っていらっしゃるから私を誰と知る筈はないしと思って一寸したことを話しかけるとちゃんとした御返事が返ってきて　ひどくふざけて当世風の人よりも重々しく立派なお人柄のようでした。

実は紫式部のことを日記に書いているのはこの実資の『小右記』だけで、『権記』の藤原行成も『御堂関白記』の道長もその日記には一言も言及していないので、ここに式部が九条家の道長も一目おく小野宮家の実資の様子を書いているのは貴重です。

実資は式部の筆によると和歌を詠むのが苦手であったようで、盃が順々にまわってきて和歌を詠まなければならないことをこわがっていらっしゃったけど、例のおきまりの文句の「千歳万代」でその場は過ぎました。とあり、苦手なことにびく〳〵している大将実資の様子をさりげなく、ほゝえましく書く式部の筆も面白いです。

左衛門の督（藤原公任）

「あなかしこ、此のわたり、わか紫やさぶらふ」と、うかがひたまふ。

「源氏にかるべき人もみえ給はぬに、かの上は、まいていかでものしたまはむ」

と聞きゐたり。

藤原公任は四条大納言と呼ばれ、この翌年権大納言になりますが、藤原斎信、藤原行成、源俊賢とともに「寛弘四納言」と称されて　歌人であり歌学者としても著名で　儀式書である『北山抄』を著した多才で有能な公卿であり、この人から源氏物語の作者として話しかけられたことは大変名誉のことなのに、式部の返事というか、心の中の思いは随分と冷淡です。

御祝賀の満座の中で一流の貴公子から源氏物語について尋ねられたのですから式部としては得意満面の筈で、清少納言ならしゃしゃり出て大風呂敷を広げるところでしょうが、何となく躊躇しているのは、お酒に酔った公任の光源氏を気取った態度にひけているからでしょうか。

その前にお酒が入っても乱れない実資と会話した後のことであり、式部は酔い乱れる人は苦手で、酔い乱れた道長を恐れて小少将の君とかくれるのも、戯れでなく本気のようです。

「一寸恐れ入りますが、このあたりに若紫はおいでになりませんか」と公任卿がさがしていらっしゃる。

「このあたりに源氏に似たような人はおみえにならないのに、まして紫の上はどうしておいでになりましょうや」と私は思い聞いていた、とあり、この時点で源氏物語の第五巻若紫の巻まで完成流布していたことを知ります。後に紫の上となり光源氏の幼な妻となる女性のことを、ここで公任が「若紫」ないし「我が紫」と呼んでいますが、源氏物語の本文には「若君」「紫の君」「姫君」、第九巻葵の巻に入って「二条の君」「対の姫君」などと呼ばれていて「わか紫」とは呼ばれていません。「わか紫」と呼んだとするとやはり巻名からでしょう。

それに対して式部は「かの上」と書いています。紫の上が「上」と呼ばれるようになるのは第十五巻の蓬生の巻からで、「二条の上」「対の上」「春の上」などとも呼ばれています。『紫式部日記』の成立は岡一男先生によると寛弘七年（一〇一〇）夏の頃だそうですが、日記とはいえ男性の日記のように毎日書いていたわけではなく、後に推敲しながら書いたとすると、式部の頭の中ではこの若君を主人公光源氏の最愛の妻とする構想をもっていて、「上」と書く式部の言葉は心の中の言葉であり、公任に話したのではないので、蓬生の巻まで完成していたかどうかはわかりません。それに公任の発言からは、この少女が対の上と呼ばれ光源氏の妻となった女性を指しているようには思えず、やはり若草の姫君のイメージが強い若紫の巻から第六巻、末摘花、第七巻、紅葉賀、第八巻、花宴の巻あたりまで　次の第九巻、葵の巻で源氏と契ることになりますから、この花宴あたりまで流布していたのではないかと想像しています。

この敦成親王の五十目《いか》の祝は、道長にとって最大の喜びであり大いに酩酊された道長が、例によってお酒に乱れた人の苦手な式部が宰相の君と中宮様の御帳台の後にかくれていると、みつけられてしまい、和歌をよめば許してやる、といわれて式部は本当に「わびしくおそろしければ」と詠みます。

御五十日《いか》の夜、「歌詠め」と、のたまはすれば

（八九）

いかにいかが　数へやるべき　八千歳《やちとせ》の　あまり久しき　君が御世をば

いかにして数え尽くすことができましょうか。八千歳もの余りにも久しい若宮の御寿命を。

道長は上機嫌で、「いやぁ、いい和歌ができたものだなぁ」と二度ほど口誦んで即座にお詠みにな

りました。

殿の御

（九〇）

葦田鶴《あしたず》の　齢《よわい》しあらば　君が代の　千歳《ちとせ》の数も　数へ取りてむ

鶴のように千年の寿命が私にあるならば　若宮の千年という数も数えることができるでしょう。

あんなにお酔いになっていらっしゃったのに、若宮の御事を一途に思っていらっしゃるのでこのような儀式も立派にとり行うことがおできになるのでしょう。数にも入らぬ私の心にも若宮の千年の御寿命を祈らずにはいられません。

その後道長は、「中宮様、お聞きですか。良い和歌ができましたよ」と御自慢なさって「私は中宮様の父上として悪くない。中宮様は私の娘で悪くはいらっしゃらない。母上も又幸せだと思って笑っていらっしゃるようだ。良い夫を持ったと思っているらしい。」と　冗談をおっしゃるのを中宮様はたゞにこにこして聞いていらっしゃる。母上は夫の軽口に閉口して座を立とうとなさる様子なので、道長は、「送っていかないと言って母上がお恨みになるでしょうよ。」と言いながら、近道とばかり中宮様の御帳の中を急いで横切って通りながら「中宮様、無礼だとお思いでしょう。親があるから子も偉いんですよ。」とつぶやかれるのを、女房たちは聞いて笑っています。

道長は日記に「酩酊不覚」と書くほどにお酒が好きで、当時のお酒は十三種の酒を造り分けていたそうで「御酒《ごしゅ》」は天皇への供御酒や節会酒に使われた最高級のお酒で、アルコール度三〜四%、糖分三四%の濃厚な甘いお酒だったそうで、そのせいか貴族には糖尿病になる人が多く、道長も糖尿病を患い若い頃からよく体調をくずしています。

酔った人が苦手の式部も、ここでは珍らしく明かるく、笑いをふりまき猿楽言《さるごうごと》を言う道長を女性ならではの視点でとらえほゝえましく、それほどに道長の喜びが大きかったことを式部の筆は伝えてくれています。

里邸でのお産をすまされた彰子中宮の一条院内裏への還啓は、十一月十七日と決まりました。

このとき彰子中宮は一条天皇へのお土産として源氏物語の冊子をとお思いになって　中宮の御発案で源氏物語の書写と冊子づくりが始まりました。

式部は夜が明ければ先ず中宮の御前に伺候し、色々の紙を選び整えて、それに物語の原本を添えてあちらこちらに書写を御願いする手紙を書いて配り、一方では戻ってきた書写された紙を集めて綴じて冊子を作ることを仕事として日を送っています。

そこに道長がやって来て

「この寒いのに産後の子持がどうしてこんな仕事をなさるのか」とおっしゃりながらも　良い薄様の紙や筆、墨など、中宮様には硯をお持ちになってお与えになったのを、中宮様が私に下さったのを見た女房が羨しがって、

「あなたはお前のすみの方にむかい座っていてそのように立派な硯をいただいて」と悔しがっています。

しかし道長は式部に美しい継ぎ紙や良い筆を下さいました。

この冊子づくりが行われた時点で源氏物語はどこまで完成していたのでしょうか。わずか一月ほどの冊子づくりですから五十四巻の完本でないのはたしかです。

式部が自分の局に実家においてあった物語の草稿本をとりにやって隠してあったのを、私がお前にいる留守に道長がそっといらっしゃってさがしまわって、その草稿本をみな内侍《ないし》の督《かみ》（彰子中宮の妹妍子）にさしあげておしまいになって、又よろしう書きかえた精稿本はこの度の書写のため料紙に添えて書写する方々に送ってそのまゝ各人の手元に引き止められて、みな引き失って草稿本が流布すると余り良い評判はとらないだろう。と式部は心配していますが、草稿本と精稿本があるということは、この時代の出版状況がわかって面白いし、人の手になる書写の伝本の参考になります。

中宮が内裏に入られる前に、式部はちょっと里がえりをしています。

あれほど物語世界に入って楽しくすごした里が今は別世界に来たような気がして、あれほど夢中になって源氏物語を創作した情熱はどこへ行ってしまったのか、あれほど語りあかした友人、知人にも御無沙汰を重ねて今はどう思っているだろうか。すべてもののあはれに感じられる自分に式部は不思議な思いでいます。

里に出《い》でて、大納言の君、文たまへるついでに

（一一八）

浮《う》き寝《ね》せし　水の上のみ　恋しくて　鴨の上毛《うわげ》に　さえぞ劣らぬ

返し

（一一九）

うち払ふ　友なきころの　寝覚めには　番《つが》ひし鴛鴦《おし》ぞ　夜はに恋しき

今は宮中の生活にすっかり慣れ親しんで、里にいても大納言の君のことが思い出されて文を下さったのでそのついでに

あなたとご一緒に、鴨が水の上でうき寝しているように寝ていた中宮様の御前わたりばかりが恋しくて　鴨の上毛のしめった霜が凍てついているように、私の心もおとらず凍てついて、昔の自分とも思えぬ今の自分がいて、もののあはれで悲しい思いがしてなりません。

大納言の君の返し

仲良く羽を並べて、お互いに上毛に置く霜を払うおしどりのつがいのように枕を並べて寝る、あなたのいない夜の寝覚めにはあなたが恋しく思い出されます。

この里居は折も折、雪が降り、中宮様が式部と一緒に雪を楽しむことができない　と不満げに周りの女房たちにおっしゃったり、中宮様の母上倫子が出仕催促の文をよこしたり　式部は急いで参上することになります。

十一月十七日内裏還啓の当日、行啓の御輿には彰子中宮と中宮宣旨である宮の宣旨がのり、糸毛の御車には母上倫子と敦成親王を抱いた少輔の乳母、黄金造りの車には大納言の君と宰相の君、次の車

は小少将の君と宮の内侍が、そして次の車に式部と馬の中将がのった、とあって式部は四番目の車にのっていますから、上臈の女房たちとのり合せていて受領の女としては相当高い位置にいます。お供した女房の数は卅余人とありますから、やはり式部は彰子中宮からも道長夫妻からも、身分は中臈ながら上臈扱いされ、破格の扱いを受けていたことがわかります。

内裏に入り式部が中宮の局の細殿に小少将の君といると、侍従の宰相藤原実成や左の宰相中将源経房、中将藤原公信という若い公達が次々と挨拶にくるほどですから、それなりの地位にいるようです。

この年の暮、十二月二十九日　はじめて参りしも今夜《こよい》の事ぞかし、と当日のことを思い起こすと夢路をたどっているようで、宮仕えにすっかりなれてしまった自分を憂とましの身と思うのです。今宵は御物忌なので御前にも参らず、心細くてうち伏していると、近くにいる女房たちが「里にいたらもう寝ているのに、内裏わたりは履音《くつ》がにぎやかでやはり違うわね」と華やいで言うのを聞いて、

年暮れて　我が世ふけゆく　風の音に　心の中の　すさまじきかな

（補遺二）　（陽明文庫本　日記歌）

今年も暮れて又一つ年を重ね年老いていく。師走の夜更けのひえびえとした風の音を聞くにつけても心の中はわびしく荒涼としている。

世間とは違った華やかな宮廷生活の中にいながら式部の心は反対に孤独感を強めていく、そして心の中のすさまじさをうたう式部の目は人生の寂寥感をひしくと感じさせて、よむ者の心をとらえて離しません。

大晦日の追儺《ついな》の行事の後のこと、夜中に宮中に盗賊が入り式部は思わず「殿上にいるはずの弟兵部

丞惟規を呼ぶように」と伝えるのですが、惟規はすでに退出していてがっかりしています。家族のことは殆んど書き残していないなか、ここに弟の惟規を登場させているのは、やはり弟の事が気にかゝるからでしょう。

この宮仕えの間、娘賢子は長保元年（九九九）か翌年の生まれですから五、六才から七、八才になっていて、里邸には父為時や継母の惟通の母などがいて養育にかかわっていたのではないでしょうか。

日記には娘賢子のことは何も書いていませんが、時々里下りするのは源氏物語執筆とこの娘賢子の養育のためでもあったと思われます。源氏物語には子供の成長を描く場面が多くあり、父、母、祖母によっていつくしみ育てられる息子や娘たち、そこには式部の子育ての経験が数多くとりあげられていると思います。

翌寛弘六年（一〇〇九）正月十日には式部の異腹の弟惟通が蔵人所の雑色に補され、三月十四日には父為時が正五位下、蔵人左少弁となり、権中納言藤原行成のもとでひさびさに中央の官人となりました。

六月十九日彰子中宮は内裏から土御門第に退出なさいましたが、第二子敦良親王を身ごもったためと思われます。

この七月七日は乞巧奠の行事と庚申待が重なった日で、内裏では一条天皇が中心となって「織女理容色」織女が容色を理《ととの》える、という題で作文会が開かれ、父為時が作文序を作っています。七夕で御庚申待ということで内裏は華やいで、夜通し寝ずにすごすこの日の夜半の頃、賀茂斎院の選子内親王より彰子中宮に琵琶と琴が献上されました。

『御堂関白記』の裏書によれば

「これがその形である。腹中に扇などが入れてあった。使者が逃げようとするのをつかまえて留めて禄を下賜した」

とあり、琴の竜腹の中に扇などが入れてあり、扇だけでなく選子斎院の文や和歌などが入っていたのではないかと思います。

「形也」と書いてあるのを見ると、その腹の中に入っていた物の図などが書いてあったのかもしれません。

その形なり、道長がもっと詳しく書いてくれた物が残っていればはっきりしたでしょうが、何とも解しようはないのですけど、選子内親王と道長・彰子は昵懇であり、道長家の歌集『御堂関白集』には斎院選子内親王から道長家に度々御文が届けられ、五月五日には薬玉が彰子中宮から斎院におくられ、正月には卯槌《うづち》や鶯によせた挨拶など　その贈答歌がのせられています。

賀茂祭に道長が敦成、敦良両親王を膝にのせ、桟敷で見物している前を御輿にのって通られた大斎院選子内親王と母宮彰子中宮の贈答歌があり、道長は「心ばせめでたくおはす院なりや」と誉めていることが『大鏡』にあります。

この琵琶と琴の贈り物は何を意味しているのでしょうか。

選子内親王の父村上天皇と西宮左大臣源高明はともに醍醐天皇の皇子であり、『十訓抄』にはこのお二方が琵琶の名手であり、ある月明かりの夜大唐の琵琶博士廉承武より琵琶の秘曲を伝授された、という話があります。

宇治十帖にも、匂宮が中の君を前にして琵琶を奏でながら、このいにしへの天人の翔りて琵琶を教える話をしています。

私の想像が許されるなら、これは選子内親王が彰子中宮からおくられた源氏物語の第十二巻須磨、第十三巻、明石の巻を御覧になって、父村上天皇の兄であり選子内親王の伯父である源高明を須磨に流された光源氏に重ねられて、この伯父が琵琶の名手であり唐から伝来した正統な琵琶を相承し　内裏の御遊には琵琶を弾じ内教坊の別当として音楽に造型が深かったこともあり、須磨・明石で一人琴をひいて都を偲ぶ光源氏と琵琶の名手である明石の入道とその娘明石の御方、この三方が奏でる琵琶と琴の調べに、選子内親王は我が思いをのせて、
七月七日長生殿　夜半無人私語時　在天願作比翼鳥　在地願連理枝
七月七日は願かけの節句、夜も更けて人気《ひとけ》のなくなった長生殿でささやきかわした言葉、天上にあっては翼を共にする比翼の鳥、地上にあっては枝の連なる木のように、いつまでも離れることはない。

と「長恨歌」にのせて始まった源氏物語の世界、光源氏と明石の入道が音楽談を交わすなかで、明石の入道が娘の箏の琴にすぐれていることを話すと源氏は、聞きたい、とおっしゃったので、

「お聞きになるのに何のはばかりがございましょう。どうぞお前に召して下さい。

商人の中にいてすら古曲を賞翫した人はございました。」と白楽天の「琵琶行」を引き出します。

帝都長安から江洲司馬に左遷された白楽天が、かつて長安の歌伎で琵琶の名手だった、今は商人の妻となった女性の身の上話を聞いて、船の中で聞くその商人の妻の琵琶の寂しく悲しい音　その音に感動して涙する白楽天、白楽天だけでなく光源氏も、そして源高明の姿をもそこに見出して涙する選子内親王、この『御堂関白記』の裏書はそんな物語を語っているように思われて、琴の腹中には扇だけでなく須磨明石について選子内親王が詠まれた和歌や御文が入っていたのではないか、と私は夢の

ように空想しています。否、その扇には須磨明石の和歌が書かれていたかもしれません。『新古今集』巻第十八、雑下に題知らずとしてのる西宮前左大臣の和歌です。

光まつ　枝にかゝれる　露の命　きえはてねとや　春のつれなき

光を待っている枝にかかっている露の命など消えてしまえと思っているのでしょうか。わが君の恩寵を待っている私などどうでもよいとお思いになっていらっしゃるのでしょうか。

御兄弟の村上天皇は二年前四十二才の若さで崩御、息子の冷泉天皇は狂気の天皇、謀反の密告により邸を検非違使に囲まれ一家離散　この歌からは無実の罪を着せられた高明の無念な思いが伝わってきます。

須磨の巻で暴風、高潮におそわれ、更に廊に落雷、炎上、この苦難に住吉の神に願を立てて、

天地の神々よ、是非を明らかにさせよ。
罪なくして罪にあたり、官、位を取られ、家を離れ、都を去りて、明け暮れ心の安まる時もなく嘆き、かく悲しき目さえ見、命さえ尽きようとするのは、前世の報いか、この世の罪か。
神仏よ、このことわりをはっきりさせて、この愁えを安めたまえ。

源高明が安和の変により太宰府へ流されたとき選子内親王は六才の幼女でしたが、高明が許されて帰京したとき九才、選子内親王が斎院になられたのは十三才、高明が亡くなったときは十八才になっていました。

選子内親王は母安子皇后が我が身を犠牲にしてお生まれになり、父村上天皇も四才のとき崩御、肉親に恵まれなかった内親王にとって左大臣源高明は同母兄為平親王の舅であり、何かと頼りになる伯父だったのではないでしょうか。

この光源氏の須磨流謫の様子はそのまゝ伯父高明の姿となり、心動かされて琵琶と琴の贈り物になったのではないか、と想像しています。寛弘五年（一〇〇八）十一月一日、第五巻若紫の巻から第八巻花宴巻あたりまで完成していた物語が、翌寛弘六年（一〇〇九）七月七日までには第十二巻須磨の巻、第十三巻明石の巻あたりまで完成していたということになるのでしょうか。

式部にとって物語の創作は、憂き身と心を癒やす最大の力でしたし、何よりも彰子中宮の励ましに後押しされて、その期待に答えるべく式部の筆は進んでいったと思われます。

彰子中宮と大斎院選子内親王の関係から源氏物語が成立した、という話が、古く『古本説話集』にあります。

今は昔、大斎院より彰子中宮のもとへ春のころ「一寸ひまなので良い物語などございましょうか。」とお問い合せがあったので、中宮はいろ〳〵な草子をお取り出しになって、「どれがいいだろうか。」と式部に御相談があったので、式部が「それらは皆目馴れていますから新しく作ってさしあげたらいかがでしょう。」と申し上げると「それなら作りなさい。」と仰せになったので源氏物語は作られた。

と、同じ話は『無名草子』にもあります。

又、『光源氏物語本事』という歌書集は至徳三年（一三八六）以前の成立で、了悟という京都在住の僧が書いたものだそうですが、その中に源氏物語の諸本があげられています。

（『今井源衛著作集（四）』より）

一、大斎院選子内親王へまいらせらるる本
二半紙、梅の唐紙うす紅梅のへうし《表紙》也
一、比叡山中堂奉納の本、上東門院　表紙文梅

等々とあるそうです。

十四世紀ころ、このような彰子中宮（上東門院）が献上した源氏物語が伝わっていて、この大斎院に献上された本は梅の唐紙に表紙はうす紅梅とあり　紫式部自筆の源氏物語を彰子中宮が大斎院に献上したものかもしれず、道長が調えてくれた最上の唐紙に書かれた五十四巻の源氏物語本、それも自筆本であったら幻を見ているようです。

ついでに『河海抄』には

石山寺に通夜して祈り申すに　おりしも八月十五夜の月湖水にうつりて　心のすみ渡るまゝに　物語の風情空にうかびけるを　忘れぬさきにとて　仏前にありける大般若の料紙を本尊に申し請けて、まづ須磨、明石の両巻をかきとどめけり。

とあり、源氏物語と石山寺のかかわりが語られ、石山寺に伝わる「石山寺縁起絵巻」にも同じ趣旨の話が書かれていて、石山寺の御本尊如意輪観世音菩薩の御利益がうたわれています。

現在でも石山寺の本堂の一画に、源氏の間というのがあり、紫式部の人形などが置かれていますが、江戸時代の国文学者は否定しています。しかし石山寺と道長家の関係は深く、姉の東三条院が帰依して一条天皇降誕となり、道長も石山寺に参詣して娘の彰子中宮の懐妊を祈願し、敦成親王降誕のときは馬の鞍を諷誦に修し　石山寺は阿闍梨三口を置かれるよう請うて、その事が成就するのは寛仁三年

（一〇一九）のことになりますが、石山寺と道長、彰子中宮の関係から源氏物語と紫式部が関連されて

鎌倉時代になると紫式部と石山寺の話が伝播されるようになったのではないでしょうか。

たゞ源氏物語の中には石山寺は登場しますが、石山寺について玉鬘が詣でた長谷寺のような詳細な描写がなく、道綱母や菅原孝標女のように石山寺の様子を詳しく書くことなく、「石山寺縁起絵巻」には式部が七日間参籠したことが語られていますが、それはフィクションであり、私は紫式部は石山寺に参詣したことはないのではないかと思っています。

そして彰子中宮御自身の御参詣は記録にないようで、一条天皇の母東三条院は晩年病がちで、石山寺に四、五回、上達部や殿上人を供奉させての参詣行啓は人々の苦労であることを熟知なさっていた上東門院は、十七才のときの大原野社行啓、三十三才のとき十三才の後一条天皇と春日社参詣、四十四才で初めて住吉社参詣の外は寺社への行啓はないようで、叡智の人であったと思われます。

四　一条天皇崩御

寛弘五年（一〇〇八）は天皇家にとっては慶事である敦成親王誕生がありましたが、一方この年の二月八日花山法皇が四十一才で崩御、五月二十五日定子皇后が命をかけて産んだ第二皇女媄子内親王が九才で病死、一条天皇のお嘆きはさこそと思われましたが、七月二十六日には具平親王の母、荘子女御が七十八才で亡くなられ、紫式部にとっては後立てをなくしたような空虚感と母を亡くしたような悲哀感を味わったことと思います。

七月十七日には花山法皇の伯父、入道中納言藤原義懐が五十二才で逝去、半年前に亡くなった花山法皇の葬儀には息子の成房（素覚）と共に奉仕して最後の御奉公を尽くし、後を追うように亡くなられました。

翌寛弘六年（一〇〇九）十一月二十五日には第三皇子敦良《あつなが》親王が誕生、道長家は盤石の基礎を築き、道長の長子頼通が具平親王の女《むすめ》隆姫と結婚しますが、七月二十一日具平親王が前年の母の死のあと四十六才で亡くなられ、荘子女御につづく具平親王の訃報は為時一家を悲しませ、式部は彰子中宮の女房として出仕しながら源氏物語の執筆中であり、具平親王にも書写した冊子がおくられ、荘子女御とともに式部を励まして下さっていた筈で、これからは女御や親王の御書評など助言をお聞きすることができなくなることが何より悲しくつらく、残念に思っていたにちがいありません。

一条天皇も、彰子中宮からおくられた源氏物語を女房に読ませお聞きになっていて、「この人は日本紀をこそ　よみたるべけれ、まことに才《ざえ》あるべし」とおっしゃっていました。

左衛門の内侍といふ人侍り。

この左衛門の内侍は天皇つきの女房で、何故か式部に悪感情を持っていて悪口がいくつも私の耳に入ってきていたのですが、一条天皇が「この人（式部）は漢字漢文で書かれた『日本書紀』を始めとする六国史などの日本の歴史書を読むことができるだろう。本当に漢才が豊かであろう。」とおっしゃったのをあて推量に「大層漢才があるとひけらかしている」と殿上人などに言い散らして「日本紀の御局」と式部にあだ名をつけた。

と『紫式部日記』に書いて、式部は意地になって反論しています。

やはり女の世界には左衛門の内侍のような意地悪い女房もいて、同じ女房としてやるせない思いを抱いての反論なのでしょう。

一条天皇がお読みになった源氏物語はどこまで完成していたかわかりませんが、国史に通じ女性ながら漢才が豊かで物語の筋がしっかりしているとお感じになったのでしょう。

一条天皇は寛弘七年（一〇一〇）八月十三日道長に国史編さんを仰せになっています。

『日本書紀』の編さんから延喜九年（九〇一）菅原道真らの編さんになる『日本三代実録』以降、百年以上戸絶えている国史編さんを一条天皇は心掛けられ、道長も書物蒐集を始めていますが、その一年後、一条天皇が崩御されたこともあって、それ以後国史編さんが行われることはありませんでした。

同じ年寛弘七年（一〇一〇）一月二日に開かれた道長第の子の日宴会《ね》でのこと、一条天皇も殿上に出御され御遊があり、道長が例の如くお酔いになって、わずらわしいと思った式部がかくれているとみつけられて、

「お前の御父《てて》を御遊に召したのにいそいで帰ってしまってひねくれている。」

と不満げにおっしゃって

「今日は初子の日（子《ね》と子《こ》をかけて）だから子供のお前が親のかわりに和歌をよめ。」

と責められる場面もあり、六月十五日には『権記』によれば、行成が書写した「新楽府」、『村上御記』を惟規に託して一条天皇に奏上させる場面もあります。

又五月二十日には惟規の岳父藤原貞仲が、土御門第法華三十講に参仕している僧たちに施物の目録を送って道長家に奉仕する姿が『御堂関白記』にあり、貞仲家に婿取られている惟規はその妻と子供とどんな生活をしていたのでしょうか。

学問好きで聡明な一条天皇と、式部より「新楽府」や書《ふみ》を学ぶ彰子中宮、このお二方に導かれる後宮は、式部自身も我が憂き身を忘れるほどのすばらしい所であり、物語好きの彰子中宮のすゝめもあって源氏物語を書き続けている式部にとっては、物語をうみだす苦しみはあっても決して逆境にあったのではなく、理想的な夢のような場所であったのではないでしょうか。お産後の中宮が中心となって源氏物語の冊子づくりが行われるなか、その作業の中心は式部であり、作者としての面目を十分尽くし作者冥利に尽きて美事です。

彰子中宮と道長の支えがなかったら源氏物語のような大作は作り出されることはなかった、と思うにつけ、彰子中宮の御力が強かったと思われます。

中宮様は最初は私のことを

「いとうちとけては見えじ」

本当にうちとけて話し合うことはないだろう、とお思いだったそうですが、案に相違して他の人よりとくに親しくなってしまわれた、と式部は書いて、中宮からは絶大な信用を得ていたことを思わせます。

このような恵まれた環境の中で源氏物語は書きすゝめられていたと思われます。

この頃天皇家は大きな問題をかかえていました。第一皇子敦康親王の皇位継承問題です。一条天皇は次期皇太子を第一皇子の敦康親王と考えていましたが、第二皇子敦成親王を後見する左大臣道長の存在が大きく、天皇は一番信用する側近の行成に意見を求めます。

行成は、敦康親王家の別当として後見役でしたが、後見なき敦康親王の将来を思って敦成親王を推しました。

敦康親王の後見役である定子皇后の兄伊周は、罪を許され准大臣となり、宣旨を賜わり昇殿も聴され正二位までのぼったのに　寛弘六年（一〇〇九）二月二十日彰子中宮と敦成親王を呪詛したことにより伊周は朝参を停められ、二月二十五日病悩していた一条天皇は『権記』によると、御手水の間にへたりこんでしまわれるほど憔悴なさったそうで、敦康親王の将来を思う一条天皇の苦悩がみてとれますし、どうあがいても叔父の左大臣道長には勝てない伊周の憔悴もみてとれます。

翌寛弘七年（一〇一〇）一月二十八日前太宰権帥正二位藤原伊周は三十七才で薨じられました。

四年前世尊寺の桜を一人眺めていた伊周は、殿上にかえってもすでにいる場所はなく、道長の大きな力に圧倒されてなすすべもなく、我が子道雅が一条天皇や道長、彰子中宮に引き立てていただいていることをせめてものなぐさめにして、二人の娘の将来を心配しながら亡くなりました。

定子皇后の残された敦康親王と脩子内親王は一条天皇の鍾愛する親王と内親王であり、道長の庇護のもと、当時二才だった敦康親王は彰子中宮がお引取りになり養育し、式部が出仕する一月半前に七才になった敦康親王の御読書始が彰子中宮の御在所の飛香舎で行われました。

寛弘七年（一〇一〇）七月十七日、十二才になられた敦康親王の元服が内裏で一条天皇の御前で行われ、加冠役の道長は日記にその慶事を詳しくしるし、式が終わって退出される際、親王の御衣《ぞ》の後を進み寄ってひきつくろい申し上げたことを書き留めています。

敦康親王の読書始の儀式については一言も書いていない道長も、敦成親王が生まれ安心したせいでしょうか、敦康親王の元服については詳しく記事をのせ、兄の道隆の孫である親王の成長を祝っているようにみえます。

立派に元服なさった敦康親王を彰子中宮のおそばで拝見していた式部はどう思っていたでしょうか。我が娘賢子と同年の若き親王の多難の船出をじっと見つめて、高い身分に生を受けながら世の波に翻弄される姿に同情の目をむけ、ひときわあはれと思ったでしょう。『栄花物語』によると

一条天皇は、よろづを次第のまゝにおぼしめしながら、敦康親王にははかばかしき御後見もなければ立太子にはとうていおぼつかない現状をかえすがえすも

「口惜しき御宿世なりけるかな」

とあり、又

彰子中宮は、ともかくも一条天皇が御在世の折はどうかしてこの宮の御ことを　帝の御心にしたがって皇太子にさせてあげたいと心苦しうおぼしめしける

とあります。

一条天皇は寛弘八年（一〇一一）五月二十二日病悩、二十七日より御悩による臨時御読経を修し、この日行成に敦康親王立太子についての御諮問があり、行成は敦成親王立太子を進言します。

一条天皇は左大臣道長に東宮居貞親王との御対面を仰せられ、それを御譲位と受け取った道長は、天

皇の御前から彰子中宮の上御直盧の前を通ってこの事情を東宮に伝えられたのに、このような大事なことを中宮には伝えられず隠秘しようとなさったことを、後に彰子中宮は道長をお怨み申された、と『権記』で行成は語っています。

六月二日一条天皇は東宮（三条天皇）と御対面、敦康親王の御処遇について、立太子のかわりに千戸の封戸と年官、年爵を賜わることが決まり、六月十三日御譲位、三条天皇受禅、敦成親王立太子、四才になられた敦成親王の御在所に道長はじめ公卿たちが慶賀を啓上にやってきたとき、彰子中宮の御心の内はどのようなものであったのでしょうか。

三十二才の若き一条天皇の御病悩と御譲位、幼い我が子の立太子、元服をすませた第一皇子敦康親王の不遇、まだ二十四才の若い中宮の悩まれる御姿を身近に拝見していて、式部は我がことのように憂え、中宮に深く同情申し上げたことでしょう。

六月十九日一条天皇御出家、二十一日御病悩甚だ重く、御几帳のもとにおられる彰子中宮に辞世の和歌を仰せられます。

露の身の　草の宿りに　君を置きて　塵《ちり》を出でぬる　事をこそ思へ

はかない露のようなこの身が草の宿にあなたを置いたまゝにして、この塵の世を出る悲しさを思って下さい。

とおっしゃって横になったあと不覚となられて、近侍していた公卿や侍臣、男女の道俗等見奉った人々は皆雨の如く涕泣した、とあります。

この辞世の和歌は源氏物語第十巻、賢木の巻で雲林院にこもる光源氏が紫の上におくった和歌

浅茅生の　露のやどりに　君をおきて　四方の嵐ぞ　静心なき

浅茅生におく露のようなはかない宿りに　あなたをおいたまゝにして四方から吹きつける激しい風の音を聞くにつけ、あなたの身が案じられます。

「露のやどり」が「草の宿り」になって、源氏が紫の上の身を案じているのと一条天皇が彰子中宮を案じているのと同じ趣向の和歌になっています。やはり源氏物語はこのあたりは流布していて、一条天皇も源氏物語の愛読者でいらしたということだと思います。

ついに六月二十二日崩御、七月八日葬送が行われました。

御奉仕する百僧の中に式部の義弟定暹、その師教静権律師、式部の母の兄康延内供奉などの名前がみえますが、父為時はこの年の二月一日越後守として再び下向し、弟惟規も六十四才の父を案じて一緒に下向したので、二人とも一条天皇の葬儀には奉仕していません。

式部は中宮の女房としてずっと中宮のおそばで奉仕し、辞世の和歌がよまれたときは中宮の御座より後の方にいて、一条天皇が力をふりしぼってのか細いお声は、近くにいた道長や行成すら二句の「草の宿り」が「風の宿り」に、五句が「事をこそ思へ」が「事ぞ悲しき」と混乱しています。

中宮は八月二日、七七日御法事を済ませ、十月十六日三条天皇即位式が行われた日、一条院から枇杷殿へ遷御されました。

一条院の御事の後、上東門院、枇杷殿へ出で給うける日、詠み侍りける

（補遺七）　　（続古今集・栄花物語）

ありし世を　夢に見なして　涙さへ　とまらぬ宿ぞ　悲しかりける

一条天皇御在世の時代は　今はもう夢と見なして　涙さえとまらぬばかりか今までくらした御殿も引き移られて何も残らず、悲しさだけが残っています。

そして翌寛弘九年（一〇一二）正月下旬

はかなくて、司召《つかさめし》のほどにもなりぬれば、世には司召とののしるにも、中宮、世の中をおぼし出づる御気色《けしき》なれば

（補遺一〇）　（栄花物語）

雲の上を　雲の外にて　思ひやる　月は変らず　天の下にて

一条天皇崩御後、月日はむなしくすぎて、司召の除目と大騒ぎしている世の中をみて、中宮様は一条天皇御在世の世を思い出していらっしゃるご様子なので

はるかに宮中を思いやる今、雲の上を照らしていた日の光（一条天皇）はなくなったけど、月（中宮様）の御威光は変らず御代を照らしていらっしゃいます。

彰子中宮は二十四才の若さで四才と三才の幼い皇子とともに最愛の夫におくれ、その哀しみは深く、この年寛弘九年、年号がかわって長和元年（一〇一二）中は病悩されること多く、九月六日には道長が殿上人に命じて嵯峨野の前栽を抜き取らせ中宮に献上し、お慰め申し上げています。

『栄花物語』は作者を藤式部としていて、この「雲の上を」の和歌は、彰子中宮の御心に添って中宮

のために生きていく式部の決意のようなものを感じます。

彰子中宮は父道長との多少の齟齬はあってもその強い後見にささえられて、国母として世の中の模範となるべく生きた女性でした。

一条天皇と定子皇后の遺児である敦康親王と脩子内親王は、道長と彰子中宮の庇護のもと、敦康親王は長和二年（一〇一三）十二月十日具平親王の中の君で頼通の妻の隆姫の妹と結婚し、子供のいない頼通夫妻に愛され、長和五年（一〇一六）七月十九日嫄子女王誕生、しかし寛仁二年（一〇一八）十二月十七日病のため二十才で亡くなられましたが、彰子中宮は「何事につけても敦康親王の面倒をごらんになった。」と『栄花物語』には書かれていて、折ごとに手厚い援助の手をさしのべてその成長を見守っていました。

脩子内親王も『御堂関白記』によると、内親王の御所望の経巻を献上するため道長は内親王のもとを訪れたり、長和二年（一〇一三）正月二十七日内親王が母定子皇后の御所だった竹三条宮に移御なさった後もしばしば竹三条宮を訪問していて、彰子中宮の御要請であったのでしょう、この一人残された内親王のことを道長は気にかけていらっしゃいます。

内親王は治安四年（一〇二四）二月落飾入道され、中宮の異腹の弟頼宗と伊周女の間に生まれた延子を養女とし、延子が後朱雀天皇（敦良親王）に入内した際は養母として付添い、永承四年（一〇四九）釈迦入滅の日に亡くなったので時の人は成仏疑いなしと称したそうです。歌人相模が女房として仕え、内親王のサロンは優雅で清少納言の『枕草子』の伝来にも関係したとか、竹三条宮の近くに住んでいた菅原孝標女とも草子を通して関係があったとか言われていますが、明らかではありません。

五　相逢女房

長和元年（一〇一二）二月十四日、三条天皇に入内した彰子中宮の妹君妍子が立后して中宮となり、彰子中宮は皇太后となられました。

五月十五日から五日間故一条院の一周忌にあたり、彰子皇太后の枇杷殿に於いて、寝殿の母屋を仏殿の儀場として釈迦如来、普賢菩薩、文殊菩薩像を安置し、螺鈿《らでん》の筥《はこ》に納められた道長寄進の金泥法華経、そして行香、雑具花蘰代、幡などすべて新作の仏具で飾り法華八講が修されて、故一条院を慕う大勢の諸卿、殿上人が饗宴の庇に着し、大僧都定澄、前大僧都院源をはじめとする諸僧による法要が盛大に始まり　十七日の五巻日の棒物は『小右記』によると　金銀で善を尽くしたものばかりで『御堂関白記』には、金銀以外の棒物はなく

「私は数度法華八講を見てきたが、今回に匹敵するようなものはなかった。」と道長が書き残しているほど立派で、彰子の故院に対する並々ならぬ思いが伝わってきます。

五月二十四日の『小右記』には、この五日間右大将実資が毎日参加したことを彰子皇太后がお喜びになっている、という記事があります。「法華八講の間、日々来訪され悦びに思います。とくにもとより所々に追従しない人が日々来訪されたことはきわめて悦びに思います。」という皇太后の御言葉が左宰相中将源経房より実資の養子資平に伝えられ、実資は仰せ言を恐縮して承ったということを、資平が皇太后宮に参上することになっていたので言上させると、資平は夜になって帰ってきて「語らせました。重ねて悦んでおられるとの仰せ言がありました。」と報告しています。この皇太后

の仰せ言を経房や資平に伝えたのは皇太后宮の女房であり、後の『小右記』の記事により紫式部ということになります。

この日から四日後、五月二十八日実資自身が皇太后宮に伺候、女房が御簾《みす》の中から菅円座《すげのわろうざ》を差し出し、実資が女房に四日前の仰せ言の恐縮を啓上させると、女房は前日の二十七日に故院の御周忌法会が終わり、御服喪を除かれて室礼も替えたので、はしたない状態でございます、と伝えます。実資は室礼が平常に戻られた様子を見て、急に懐旧の心がおこり思わず涙を落とします。女房が見ているにもかかわらず　時々涙を拭い、とめがたかった、としるしています。この応対した女房こそ紫式部で、実資の涙を見て、亡き一条天皇のこと、残された彰子皇太后のこと、御子様方のことを思い一緒に涙を流し、この賢人右府といわれる実資の普段は近くに寄りがたい、人から一目おかれている貴人の涙する姿にその人柄を知ったことでしょう。

五月の末から六月に入って道長は病悩、その病は重く、息子の頼通が簾中で涕泣するほどで道長も辞表を上表するほどでした。

六月六日、実資は道長の病悩で彰子皇太后が心労なさっているのではないか、と資平を介して女房に伝えさせます。女房、即ち紫式部は皇太后の仰せ言を伝えて、「時々参入した事をよろこびに思っていましたが、今日又参入し訪ね申してくれたことを、いよ〳〵悦びに思うところです。この何日か相府（道長）の病に歎息していましたが、昨日からはよろしいということを聞いて喜んでおります。」と。

しかし道長の病は意外と重く、この日から道長第で法華三十講が始まるものの、道長の悩吟する高声に周りの者は嘆息し、道長自身もこの講は最後の事であるといい、公卿たちは涙しています。六月八日には彰子皇太后が道長の上東門第に行啓する事態となり、実資は重い慎しみの日にあたり、行啓に供奉することができないことを、資平を介して皇太后宮の女房に告げさせます。帰ってきた資平が実資に伝えたことは

「皇太后宮に参って女房に逢って告げ、仰せ言がありました。」と。

翌六月九日道長第の法華三十講に参上した実資は、講説が終わったとき廉中の道長に招かれて、道長は心中を語ります。

「私はすでに生きることはできないだろう。今となっては思うところはない。三宮の御事（彰子、妍子、東宮敦成）や男女の子たちの中でもっとも心配なのは皇太后の御事で、去年故院に後れ給い哀傷の御心が今に休まない。又非常の御事があれば深く心神をくだくのではないか。悲しく思うことはこの事よりほかに嘆くことはない。汝（実資）が、志をあの宮に致してくれるという事は、極まりなく悦びとするところである。」とおっしゃって、この間時々涙を落とした、とあります。

『御堂関白記』は道長が病を得て五月二十七日以降七月四日まで記事を欠きますが、『小右記』によると七月に入っても道長の病は続き、道長の病を悦ぶ者が五人いるという風説があり、実資もその一人かと疑われて実資も少し気にしています。

七月二十一日、実資は養子の資平の任官について、参内して道長に伝えるべきだが　資平の雑事を伝えて皇太后宮に啓上させると、宮（彰子）が道長に申されることになり　このような事情はすぐに道長に申すようにと話した、とあり、この取次をしたのも紫式部であると思われます。

翌長和二年（一〇一三）正月十九日に実資は皇太后宮に参上し　相逢女房、女房を介して皇太后宮から仰せ言があり、資平の任官について事情を申させ道長に伝えていただくことになった、とするされ、この任官については少し複雑な事情があり、この前日十八日には道長に直接会って事情を話し承諾は得ていたものの、実資にとっては養子の資平の望む任官は重要なことで、皇太后の援護を要請したもので、この日の夜から五日間、興昭師を招請して金の毘沙門天に除目祈願の供養を始めています。

二月二十五日、この日皇太后宮の枇杷殿で、諸卿が一品づつ料理を提げて酒宴を開く、一種物が行われることになっていたのが急に停止となり　皇太后宮に参上した資平から事情を聞いたところ、資平が事情を女房にとったところによると、

「日ごろ中宮（妍子）でしきりに饗饌があり卿相には煩いがあるのではないでしょうか。月はなく花もないこの季節、事に触れて思いのあるところです。諸卿にしても必ず思うところがあるのではないでしょうか。又二の舞のようなものです。相府（道長）がいらっしゃる間は諸卿は饗応していますが、退出して誹謗しているのではないでしょうか。いわんや死去した後には尚更です。ここ連日の饗宴で人力が多く使われているのではないでしょうか。今これを思うにははなはだ無益なことです。停止するのがもっとも当然でしょう。」と。

そこで道長は参入されず、参会した諸卿も直ちに退出しました、と。

それを資平から聞いた実資は、

「可申賢后、有感〃〃」

賢后と申すべきである、感心、感心、感服した、と書いています。

その後、資平が
「女房があなた（実資）が参られるか、どうか、問うていました。」

と言った、とあり、式部はたゞ彰子皇太后の仰せ言を伝えるだけではなく、皇太后のお心を忖度して、その真意をはっきりと伝え、皇太后と式部の間には主従を越えた心の通じあいがあり、又実資と式部の間にも十六才の年令の差があり、正二位大納言右大将である実資とは、対等に口も利けない身分差ながら、彰子皇太后の女房として堂々と対しています。

三月十二日には病悩している実資に、皇太后宮から女房を介して仰せ言を資平におくって見舞われ、実資は恐縮していることを伝え、啓上させるために資平を皇太后宮へ参上させています。

三月二十一日には資平が皇太后宮に参上すると、実資の病のことをたづねられることがあり、実資は恐縮し極まりなく歓こび、しきりに仰せ言があることをかえって思いがけない事、と書いていて、やはり紫式部の配慮なのでしょう、彰子皇太后のために尽くす式部の姿があります。

この年の正月十六日、時の三条天皇の中宮妍子がご懐妊三ヶ月で春宮大夫藤原斎信の郁芳門第に遷御されていましたが、四月十三日土御門第に遷御なさることになり、その途上、姉上の皇太后の枇杷殿に行啓され御対面という運びになり　姉妹のお二方は以前からお仕えしていた女房たちにとり囲まれ　公卿たちの数献の宴飲の後管絃の遊びが始まり、皇太后から中宮へ紀貫之の書いた『古今集』と藤原文正の書いた『後撰集』がおくられ、中宮からは春宮大夫藤原斎信が中宮に献上された物三種が姉上におくられ、その様子を道長は「時宜に叶うということはすばらしい」と　人々が言った、と書いて感激しています。

『小右記』の四月十五日の記事によると、資平が皇太后宮に参って女房と逢って、この妍子中宮の行啓の供奉について、皇太后から実資への特別の御配慮があったことを聞いて、実資は心底より感嘆した、と書いています。

又式部を通して資平から聞いたのでしょう。妊娠六ヶ月の妹宮に対する姉宮の優しい細かい配慮を実資は希有のことである、めったにない珍らしいことである、と書いています。

枇杷殿の寝殿の東の階の流水のほとりに、中宮の御輿を寄せて、御座の近くでお降り申し上げるように姉宮のお気づかいがあり、御輿に同輿《どうよ》なさった母上倫子とともお降りになった身重の中宮は「御髪飾を解いた」と『小右記』に書かれていますが、「それは姉后（彰子）のおっしゃられたことによる」とあり、これも姉宮の御配慮によることになります。

実資が書いている「髪飾」とはどのような物か例がないので一向にわかりませんが、奈良時代女性の礼服着用の際、宝髻《ほうけい》といい、髪の毛を頭上で束ねた高髻《けい》に、U字形をした金属製の束髪ピン、即ち釵子《さいし》を三本さして金銀玉を用いた花形の飾りを飾った唐風の髪飾があり、薬師寺に伝わる麻の布に描かれた「吉祥天女像」の光明皇后を写したという天女の髪飾が、現在わかる唯一の宝髻のようです。

後白河天皇の要望によって描かれたという「年中行事絵巻」に、巻五内宴の中に内教坊の伎女たちの舞楽の場面に、六人の舞伎が髪上げをし、高髻して、金の髪飾をおいて、舞っている姿があります。よく見ると、その髪飾りは輪になっているようで、現代の令和の皇后のティアラのようですそれらを鑑みて、平安時代垂髪の上にこぶのように髻《もとどり》を作り、宝石をちりばめた造彫の金具に竜や鳳や麒麟の作り物をして、その髻の上に飾って花やかな髪飾として、皇后の威厳を示したのではないでしょうか。

この髪飾が金属でできているとすれば相当重く、身重の中宮の身を気づかっての姉宮の行動は、式部から資平へ、そして実資に伝えられ、式部の抜群の外交力は実資さえも喜ばせています。

賀茂祭も過ぎ五月に入り、道長第の法華三十講が始まった頃、道長は再び体調がすぐれず病悩、五月十八日には東宮敦成親王が疫病に似た御病悩あり、心配した実資は五月二十五日密々に皇太后宮に資平を参上させ、東宮が御病悩の間、仮《け》により参らなかったことを啓上させます。

今朝帰来云。去夕相㆓逢女房㆒。越後守為時女以㆓此女㆒。前々令啓㆓雑事㆒而已。

今朝資平が帰ってきて云いました。

去る夕方、女房に相逢いました。それは越後守為時の女《むすめ》で、この女を介して、前々から雑事を啓上させているのみです。

『小右記』のこの記事により、実資が前々から皇太后宮で取次ぎをしていた女房が紫式部であり、いつも紫式部が実資の来訪に応対して、宮と右大将実資の用件の仲立ちをするという、重要な役を担っていたということがわかります。このときの式部の言葉は

東宮の御病悩は重いというわけではない、と言っても、なおいまだ尋常ではいらっしゃらない上熱気がいまだ散じられません。

又左府（道長）もいささか患う様子がございます。

道長はここ連日体調の悪いことをがまんして東宮のもとに伺候していましたが、翌五月二十六日東宮の御病悩がやっと軽減し枇杷殿に参上して皇太后にその事を報告しています。七月五日、実資は皇太后宮に参上、女房に相逢い種々の障りがあって久しく参入しなかった事情を啓上し　宮より式部を介して仰せ言があり、しばらく伺候して退出した、という記事があります。

しばらく伺候した、とありますから、いろ〳〵な話が語られ、宮と式部と実資の間には阿吽の呼吸が

合って会話が弾んだことでしょう。この後、道長は八月十四日から法性寺で五壇法修善を始め、二十一日の結願まで妻の倫子とともに寺にこもり、十六日に行われた駒牽の行事に不参し、実資は公事がある日に私事を専らにしているのは近代の雄事である、雄事は有事で、非常事態である、といって憤慨しています。公卿たちが駒牽場に参らず法性寺で会合しているのですから、実資が奇怪だと言うのももっともなことです。

しかし八月十九日に内裏で行われた一代一度仁王会には、道長も法性寺から参入しています。『小右記』には「左相府自法性寺白地出参入者」とあり、道長は法性寺よりただちに出て参入した、と書かれています。

八月廿日、参皇太后宮　相遇女房　有仰事左府坐法性寺之内　参入之由也。

実資は八月二十日皇太后宮に参って女房と相遇って「左府（道長）が法性寺にいらっしゃる間にこちらに参入した」という仰せ言があった、としるしています。

これは、実資が駒牽の行事に参入しなかった道長のことを心良く思っていないだろう、と式部は推測し、昨日の仁王会には法性寺にこもっていた道長も参入し、こちら皇太后宮にも参入なさいました。と実資には勿論のこと、道長にも気をつかっている式部の心を読むことができるのではないか、と思います。

そして、この八月二十日の記事を最後に『小右記』には相逢女房の記事がみえなくなります。

寛弘八年（一〇一一）六月二十二日一条天皇崩御のあと十月十六日三条天皇即位、翌長和元年（一〇一二）彰子中宮が皇太后になられてから『小右記』に「相逢女房」の記事が見られるようになり、長和二年（一〇一三）中には七〜八回に及んだ「相逢女房」の記事が戸絶え、次に「相逢女房」の記事があらわれるのは、寛仁三年（一〇一九）正月五日であり、この間は約五年になります。

彰子皇太后にとって、右大将実資との取次ぎにはなくてはならない存在の式部の姿が見えなくなるのはどうしてでしょうか。

今までは、この間に式部が亡くなったのだろうと言われていました。

しかしこの寛仁三年（一〇一九）正月五日の『小右記』の記事が、角田文衛先生の御指摘で、今井源衛先生も追従されて、紫式部がこの年まで生きていることが実証されました。

この五年間の式部の動静は、『小右記』も『御堂関白記』も『権記』も男性の表向きの日記ですので、当時の人気物語作家である一女房のことなどとりあげてくれません。

『小右記』に式部の名前が見えるのも、源氏物語の作者としてではなく、有能な俊敏な女房として登場しているにすぎません。

同時代の女房が書いたといわれる『栄花物語』にも、紫式部は上東門院の女房として部分的に出てくるだけで源氏物語の作者とも一切なく、ましてその生死のほどもわかりません。

六　清水寺に参籠する

長和三年（一〇一四）正月二十日、『小右記』は、
皇太后彰子が日来病悩していらっしゃると人々が言っているので、この日黄昏時に宮に参入すると
この日は二位中将頼宗を介して啓上すると、去る十三日から病悩していらっしゃるということだ。
とあり、この日の取入れは彰子の義弟の頼宗で、紫式部は不在のようです。
残念なことに、『御堂関白記』の長和三年の記事が欠けていて、皇太后の動静がわからないのですが、『伊勢大輔集』には紫式部が清水寺に籠っていて、参り会った伊勢大輔との和歌の贈答がのっていて、このとき式部は清水寺に参籠していたことがわかります。

むらさきしきふ　きよみつにこもりたりしにまいりあひて　院の御れうに　もろともに御あかしたてまつりしをみて　しきみの葉にかきておこせたりし

心さし　君にかゝくる　ともしひの　おなし光に　あふかうれしさ

かへし

いにしへの　ちきりもうれし　君かため　おなし光に　かけをならへて

式部の和歌は樒の葉に書かれていて
皇太后彰子様の御病悩平癒の祈願をこめて仏様にささげる御燈明を、あなたとご一緒できてうれし

いことです。

「かへし」は伊勢大輔です。

昔からの御縁としか思えません。この清水であなたとご一緒に皇太后様の御病悩平癒を祈って、ともに御燈明をささげることのできるこのうれしさよ。

伊勢大輔は同じ皇太后宮の女房として、かつて、奈良の八重桜の取入れを式部から譲られて和歌を詠んだ　式部より十五才くらい年下の後輩女房であり、ここ清水寺で偶然会えたことを喜び合っていますから、式部はこの頃は宮に出仕していないようで　昨年の秋以降出仕をやめているのは、式部はこのときすでに四十二才になっていて、一般的にも更年期に入り、自身の体調の悪さに、皇太后様の御許しを得て、宮仕えを休ませていただいているのではないでしょうか。

このときも、自身の病気平癒祈願のため清水寺にお籠りしていて、十三日以来御病悩という皇太后様のためにも祈願中だったのかもしれません。

そこに伊勢大輔が来合せての和歌の贈答であり、『伊勢大輔集』には次にも二人の贈答歌があります。

松に雪のこほりたりしにつけて、おなし人、

おく山の　松はに氷る　雪よりも　我身よにふる　程そはかなき

返し

きえやすき　露のいのちに　くらふれは　けにとゝこほる　松の雪かな

雪が氷りついた松の葉につけて同じ人（紫式部）がよんだ歌

奥山の細い松葉に氷りついているはかない雪よりも、私のこの世に生きていく思いの方がはかなく悲しい。

「返し」は伊勢大輔です。

すぐ消えてしまう露の命にくらべれば　松葉に氷りついた雪の方が消えにくいですよ。

式部のこの寂寞とした思いはどこからくるのでしょうか。

雪に氷った松葉をおくった式部は、伊勢大輔に何を訴えたかったのでしょうか。

この年の正月より伯父為頼の息子伊祐が病悩していて、正月二十五日には伊祐の息子頼祐が藤原実資に　父が甚だ危急であり、味煎（甘葛の煎じ汁）をなめたいと言っていると告げ、実資が明日求めて送る、と『小右記』に書いています。

しかし三月に入って伊祐は亡くなりました。同じ邸に住むいとこの伊祐は、伯父為頼なき後は何かにつけて式部の力になってくれた人物であり、父為時が惟規を連れて越後に下るとき式部の後見を託し、くれぐ〳〵も頼んで出かけたと思われ、里下りをしている式部にとって力強い後見であり、その死は伯父為頼のときにもおとらず式部を悲しませ、あの「おく山」の寂寞とした和歌となり　仲の良い同僚の伊勢大輔に我が身の究極の悲しさを伝えたかったのではないでしょうか。

この「おく山」の和歌は源氏物語第四十六巻椎本の巻で、亡くなった父八の宮を偲ぶ宇治の姉妹の挽歌としてうたわれています。

大君の歌

君なくて　岩のかけ道　絶えしより　松の雪をも　なにとかは見る

中の君の歌

奥山の　松葉に積る　雪とだに　消えにし人を　思はましかば

うらやましくぞまたも降り添ふや。

大君の歌

父宮がお亡くなりになって山寺との間の険しい道の往き来も絶えて　松に降り積む雪を何とごらんになりますか。私はせめて父宮の形見として見たい。

中の君の歌

奥山の松葉に積る雪とでも、せめて亡き父宮と思うことができたら、どんなにうれしいでしょう。雪は消えてもまた降り積って降り添うことができるのに、父宮とは再び会うことができない。何とうらやましいことだろう。

ここでは松の雪は、亡くなった父八の宮の形見として詠まれて、八の宮への挽歌となっていて、伊勢大輔へおくった和歌も、親しい人、伊祐への挽歌ではないでしょうか。

『小右記』によると、この年の夏は冷夏で、六月四日の記事には気が冷めたく涼風となり綿衣を二、三枚着て夜は晩秋のようだ、とあり、ついで六月十七日の記事に、越後守藤原為時の辞退状を下給、後任は為時の甥であり聟である藤原信経とあり、為時は任期途中で辞任し、為時の娘（惟通の妹、式部の異母妹）と結婚した為時の兄為長の息子の信経が越後守になった、とあります。

この為時の、あと一年残しての任終の年の辞任は、この伊祐の死と関係があるのではないかと思われます。

娘の式部と孫の賢子の後見役の伊祐の突然の死は、都に残していた家族の後見がなくなり、家族を路頭に迷わせることであるほどのことであったのではないでしょうか。

道長さえ　夫に先立たれた彰子のことを実資にくれぐ〳〵も頼むと言っているように、一家の長にとって、娘の後見は何より大事なことであったように思います。

寒さの厳しい越後にいる老齢の父を心配して便りを書く式部も、我が身の不調に悩み、その上頼みとするいとこの伊祐の死に、奥山の松葉に氷る雪よりも　我身よにふる程ぞはかなき　と詠んで悼み悲しんでいます。

娘の賢子が越後の弁と呼ばれ、母と同じ皇太后宮に女房として出仕したのはいつか、はっきりしていませんが、祖父為時が都に戻ってきた頃は十四、五才になっていました。

　この式部の蟄居は、一説には道長に対して批判的な実資に近しい式部を、道長が嫌い、道長の勘気をこうむったため、といいますが、道長は時の一の人であり　小にこだわり大を捨てるような心の狭い人ではなく　娘の皇太后に対しては全面的に信頼をおいていましたから、その彰子が一番信頼する式部に悪感情をもつことは有り得ません。

式部の蟄居は、やはり年令的にみて自身の体調の悪さからではないかと考えますが、或いは別の理由があるのかもしれません。

為時があと一年の任を残して突然辞任したことは、六十七才の高齢であり、ともに下った惟規の死もあり式部の心配するところでもありましたが、ここにきて彼ら一門の長である為頼の息子伊祐の死は為時一家をゆるがして為時の帰京となったのではないでしょうか。又為時にとって信経は、娘の聟であり、為時のもう一人の兄の為長の息子で甥でもあり、その職を譲ることでもあったわけです。

長和三年（一〇一四）六月以降は、為時は越後より一緒に戻った惟通の母とともに式部のそばにあり、式部親子を見守っていたと思います。

昭和五年（一九三〇）に書かれた与謝野晶子の小品「紫式部の死」は、父為時に看病されながら長和四年（一〇一五）十二月に亡くなる式部を描いています。

しかし寛仁三年（一〇一九）正月五日の相逢女房の記事により、式部が健在であり、一方為時はこの二年後の長和五年（一〇一六）四月二十九日三井寺にて息子の定暹阿闍梨のもとで出家し、寛仁二年（一〇一八）一月二十一日の頼通大饗の際、七十一才の為時法師が詩を献上していますから、為時も式部も病悩していたかもしれませんが健在であったことになります。

また異腹の弟惟通は寛弘六年（一〇〇九）一月十日蔵人所の雑色となり、長和二年（一〇一三）十一月九日梅宮祭の神馬使を右兵衛尉としてつとめ、長和四年（一〇一五）四月十五日吉田祭の神馬使、寛仁元年（一〇一七）八月七日春日祭の奉幣使となって、左大臣道長家のために活躍しています。

惟規を越後で失った後、為時にとっては期待できる息子であったと思われます。

それより以前のことになりますが、一条天皇崩御後の長和元年（一〇一二）閏十月二十七日に行われた三条天皇の大嘗会御禊は、女御代に彰子の妹の内侍の威子がたち、その御車は二十両、その華麗な様子は筆舌につくしがたくこの世のものとも見えず、世の人々を驚かせたそうです。

道長あってのことであり、前駆をつとめる官人の中には伊祐、宣孝の息男隆光、そして惟通の姿もあり　二十両の御車のなかの唐車三両に皇太后宮の女房たちがのっていたとありますから、式部もその一人であったでしょうか。しかし三条天皇と道長の不和は、三条天皇の病悩、なかでも御目の病いが進みだん〳〵と見えなくなっていく頃から明確化し、道長より退位を迫られるようになっていきます。三条天皇の母は道長の同母姉超子であり、その妹の詮子女院とは仲の良かった道長でしたが、超子は早くに亡くなったこともあり、父の兼家ほどには超子とその息子の三条天皇や為尊親王、敦道親王に親しまなかったようです。

道長は三条天皇の中宮に彰子の妹の妍子をおくりこんだものの、女の子しか産まれず、三条天皇の糟糠の妻、娍子皇后との間には四男三女があり、道長としては娘の彰子の敦成親王の次期天皇の早いことを願っていましたから三条天皇の禅譲を期待しています。

式部が蟄居中の長和三年（一〇一四）二月九日夜内裏焼亡、その約一ヶ月後の三月十二日昼間大内裏焼亡、累代の宝物が皆すべて消失と『小右記』にありますが、実資は養子の資平の蔵人頭への任官について念覚阿闍梨を招いて三条天皇の皇后娍子に啓上、三条天皇も了承し、実資は深覚僧都を介して東寺にて密かに祈るよう申し伝えて熱心に運動していますが、道長は別の人物を推挙していて、資平について消極的なのを、これは資平が近親、姻戚でないことによるとして、「現在の執権の臣（道長）は先ず貢物、次いで近親、姻戚の者ばかりを重用する。悲しい世である。」と嘆いています。そして四月十四日には三条天皇から、蔵人頭の欠員があるときは必ず補す、との仰せ言をいたゞきながら、五月十六日土御門第行幸の還御の後、急に三条天皇の息子敦明親王の懇奏《こんそう》により藤原兼綱が蔵人頭に補されてしまいます。かつて資平が左中将になったときの任官については、紫式部を通して彰子皇太后へ、そして道長へというルートがあって円滑にいったのでしょうか。うがった見方かもしれませんが式部の存在の大きさを思います。

長和二年（一〇一三）秋から長和三年（一〇一四）以降、実資や資平の彰子皇太后宮への訪問が度々あっても、応対するのは頼宗やその弟の能信で、取次の女房も、多分実資の意にかなわぬ女房であっただろうと想像します。

この年の十一月十七日、七才の東宮敦成親王の初めての朝観《ちょうきん》行啓が、彰子皇太后宮の御在所土御門第西対であり、十一月二十八日には同じ御所で東宮の御読書始の儀があり、出席した実資の詳しい記事が『小右記』にあり　十二月十九日の皇太后宮御読経、十二月二十六日の皇太后宮御仏名会にも実資は出席しています。

翌長和四年（一〇一五）の春は疫病流行、京中死者多く秋までつゞき、三条天皇の病悩も益々悪くなる一方で、三月二十一日御眼疾により御祈りを行い、この三月とはいえまだ寒い時季に御首に凍った水をそゝぎ御治療をなさったとあり　四月二十一日には三条天皇眼疾治癒祈願の伊勢奉幣使発遣の大願がたてられましたが　七回もの延期のあと九月十四日やっと発遣され、又新造を急がせていた待望の内裏への還御も九月二十日やっと行われました。

『大弐三位集』にのる孫の賢子と祖父の為時の贈答歌です。

年いたくおいたる祖父《おほち》のものしたる　とぶらひに

残りなき　木の葉を見つゝ　なぐさめよ　つねならぬこそ　世の常のこと

かへし

ながらへば　世のつねなさを　またやみん　残る涙も　あらじと思へば

「年いたく老いたる」とありますから、式部が蟄居し、為時も越後から戻ってきて式部と一緒にくらしていた頃　賢子は越後の弁として皇太后宮へ出仕していて、「とぶらひに」とあるのは、為時が出家しようとしていて、その安否を問うてよんだのではないでしょうか。為時の出家は長和五年（一〇一六）、二月の後一条天皇即位の後、四月二十九日のことで、その頃の歌でしょうか。

この世の常なきことをよんだ孫と祖父の優しい会話のようです。

この時代の女性にとって、父親の後見があることが何よりの幸せになれる条件でした。式部の場合も、父の為時の庇護の下にあり、娘の賢子も父宣孝亡き後は祖父の為時の庇護の下に、女房として彰子後宮に出仕しました。しかし　為時が出家し、その亡き後はどうしたのでしょうか。

同母兄弟の為頼、為長、為時の一門の中心は息男為頼であり、為頼亡き後はその息男伊祐そしてその息男頼祐と、この一門の女性の庇護者であり続け、式部の弟、惟規も惟通も、若くして亡くなっており、姉式部やその娘の賢子を庇護することはできなかった、と思われます。

一族一門の紐帯がこの時代の女性を見守っていたことも事実のようです。

七　後一条天皇即位

長和四年（一〇一五）九月三十日、『御堂関白記』も『小右記』も、彰子皇太后宮の御在所で行われた九月尽くしの和歌会を伝えています。

『御堂関白記』には土御門第の仏堂で例経の供養が行われ、その後皆皇太后宮の御在所に参り酒饌があり、人々は和歌を献上し、藤原広業朝臣が「秋は唯、今日のみ」という題を献上し深夜人々は退出し、私（道長）は候宿した、とあり『小右記』には左相府（道長）及大納言（藤原斉信、藤原公任）他の卿相が皇太后宮に於いて九月尽くしの和歌会を行った、という記事の後、主上（三条天皇）の御目は二、三日いよ〳〵暗くいらっしゃいます、とあり、九月三十日は秋の最後の日であり、春の三月尽くしとともに和歌会や作文会が催され、この日行く秋を惜しんで宴が開かれたようです。

この彰子皇太后が催された九月尽くしの和歌会は、両日記がしるすように、それ以上でもなければそれ以下でもありませんが、私が注目するのは、この後の展開をみていくと、この和歌会はひょっとすると紫式部の再出仕の日ではなかったか、と想像するからです。

二年の里居を経てこの日皇太后様に請われて出仕した式部を待ち受けて、宮が『源氏物語』の「須磨にはいとど心尽くしの秋風に」誘われて参上した風情を、九月尽くしの和歌会によそおい、宮が式部に歓迎の意を表したのではないでしょうか。

九月尽くしの和歌会を記録する記事はあまり見当たらず　九月尽くしという風流な呼び名は私にそのような連想をおこさせて、限りなく想像をかきたてられます。

この後、十月二十五日には彰子皇太后は、父の道長の五十の算賀の法会を御在所の土御門第の西の対で行うことになっていましたし、又道長の計画の中には、東宮敦成親王の即位式も視野に入っていましたから　皇太后彰子の国母としてのさまぐ〵な仕事が予測され、式部の再出仕は懇望されていたことであり、何かと準備で忙しい宮の内は式部の出仕を心強く歓迎したのではないかと思います。

この頃道長は、六月十九日御住まいの小南第の北の対の打橋から落ちて左足を損傷し、前後不覚になるほどの怪我をおい、仲々回復せず、七月七日の『小右記』には実資が道長の様子を、

「足はとくに細く身体やお尻の肉はすでになく　しばらく坐るのもお尻が甚だ痛く、久しく坐ることができないほどである。」

と書いています。

そんな父を心配しながら彰子は五十の算賀の法会を行い、出席した卿相と殿上人は管絃、和歌の興あり、公任と道長は賀の贈答歌をよみます。

相生の　松を糸とも　祈るかな　千歳の影に　隠るべければ　公任

相生の松を糸のように祈るばかりです。
私はその千歳の影に隠れるばかりなので。

老いぬとも　知る人無くは　いたづらに　谷の松とぞ　年を積まゝし　道長

老いたとしても知ってくれる人がいなかったならば、いたづらに谷に生えている松のように誰にも

知られず年を積むだけです。

そして道長はこの算賀の一番の贈り物は、彰子がおくった、公任をはじめ道綱、頼通、頼宗などが詠んで行成が書いた四尺の和歌の御屏風六帖であった、と書いています。

一方三条天皇の譲位を責める道長側の攻勢は強く、十月十五日三条天皇は、十三才の女二の宮禔子内親王を道長の息男権大納言頼通に降嫁させることを提案するに至ります。

三条天皇が、頼通には妻（隆姫）がおられるが如何であろうか、とおっしゃると道長は　主上の仰せ言ですからあれこれ申すわけにはいきません、と答えた、と『小右記』は書いて、

「これは悲しむべきことであり、弾指（批難）しなければならない」と言っています。

しかし『栄花物語』巻第十二「たまのむらぎく」では違った雰囲気を伝えています。

殿（道長）の大納言殿（頼通）は今は左大将でいらっしゃいます。

みかどの御もののけ（病悩の三条天皇にはいろ〳〵なもののけがとりついていました）ともすれば起こらせ給うも大層おそろしく、女二の宮を幼少のころからとりわけおかわいがりになっていらっしゃいましたが、みかどご自身さえ心安らかにいらっしゃるならばとも角、御病悩もいたく　御譲位のほども今日か明日かとのみ心細く「いかにしてこの御方の御為になるようにさせてあげたい」とおぼしめすに、たゞ今はお心におかけなさることのできるようなこともないので、「この大どの（道長）の大将殿（頼通）に預けよう、頼通の妻は中務宮（具平親王）の御女ですがそれはどうということはないでしょう。この女二の宮にまさるということはないだろう。

又私が天位にあるのだから頼通も疎略にはできまい。」

この三条天皇の女二の宮降嫁の話は、『栄花物語』の作者が源氏物語の若菜上の巻を踏まえて書いて

いるようなので、よく似た表現になっていますが、当時の後宮では大変評判になった話であり　女房たちの関心を集めたことでしょう。

源氏物語の第三十四巻、若菜上の巻では、光源氏の異腹の兄朱雀院は病重く出家を決意していて、とくに御鍾愛の十三、四才になられる女三の宮の将来の身のほどをご心配になって、いろ〳〵と熟慮の末光源氏にお預けすることを決意なさいます。光源氏は太政大臣から準太上天皇になられて、その四十の賀が年明け正月二十三日子の日に、今は左大将（髭黒）の北の方となっている玉鬘が若菜を献上して源氏の四十の賀を祝い、光源氏と玉鬘の和歌の贈答があり、朱雀院の御病悩もあって忍びやかな御遊があり　三月十余日女三の宮が六條の院へ御降嫁なさいます。

実際には三条天皇はこの年四十の賀にあたられていて、光源氏と同じように祝賀が行われる予定でしたが、病が重く目も見えなくなっていて祝賀どころではなかったようです。

道長は五十才になっていて、三条天皇の算賀が行えない以上自分も行えない、と前年は思っていたようですが、実際には十月二十五日彰子皇太后主催で法会だけが行われました。

光源氏の四十の賀も、やはり朱雀院の御病悩をはばかって、楽人など召さず忍びやかな内々の御方々の御遊びのみがありました。

道長の五十の賀は、公任と道長の贈答歌が詠まれ、光源氏の四十の賀は、源氏と玉鬘の贈答歌が詠まれました。

三条天皇の女二の宮は十三才、朱雀院の女三の宮は十三、四才と物語の中にあり、同年令に設定され、ともに臣下に降嫁するという情況が同じです。

但し、実際の女二の宮の降嫁は実現しませんでした。

『栄花物語』によると、正妻の隆姫を思うのか、当の頼通がのり気でなく、道長から、

「男は妻は一人のみやは持たる。痴《しれ》の様や。今まで子もなかめれば、とてもかうても　たゞ子を得けんことこそ思ほめ」

男が妻一人だけというのはお前も馬鹿だなア。隆姫との間に子供がないから、とにかくもこの宮と子供を産むためと思いなさい。

と叱られています。

その後頼通は頭痛と発熱に苦しみ、隆姫の父具平親王の霊まで現れて、もののけがとりつき調伏されて、万死一生を得て、やっと平癒してこの降嫁は沙汰やみになりました。

式部が九月尽くしの日に再出仕したと仮定できるならば、この女二の宮降嫁の話は一月半後のことであり　皇太后宮の宮中はこの話でもちきりになり、宮の弟君である頼通をよく知る式部は深い関心をよせ、内親王の臣下への降嫁は今までもあり初めてのことではありませんが　式部が直接目にした話題であり、源氏物語の若菜上の巻における女三の宮の題材になったとしても不思議ではないと考えられます。源氏物語五十四帖の中で、一巻の桐壺巻から三十三巻の藤裏葉までは光源氏の栄花が語られ、三十四巻若菜上から二部となり四十一巻の幻巻まで光源氏の晩年が語られていて、雲隠という巻名だけの巻のあと、匂兵部卿、紅梅、竹河の三巻の渡しの巻がおかれ、橋姫から夢浮橋までの十巻が宇治十帖と呼ばれる構成になっています。

若菜上から幻までの八巻が再出仕後の作と仮定すると　二年間の里住みで英気を養い、ここで着想を得て光源氏の晩年を書き続けていった　と想像してみたいと思います。

十一月十七日、三条天皇が熱望して新造なった内裏が二ヶ月足らずで焼亡、道長がかけつけると、

三条天皇は息子の式部卿宮（敦明親王）とその弟の兵部卿宮（敦平親王）に寄りかかっておられたそうです。

十九日には三条天皇は枇杷殿へ渡御、東宮（敦成親王）は土御門第に移御なさいます。

『百錬抄』には
世謂《よにいう》 天下滅亡之秋《とき》也 と。

三条天皇は女二の宮の降嫁が沙汰やみになり、最後ののぞみも遺《つい》えて、その上、内裏焼亡が追い打ちをかけて、とうとう十二月十五日道長に明年正月譲位することを申し出ます。

早速九才の東宮敦成親王の後一条天皇としての即位の準備が始まりました。

道長にとってやっとめぐってきた我が孫の即位式です。

明くる年 長和五年（一〇一六）正月十三日三条天皇譲位、東宮即位定が道長の小南第で行われ、褰《けん》帳命婦《ちょうのみょうぶ》は内々に定めがあった、と『小右記』にあります。

褰帳命婦《けんちょうのみょうぶ》は、大極殿の即位式に天皇が着される高御座《たかみくら》の御帳を褰《かか》げ開ける役の女官で、女王がその役をつとめ、二人の命婦が左右に分かれ、高御座の東西の階《きざはし》を昇り、高御座の御帳を褰げる重要な役目になっています。

『御堂関白記』の正月十四日には、
褰帳命婦は内々に故章明親王女子（済子女王）と神祇伯秀頼王の女子（藤原芳子）に定めて伝えておいた。

二人は貧窮しているということを申してきたので、我が家から各々絹百疋と米百石を下賜した。

とあり、又正月十七日には

裹帳命婦たちに蘇芳を下賜した。

とあります。

章明親王の女、済子女王はかつての斎王事件の女王です。章明親王も亡くなり、章明親王と縁つゞきの兼輔の子孫である式部の伯父為頼もその息子の伊祐も今はなく、済子女王の同母兄とみられる源尊光（宮内卿従四位下）は長保四年（一〇〇二）三月十二日出家していて、残された済子女王は末摘花のような生活を強いられていたと思われ、想像するに、為時一家とは細々とした交流がつゞいていて、この後一条天皇即位のため女王をさがしておられた彰子皇太后に、式部が推挙したのではないでしょうか。

かつて寛弘八年（一〇一一）十一月十六日の三条天皇即位式は、裹帳命婦に女王がいなかったことにより、典侍の従二位橘徳子をあてた、と『御堂関白記』に道長は書いています。

このときは一条天皇崩御のあわたゞしい中での即位式でしたので、今回女王である済子がえらばれたのは、やはり道長が我が孫の即位式であり、じっくり手まわししてのことであり、式部が再出仕して彰子皇太后宮のおそばにいたからこそ済子女王の推挙になったのではないでしょうか。

道長より支度金として絹百疋と米百石が下賜されたとありますが、現在の価格に換算するとどのくらいになるのでしょうか。

『権記』長保二年（一〇〇〇）七月十三日の記事に、「金の価直は一両に米一石というのが京の定価」とあり、宋の商客は、「一両に米三石を充てるように」と言ってきた、とあり、翌十四日行成が左府道長の許に行って唐物の定価について聞くと、「二石を定価とせよ」ということで、金一両が米二石に値するとなったようです。

金の価格も米の価格も変動するので実際のところ確かな数値は求めがたいのですが、現在米五キロ二〇〇〇円として、米一石は一〇斗、（一〇〇升一四〇キロ）で五六〇〇〇円になり米百石はその百倍で五六〇万円になります。絹一疋は『中右記』に米三石とあり、絹百疋は米百石の三倍となり、この計算法が正しいかどうかわかりませんが、少くとも相当の支度金であることは間違いないと思われます。

二月七日、九才の幼帝後一条天皇の即位式では、高御座に座された後一条天皇をはさんで西幔の内に母后彰子の座、東幔の内に祖父道長の座が設けられ　我が娘の国母と我が孫の後一条天皇と並び、百官を見おろした道長の思いは想像するに余りあるものがあります。后宮の女房二十人が、暁方先に式の行われる大極殿の小安殿に参って伺候していた、と『小右記』にあるので、式部もその中の一人として伺候し、この晴れがましい式を后宮の御心に添って厚いまなざしを注いでいたでしょう。

この年の四月二十九日七十三才の父為時は三井寺で出家しましたが、二年後の頼通の大饗に詩を献上していますから、出家後も三井寺と京の邸を往き来して式部とも京の邸で会っていたと思われます。

一方道長は、この長和五年（一〇一六）四月以降病悩、湯や茶をのむことしきりとなり、口がかわき杏をなめ、もうそう遠くないだろうという僧の密語まで実資の耳に入り、『左経記』には、「道長死すとも遺憾なし」と仰せになった、とあるほど道長は身心ともに病んだようです。

父道長の病悩は彰子皇太后にとって憂慮するところで、今、公になった我が子敦成親王が天下を治めるためにも強い後見でいて欲しいと願う彰子皇太后のおそばで式部は、権力を一手ににぎる一の人、道長さえ病悩に苦しみ、はかない世の中を嘆く姿を見て、憂き身をはかない世を、いつも嘆いている自分とかかわることのない世界を実感し、今執筆中の光源氏の晩年の思いに式部の心は馳せていったのではないでしょうか。

六月二日、皇太后は後一条天皇とともに道長の土御門第から新造の一条院に遷御なさいました。後一条天皇は母后と同輿、三の宮の敦良親王は病癒《い》えた摂政道長と同輿して移御なさいました。六月十日、皇太后の令旨により、道長と母倫子は三宮に准じて年官年爵を給い封戸三千戸を賜わっています。

幼帝を見守る国母としての彰子皇太后の役割が増していくとともに、式部たち女房としての役割も一層増していったことでしょう。

そして七月二十日左京に火あり、藤原惟憲朝臣の家から出た火は土御門大路から二条大路の北に至る五百余家を焼き、摂政道長の土御門第は庭の大木まですべて焼けてしまいます。その後も、八月九月と火事が続き、九月二十四日には道長の枇杷殿が焼亡、道長は「私のことを宜しくないと思う人がいるのだろうか。連日このような放火がある」と書いています。

翌寛仁元年（一〇一七）三月十六日、摂政左大臣道長は摂政を辞し息子の頼通に譲り　頼通は摂政内大臣となり左大将を辞し、空いた左大将の席に右大将実資に移るよう皇太后彰子より仰せがありましたが、実資は固辞し　左大将には頼通の弟教通が任じられます。

『小右記』はこの間の一年間の記事を欠き、実資の思惑は伝わりませんが、道長に対しての忖度であるとしたらそれは実資の処世術であったかもしれません。

この年の四月七日には一条院寝殿に於いて僧百口を招いて天下の疫病を止めるための御読経が始まり、五月九日この疫病のため三条院崩御、長年病んだ眼疾ではなく、道長との確執の末四十二才で亡くなられました。

六月十日には源信が七十六才で寂しました。五月以降雨が降り続き七月二日大雨、鴨河洪水、京極あたりは海のようになり、河原にあった悲田院の病者三百余人が川に流されたといい、又斎院に群盗が入ったり、『小右記』で実資のいう　愁えなければならない「疫病」「洪水」「飢餓」という災害が一度におこり（八月には稲の害虫蝗虫が大発生しています）

「王化が及ばないのか、あるいは摂籙（頼通）の不徳の至すところか」

と実資は嘆いています。

幼帝を補佐する摂政頼通や左大臣道長、そして母后彰子の愁いはいかばかりであったか、おそばに仕える式部の心も思いやられます。三条院崩御後、当然の如く敦明皇太子の処遇が表面化します。『御堂関白記』は八月四日東宮敦明親王の退位の意が伝えられ、五日『権記』は摂政頼通から皇太子敦明親王について甚だ多くの雑事が行成に伝えられたことを語り、六日道長は敦明皇太子の許へ、我が息子たちの頼通、教通、頼宗、能信を伴い、東宮辞退となりました。

それを聞いた実資は「不思議である。疑わしい、意外な事だ」と書き、翌七日道長より直接東宮辞退のいきさつを聞いて、「私はたゞ希代の事態（世にもまれな事）であることを申して退出した」と書いています。

行成は息子の良経から東宮のことについて人々が参集していることを聞き、第一皇子敦康親王の許に参り、それから道長の許に参り、様子を知って又すぐ敦康親王の許に参っています。

故一条天皇より敦康親王の別当となり後見を託された行成としては、敦康親王の立太子を思っても、道長の後見の強い第三皇子敦良親王の立太子を阻止する力はもっていません。

道長は、先の一条天皇崩御のとき、敦成親王立太子についてかやの外におかれた彰子皇太后のお怒

りを思って、六日にはこのいきさつを皇太后宮にすぐ啓上しますが、道長は
「皇太后宮のご様子は云うべきではない」

とのみ書いています。

亡き一条天皇の御遺志をいつも心においている彰子皇太后としては、何とかして一条天皇の鍾愛の第一皇子敦康親王を立ててあげたいという思いをずっと持っておられたようです。かつて長保三年(一〇〇一)八月三日、母定子皇后を前年亡くした三才の敦康親王は、この日初めて彰子中宮の上御直盧に移られましたが、『権記』によると、行成は一条天皇に『後漢書』にある後漢の第二代皇帝明帝が馬皇后に第三代皇帝となる粛宗を義母として愛養させ、馬皇后は賢夫人で身を慎み、実家の馬氏一族が外戚として政治に口出しする宿弊をなくし、明帝死去後粛宗が十九才で皇帝になると、馬皇后は皇太后として良く後見した、という故事を上奏し、一条天皇は彰子中宮が馬皇后のように義理の息子敦康親王を愛養し、自分の亡き後は皇太后として後見してくれることを期待し、一条天皇はこの故事を彰子中宮にもお話になり、彰子中宮も一条天皇の期待通りに動こうとなさっていたのだと思います。

後に出仕した式部も、馬皇后の話を聞き、娘の賢子と同い年の敦康親王には、ひとしおの親しみを感じていたことでしょう。

八月二十五日、前東宮敦明親王は辞退の見返りとして院号を賜り　年官年爵を与えられ、上皇同様に院庁を設置されて小一条院となり、太上天皇に准じられますが、これは皇位につかず院号を賜わった最初の例だそうです。

源氏物語の中で光源氏が第三十三巻藤裏葉の巻で太上天皇になずらふ御位を給ふ、とあってこの小

一条院の例が準拠ではないかと言われています。源氏物語の中では、もう一人、太上天皇になずらって御封を賜わり院司を置かれた方が第十四巻澪標の巻の入道后宮、つまり藤壺です。

山中裕先生は小一条院が出現する前に式部が「太上天皇になずらふ」存在を想定し得たかどうか疑問視し　式部の没年を長和五年（一〇一六）とみる通説を否定なさり　小一条院誕生のとき式部は健在であり　この事実をもとに執筆、又は加筆されたと書かれています。

この年の十一月三十日、小一条院敦明親王の妹の女一の宮当子内親王が『栄花物語』によれば、「あはれなる夕暮に御手づから尼にならせ給ひぬ」とあり、『小右記』は病によって尼になったとあり、『栄花物語』は「又あはれに昔の物語に似たる御ことどもなり」と綴っています。

当子内親王は父三条天皇が即位なさると斎宮に十三才で卜定され伊勢に下り、長和五年（一〇一六）一月二十九日三条天皇譲位により退下、九月三日十七才で帰京なさいました。寛仁元年（一〇一七）四月十日の『御堂関白記』に、前斎宮当子内親王が乳母の手引きで藤原道雅と嫁し、内親王は母の娍子皇后宮の許に引き取られた、という噂を耳にして、翌十一日道長はすぐ内裏に参って、三条院に事情を聞くも埒《らち》明かず「この甚だ奇怪な事件は、事実だったのだろうか」と不信に思っています。

三条天皇は女二の宮の頼通への降嫁は画策するも、この鍾愛する女一の宮の臣下への降嫁は許さず、手引きした乳母中将内侍を即、退居させるほどこの結婚に反対し　当の内親王の心を思いやる余裕もないほどに我が身が病悩し、道長の訪問からわずか一ヶ月後に崩御されました。

道雅は道長の兄道隆の孫で甥の伊周の息男であり『枕草子』にも松君としてその愛らしい姿をみせて、一条天皇からも、十六才で蔵人に補されたときは「若年だが故関白道隆の鍾愛の孫也」と目をかけられていて、道長も彰子皇太后も道雅を何かと庇護しています。

式部は夫宣孝と先妻の娘が道雅の妻の一人であり　この道雅と女一の宮の恋愛には一段と関心を寄せ、女房たちが在五中将業平の場合とは違って、女一の宮は在任中でなく前の斎宮《さき》なのに　お父上の院はどうして二人の仲をさくのでしょう、などと噂しあっているのを聞いて、世の中の男女の仲のさまぐの思いを感じ取りながら、義理の娘にも道雅にも女一の宮にも同情の目をむけていたのではないでしょうか。

自ら出家しなければならなかった女一の宮当子内親王は、あはれにも二十三才で治安二年（一〇二二）八月十二日薨じられました。

『後拾遺集』には左京大夫道雅として和歌四首がのっていますが、その一首は百人一首にもとられた、当子内親王に寄せる和歌です。

今はただ　思ひ絶えなむ　とばかりを　人づてならで　言ふよしもがな

今となってはただもうあなたへの思いをあきらめてしまうしかない、と思うものの　この苦しい思いをせめて人づてでなく直接にあなたへお伝えするてだてはないものでしょうか。

是非あなたにもう一度お目にかかりたい。三条院の勘気をこうむった道雅の当子内親王に対する切ない苦しい思いが切羽詰まった事態になっていて、あはれを誘います。

この二人の恋が成就していたら道雅の運命も明かるく開けていただろうと思いますが、この後の道雅は不祥事ばかりおこして道長を悲しませています。

道雅は従三位までのぼりながら、左近衛中将伊予権守の役を罷免され、右京権太夫（正五位上相当）

に左遷され、いつの頃からか荒三位とか悪三位とか呼ばれています。

万寿二年（一〇二五）九月十八日の『小右記』は、去る夜、夜更けて左三位中将藤原道雅が烏帽子直衣姿で尻切（履物）をはいて実資の家のお堂を見て感歎していた、と随身から聞いた実資は「これはきわめて奇怪な不思議なことだ」と書いています。

かつて父の伊周も、失意のとき行成の世尊寺の桜を一人ながめていたことがありました。

道雅は歌人としても名高く、娘の上東門院中将とともに中古三十六歌仙に選ばれ、晩年には八条の邸宅で「左京大夫八条山荘障子和歌会」を催すほどの優雅な貴人なのに、父伊周、叔母定子皇后、祖父道隆と、この一門の栄枯盛衰を思うとあはれです。

明けて寛仁二年（一〇一八）の春はいつまでも雪がとけず、桜の開花が一ヶ月おくれたそうです。

正月二日、十一才になられた後一条天皇御元服あり、正月七日彰子皇太后は太皇太后になられ、二十一日には摂政頼通大饗、その御祝の屏風には為時法師の詩も選ばれました。

このとき、為時は七十一才、義母の惟通母は六十一才くらいになり、式部は四十六才、賢子は十九才になっていました。

三月七日彰子の妹威子が後一条天皇に入内され女御となり、道長家の慶事がつゞきます。

この年の十月十六日、後一条天皇の女御威子が立后し新中宮となられ、中宮妍子が皇太后に　彰子の太皇太后とともに
一家立三后　未曽有
と『小右記』にある通り、未曽有の事態が出現し、本宮の儀が終わる頃道長は和歌をよみ、人々はこの和歌を詠唱した、と『御堂関白記』にありますが、その和歌はなく、『小右記』に実資がその和歌

を書き留めてあり今日に伝わります。

此世乎は　我世と所思　望月乃　虧《かけ》たる事も　無と思へハ

そして十月二十二日土御門第への後一条天皇の行幸があり、十一才の後一条天皇と十才の東宮敦良親王の御兄弟御出御のもと　馬場殿で馳馬が行われその後寝殿に御遷御され、文人たちを召して作文会、次に擬文章生たちを中島に召して擬文章生試が行われ　楽人たちが池の上の舞台の橋の上で童舞を奏し、池に浮かぶ竜頭・鷁首の船から御前の近くに漕いで来て　舞童《まいのわらわ》が六人、庭中で万歳楽　太平楽　竜王　地久　胡徳楽　納蘇利を奏し舞い、東の泉の渡殿には善を尽くし美を尽くし特別に用意された御座がおかれ、三后（彰子、妍子　威子）の御対面があり、三后の御母（源倫子）女三位（三后の妹君嬉子）そして三条天皇と妍子の内親王禎子と一族の女性達が泉を御覧になっている姿に道長は

私は心地が不覚になるほど生きてきて甲斐ある者で、言語に尽くしがたく未曽有のことである。と大感激しています。

この土御門第行幸は源氏物語の第三十三巻藤裏葉の巻に書かれている六条院行幸の準拠ではないかと言われています。

六条院行幸は神無月の二十日あまりのほど　冷泉帝と朱雀院の行幸で、まず馬場殿で左右の司の御馬をひき並べて騎射競馬をご覧になり、六条院の南の寝殿に遷御されて宴席となり、暮れかゝるほどに楽所の人を召して殿上童の舞があり　短かい曲をいろ〳〵少し舞っては紅葉のかげから出入りして面白く舞う姿に　源氏と今は太政大臣のかつての頭中将は、第七巻の紅葉賀の巻で桐壷帝の上皇のおら

れる朱雀院の行幸の折、青海波を二人で舞ったことをなつかしみ　光源氏の栄花の巻を閉じています。この後一条天皇の土御門第行幸と源氏物語の藤裏葉の六条院行幸をくらべてみると、土御門第行幸では擬文章生試が池の中島で行われ、文人を召しての作文会が開かれていますが　六条院行幸では馬場殿から寝殿に移御なさるとき興を添えるために東の池に船を浮かべて鵜飼が行われ、その池の魚と北野の鷹狩りの獲物の一番《ひとつがい》の鳥を、左右の少将が寝殿の御前の階に左右に膝をつき、魚と鳥を捧げ奏上し、それを調じて御膳にのせ供した、この一連の工夫が式部の発想であり、竜頭・鷁首の花やかな場面より趣深く興あるものに思えます。

土御門第行幸では東の泉の渡殿で、彰子、妍子、威子の三姉妹の御対面がありましたが、六条院行幸では冷泉帝、朱雀院、光源氏の三兄弟の御前に琴がおかれて、御三方の殿上の御遊がありました。

式部は彰子太皇太后宮の女房として、この道長の栄花をきわめた土御門第行幸を体験して　光源氏の栄花のしめくくりとして藤裏葉の巻に六条院行幸を書いたと想像すると、すでにこの時点で、第四十一巻幻の巻まで完成していたとするなら、この行幸を実際に見て加筆したのかもしれません。

八　浮舟の構想

寛仁三年（一〇一九）現在におけるそれぞれの年令は、紫式部四十七才、彰子三十二才、賢子二十才　道長五十四才　実資六十三才、後一条天皇（敦成親王）十二才です。

正月五日藤原実資は太皇太后彰子がおすまいの弘徽殿に参り、あらかじめ先に養子の宰相資平を女房のところにつかわし連絡させておいてからその女房と相逢って　本日の用件である太皇太后よりの御給爵のことについて御配慮に対する恐懼感謝を啓上させます。

「太皇太后様は、枇杷殿にいらっしゃったとき（長和元年（一〇一二）と二年（一〇一三）の二年間に九度にわたる実資の枇杷殿訪問をさすと思われます）しばしば参入下さったことを、今もお忘れになってはいらっしゃいません。」との仰せでございます。かの枇杷殿時代はよくおいで下さったのに　近頃はおいでではないので、あなた様は普通のお方と違ってお人柄が非凡なお方ですから、久しぶりのあなた様の御来訪を太皇太后様は恥じ思しめし喜んでいらっしゃいます。」

この『小右記』の記事により、この女房は長和元年（一〇一二）から二年間に、実資の九度の来訪の取次ぎをした為時女の可能性が高く、主人の彰子とも主従の域を超えた宮仕え経験も長い女房で、彰子の心を忖度できる人であり、右大臣実資とも口がきける女房であるようです。これが本当に紫式部ならば、この時点まで元気に宮仕えに励んでいたことになり、源氏物語の執筆もこの時点までもってきてもよいことになります。

この太皇太后の実資への御給爵というのは、『御堂関白記』で道長が書いているところによると、彰子の言葉として

「上達部たちは何かあると、ことごとく雑事を通告してくるが、あなた様（実資）には長年何一つそういう事もなく、私の年給を分けてあげようと思う。自分の家の造作の料にでもあてるがよい。」

それに対して実資は、全く思いがけないありがたいことで御恩顧が深いことが嬉しい、と言っていますが、『大鏡』に「世の中に手斧の音のする所は東大寺とこの実資の宮」と言われる実資のことですから、拝謝し辞し奉っています。

この年、正月以来道長は病悩、三月二十一日五十四才で上東門第で出家入道します。

四月に入っても道長は重く病み非常赦を行っています。

この頃京中は各所に盗賊の放火しきりで昼夜絶えず　朝廷では藤原公任が検非違使の夜行を、実資は道守舎の設置を建議しています。そんななか、四月五日常陸介惟通の旧妻宅に群盗が入り放火、惟通の女《むすめ》が焼き殺される事件がおきました。

惟通は式部の異腹の弟であり　惟通は現在の妻と娘と一緒に別に住んでいたようで、旧妻宅には旧妻と娘がくらしていたのでしょうか。

五月十日入道道長が太皇太后の御悩により同宮に参入した、とあり、この頃彰子太皇太后も時々病悩なさったようですが、五月十九日実資が太皇太后宮に参り、相逢女房、これも式部の取次とすると彰子太皇太后より父道長の御出家のこと等について仰せ言があり、太后ご自身も体調をくずしながら、実資と、式部を通して話し合うなかには、一ヶ月前の九州への刀伊の来寇の事や昼夜絶えない盗賊の放火などの事があり、式部の弟の惟通の事件なども話題にのぼったかもしれません。

五月二十五日には道長は実資に、今度は存命もむずかしい、と告げるほど病に苦しんでいます。七月十三日の『小右記』には「惟通が常陸介の任功により四品に叙される」という記事があり、惟通は妻子を伴って常陸国へ下向したようです。

翌寛仁四年（一〇二〇）は春から疱瘡が流行して夏に及ぶなか、三月二十一日無量寿院（法成寺）の落慶供養が華やかに行われて　太皇太后彰子、皇太后妍子　中宮威子の行啓があり、金色丈六の阿弥陀像九体、観音、勢至両天七像各一体、彩色四天王像各一体の御仏の開眼が行われました。

夏もすぎ秋に入って七月三日、東国の常陸国にいた惟通が突然亡くなりました。就任して一年目のことです。

「小記目録」に

寛仁四年七月三日、常陸介惟通妻子　為維幹息被取事　於任国卒去時

とあり、常陸介惟通が任国の常陸国で卒去の時、惟通の妻子が平維幹の息子（為幹）に強奪されたこと、とあって、『左経記』の同年閏十二月廿六日の記事には、故常陸守惟通朝臣の妻が、かの国の住人散位従五位下平朝臣為幹に強奪されて、惟通の母の訴えによって京に召されたが、為幹は病と称して召問に応ぜず、とあります。

『小右記』の閏十二月十三日には

彼奪取命婦　太皇太后御使　相共同入京者

とあり、この『小右記』と『左経記』の記事をまとめると、七月三日に惟通が亡くなった時、その妻子が常陸国に住する常陸大掾といわれる豪族の平維幹の息子の為幹に奪い取られ、為幹が惟通の妻を強姦したことで惟通の妻が惟通の母に助けを求めて文などおくったのでしょう、驚いた惟通の母は式

部に訴え、式部はすぐに太皇太后宮（彰子）に願い出て、為幹は京に召問されることになり、惟通の妻子は太皇太后宮のおくった御使いとともに閏十二月十三日、京に戻った、ということだと思います。

この時代の東国について詳しい資料がないのですが、受領として京を離れ地方に下った貴族たちが任終わり京に戻らずそのまゝ土着し、地元に勢力をもってお互いに群雄割拠して争うようになり　将門の乱後、その平定の立役者となった藤原秀郷流と桓武平氏の平貞盛流の軍事貴族たちが力を伸ばし貞盛の弟繁盛の子平維幹は常陸に大きな勢力を築き、国政はもとより郡政に対しても、まして国司に対しても一家言をもつ領主であり豪族であったようです。

その息子の為幹が、国の介の妻を奪い取り強姦し、中央の出頭命令にも従順でない大胆不敵な態度をみると、介の惟通を殺してその妻を奪ったのではないかという疑問さえわいてきます。

かつて長徳元年（九九五）九月二十七日、陸奥守として東国に下った左近衛中将藤原実方は　正二位大納言藤原済時の養子（済時の兄の子）で三条天皇の皇后娍子の義兄という上級貴族であり　有名な歌人でもあり、また清少納言の許にも通う貴公子でしたが、この時一条天皇より別に御詞があって特命を奉じて正四位下に叙され、陸奥国に赴任しました。

『今昔物語』によると、陸奥の在地情勢は「墓《はか》なき田畠」を巡って対立した平貞盛の弟繁盛の子で常陸国の平維幹の兄弟とみられる平維茂と秀郷流の藤原諸任が、「やむごとなき公達」陸奥守実方の裁定に従う姿勢をみせていましたが、裁定が下らないまゝ実方が没すると、双方共兵を構えて他方を滅亡させるまで戦い、平維茂が勝利したといいます。

この国の内にはしかるべき兵共が沢山いたのであり、京のやむごとなき貴公子の国司などは上座にすえておかれ、裁定などできよう筈もなかった、と思うのですが。

実方は長徳四年（九九八）十一月三日現地で没しました。

『源平盛衰記』の上笠島道祖神の事には、

「実方は終に奥州名取郡笠島の道祖神に蹴殺されにけり。我、下馬に及ばず、とて　馬を打って通りけるに　神明怒りを成して　馬をも主をも罰し殺し給ひけり」

とあります。

つわもの共が跋扈する東国は、京の叡智の及ばぬ所であり、実方にしても惟通にしても、人知れず闇の中に葬られても不思議ではなかったのかもしれません。

惟通の妻は若く美しく京の雅びを身につけた姿に、鄙の武骨な東男の為幹が目をつけての事件であったのでしょうか。

太皇太后彰子のおかげで京に戻ることができた弟の惟通の妻子を見て、式部は惟通の母とともに安堵するとともに、夫と共に京を離れ東国におもむき、受領としてつとめる夫のそばで尽くしていた一人の女性が、何の罪もなくて夫を失い、しかも理不尽な扱いを受けたこの義理の妹をつくづくと哀れに思い、我が女性としての憂き身の不幸せを思い重ねて、一人の女性としてこの非情の世に、愛と幸せを求めて生きていく物語を書きたい、と思ったのではないでしょうか。

光源氏の生涯を書き終えていた式部は　ここに浮舟という女性を創作して、宿世のまゝに生きてきた女性が宿世を観じ宿世の業を断ち、いかにして宿世を解脱して人間としての幸せをつかむことができるのか、四十八才になった式部自身の集大成として宇治十帖を書き継いだのではないか、と私は想像しています。このとき惟通の母が救済にのり出しているのをみると、父為時はすでに亡くなっていたのかもしれません。

浮舟は第五十巻宿木の巻で登場し、光源氏の弟にあたる宇治の八の宮の姉妹、大君と中の君の異腹の妹という設定になっています。

浮舟の母は八の宮の北の方の姪にあたる中﨟の女房、中将の君で、父八の宮があいにくと認知しなかったので浮舟は陸奥守の妻となった母とともに東国へ下りますが、後に母の夫は常陸介になって東国くらしが続き、夫との間に子供もでき先妻の子供やら大勢あるなか、常陸介は中将の君の連れ子浮舟につらく邪慳にあたり、高貴な血筋を受けながら東国に育った浮舟を不憫に思っている母は、せめて良縁をと、浮舟の女房の姉の口さがない女を仲人として左近の少将を婿にと段取ります。しかし浮舟を常陸介の実子でないと知った左近少将は、受領としてきらびやかな生活をしている常陸介の財政的な援助を期待しているので、浮舟との結婚に難色を示し、この仲介の女も、人にこびへつらういやな性格の女で、浮舟の母の願いを無視して常陸介に取り入って、常陸介がかわいがっている中将の君とのまだ幼い娘、浮舟の妹にこの左近少将を合せてしまいます。

思い余った母は、二条の院に匂宮とくらす宇治の中の君のもとに文を送って援助を頼み、浮舟を中の君の許に預けます。

この仲人の女のことをここでは式部は遠慮したように書いていませんが、この後、二条の院で偶然みつけた浮舟に強引に言い寄った匂宮の存在に驚いた母が、浮舟を三条の隠れ家にかくし、それを知った宇治の弁の尼君より聞いた薫は、弁の尼君に浮舟との仲介を頼みます。

「先に浮舟のところへ文をおやり下さいませ。それでないと、私がわざとらしく取り持ちを買って出たように思われますのも　今更伊賀《いが》姥《とうめ》のようではないかと気がひけます。」

まさにこの女は伊賀姥であり、姥というのは老女、又は老狐のことで、国々にいて、狐が人を化かすようにたくみに口をきくことから伊賀姥といわれたようで、ここにこのような下賤の者が登場し、しかも浮舟の婿さがしをする重要な役割で登場しているのをみると、光源氏の物語の中には出てこなかった人物の登場は、鄙の国の現実を強調するところが、惟通の事件後の式部の心情をあらわしているように思います。

薫はこの大君そっくりの浮舟を、匂宮の妻の中の君への慕情が満たされない思いをいやすように、我が物として宇治に囲います。

それを知った匂宮は、女性に目のない奔放さで負けじとばかり、宇治へ通い始めます。

二人の男性に思われ悩む浮舟を、女房の右近と侍従がこもごも諫めます。

右近が、今、浮舟の乳母になっている母と一緒に、父の常陸介とともに常陸国にいたころの話を始めます。

「私の姉が常陸国で男を二人持ったのですが二人共負けず劣らずの愛情に姉はとても思いまどっていましたが、新しい男の方に一寸心が寄っていましたことを前の男が妬み、とうとう新しい男を殺してしまいました。そのあげく前の男は通ってこなくなり、常陸の国庁としても殺された今の男のような屈強な武士を一人なくし、又この殺人の罪を犯した前の男はすぐれた家来であるとはいえどうして使っていられましょうか。常陸の国から追放されてしまい、姉の方も介の館から追い出され京にも戻れずそのまゝ東国の田舎者になってしまい、母は今も姉を恋しがって泣いています。」この東国の常陸国の荒々しい武士の話は、惟通の妻と平為幹の事件を踏まえ、この事件に発想を得た式部の創作ではないでしょうか。二人の男と一人の女の話は古く『萬葉集』にのる桜児、縵児《かつらこ》、真間《まま》娘子、そして菟原《うはら》娘子などの妻争いの処女伝説に由来し、二人ないし三人の男から求愛され、あげくの果て自殺に追い込まれる処女の話になっています。

『大和物語』には「生田川處女塚の由来」に菟原處女《うはらおとめ》の話があり、この中では、川にづぶっと落ち入った処女を追って二人の男も川に落ち入り、一人は処女の足を、一人は手をとらえて死にけり、とあります。

後日談に、この説話を絵にかいて宇多院后温子の宮の女房たち、伊勢の御や女一の宮などがこの説話の登場人物にかわって和歌をよんで歌合せをし、その後の段で、ある旅人の話として、旅人がその処女塚のもとに宿った夜、夢に血まみれた男が太刀を借りにきて争いする音がした後その男が来て、久しい以前からの妬き者を打ち殺すことができて嬉しい、と語った、という筋立てになっています。

この処女伝説は当時の女性なら誰もよく知っていて、これらの説話とは少し違った式部の創作はより現実的であり、女（姉）も前の男も新しい男も、三人ともに身の破滅をきたし、そこに救いはなく、母が悲しんで泣き、その罪を作った自分のために大事な母の往生の妨げになると聞いて、式部の創作には自殺はないのですが、進退谷《きわ》まった浮舟は、処女伝説の処女のように自殺しようという思いに至ります。

薫は光源氏の正妻女三の宮と柏木の間にできた子で、幼いころから我が身の出生に不信をもっていて、道心がありいつも出家したいと思っています。

宇治の大君は、薫の人柄の立派なこと、身分高く聖だち高潔な人物で、この世においてすべてを備えた理想の人と認め尊敬していても　余りに立派すぎて近寄りがたく、女性として異性を愛する感情が高まっていきません。亡き父八の宮が、望むなら薫との結婚を許す、とおっしゃっていましたが、望みもせぬ男と結婚しなければならない世間をうとみ、せめて自分は自分、運命に対して自分を貫ぬこ

うと　女房たちからその強情ともとられる態度を、何か恐ろしい神がとり憑いているのか　と言わせるほどに強く生きたのに、薫の執着心により自由になり得なかった大君は、この世での生をあきらめて　亡き父のいらっしゃる涅槃の世界を目指し　食を断ち、見る見る内に草木の枯れるように亡くなりました。

　宿世のまゝに生きることを拒否し、我が道を生きようとした大君は、結局思い通りに生きることはできませんでしたけど、我が幸せを自ら求め、自分なりに力を尽くした崇高さがあり、哀れのなかにも作者式部の女性をいつくしむ姿が感じとられます。

　東国育ちの浮舟は、母の庇護のもと宿世のまゝに生きてきましたが、その異腹の姉、大君に似た姿を薫に見出され宇治に囲われますが、それは大君の形代であり、亡き人を思うとき禊河に流す、なでものにすぎないのです。

やがて秋になれば捨てられる白扇なのです。浮舟は母のすすめるまゝに薫と宇治でくらしますが、光源氏の娘明石中宮の皇子、匂宮の、薫とは正反対の性格をもつ「時の間も見ざらむに死ぬべし」、とおぼしこがるる人、その人の情熱に屈してしまいます。

宿世のまゝに翻弄され二者選択をせまられたとき、浮舟は何も考えることができず、我が身をなくすことしか考えることができませんでした。横川の僧都とその妹尼に助けられ、京の北、小野の里に連れて行かれても願うことは死だけでした。

しかし僧都と妹尼の懸命な看病と、慈しみ深い愛情で、やっと意識がよみがえりました。

　横川の僧都は慈愛に満ち人間味のある僧都で、弱い女性を救う本当の仏教者でしたから、浮舟はこの輪廻の世界から脱出し、この世において自分を見出し生きる道をみつけることができました。

宇治山の阿闍梨は高徳の僧でしたが、その余りにさかしき聖心は親しみにくく生まじめで、きびしいだけで大君を救うことはできませんでした。

横川の僧都に模された源信僧都は、かつて敦賀津で式部が深い感銘を受けた僧で、ともに手をとり合って浄土へ行こうと衆生ひとりひとりに声をかける、慈悲あふれる僧でした。

源氏物語の最後の巻　夢の浮橋で、横川の僧都の渾身の力で生き返り救われた浮舟が生存していることを知った薫が、横川の僧都を訪ねて浮舟との対面を策し、横川の僧都に下山して浮舟への案内を懇請しますが、僧都からは婉曲に断られ、それでも供の中にいる浮舟の弟小君を使いにやりたいと僧都に一筆の添え書きを頼みます。僧都はこの浮舟の弟小君に免じてやっと一通の文を書きます。

僧都の文と薫の文を持って小君は浮舟のいる小野を訪ねますが、浮舟は妹尼に

「過ぎにしかたのことは一向に思い出せず、あれやこれやと思い出してみるのですが、はっきりと思い出すことができません。

たゞ一人母が私のことを何とかして幸せにと願って、一通りでなく心を砕いていたことだけは不思議に覚えていて、母のことだけはまだ生きていらっしゃるだろうか、とそのことばかりが心から離れず、悲しく思うことが折り〳〵あります。

今日このお使いの童の顔を見ると、小さい頃見た感じがしてとてもなつかしく思いますが、今となっては私が生きているとはどなたにも知られたくありません。

たゞ母が生きていらっしゃったならば、母にだけはお会いしたいと思います。

この僧都のおっしゃっておられる人（薫）にはどうしても知られたくありません。

どうか　何とかお考え下さって、人違いだったというように申し上げて、隠して下さいませ。」

と頼みこみます。

小君よりもたらされた薫の文を見た浮舟は、さすがにうち泣きて、ひれ臥して涙を流しますが、妹尼より返事を責められて

「昔のことを思い出そうとしても一向に心に浮かぶこともなく、あやしくいかなる夢を見ていたのかとばかり思われて何もわかりません。

少し気持が落ち着きましたら、この文などもわかることもあるかもしれません。

今日はやはりこのまゝお持ち帰り下さいませ。

もし宛先違いでもありましたら大層心苦しうございます。」

むなしく帰ってきた小君を見て薫は、期待はづれで、かえって使いなど出さなければよかった、とさびしく思うことさまざまで、もしかしたら誰か男がかくまっているのだろうか、とまで思ってみるのでした。

所詮、浮舟を撫物としか思わない薫にとって、浮舟が自分さえできない出家ができる筈はない、と思っているのでしょう。

しかし浮舟は若く病でもなく、大君もできなかった出家を果たし、浮舟は浮舟なりに渾身の力を開いて我は我としての我を樹立し、やっと安寧にすごす環境を手に入れて自分の生きる道をつかんだ、と理解していいのではないでしょうか。

薫はその執着心により、宇治の三姉妹、大君も中の君も浮舟も、誰も幸せにすることはできませんでした。

若くしてその出生よりこの世を憂きものとして聖立ち、八の宮より教えを受け出家を夢見ている薫に

とって宇治の三姉妹は何だったのでしょうか。この世に執を残す種《くさ》わいでしかなかったのでしょうか。

一般的に業の深いのは女性の方である、と仏典でも説かれていますが、大君と浮舟の生涯はその業を自分のものとしっかりとらえて、いかにしてその業を離れ、自分の行きたい道を求め、人間としての幸せをつかむことができるのか　作者式部の思いはそこにしぼられて、男性よりはるかに高邁な精神が女性に付されて源氏物語は終わっています。

宇治十帖が惟通事件後に書かれたと想定できるならば、寛仁四年（一〇二〇）十二月以降、翌治安元年（一〇二一）或いは治安二年（一〇二二）頃にはできたことになるのでしょうか。

第五章　紫式部の晩年

紫式部の晩年については、推測する資料もなく、主観的推測しかできないのが現状です。娘の賢子が同じ太皇太后宮に女房として出仕しましたから、同じ大宮の中では和泉式部親子とともに有名な親子であり、主人の彰子が最も信頼する紫式部親子であったでしょうから、式部は体の続く限り太皇太后彰子のおそばに仕えていたと思います。すでに齢五十を越えた寛仁の末から治安（三年間）万寿（四年間）の頃、出仕がかなっていたかどうかは推測するしかありません。

治安三年（一〇二三）四月一日、太皇太后宮上東門第に於いて、三条天皇と妍子皇太后の皇女禎子内親王（後の陽明門院、後三条天皇の母）の着裳の儀が盛大に行われ、『栄花物語』によると、御裳の腰は大宮（彰子）が結び奉らせ給い、三日間にもわたる儀式なので、ある限りの女房、並々ならぬ勝れた女房たちは皆仕うまつり、今は年など老い宮仕へなど物憂くて里に居たるはこの頃御前の雑用をするために参上している、とあり、式部存命ならば五十一才、この女房の中にいて奉仕していたと思われます。

万寿三年（一〇二六）一月十九日、三十九才になられた太皇太后彰子が出家、以後上東門院を名のられますが、女房六人が一緒に尼になったと伝えられていますが、その中には式部の名前はありません。

若し式部が存命ならば、必らずその内の一人であった筈だと、私は思っています。

このとき賢子がよんだ和歌が『新古今集』雑上にのっています。

上東門院、世をそむきたまひける春　庭の紅梅を見侍りて　　大弐三位

梅の花　なに匂ふらむ　みる人の　色をも香をも　忘れぬる世に

この庭に咲く紅梅はどうしてこんなに色も香りもふくよかに匂っているのでしょう。世をそむかれた上東門院様がこの世の色も香も忘れられて仏門に入られてしまったのに。

そしてこの美しい紅梅を見ている私も、色をも香をも忘れてしまった昨今ですのに。

作者の悲しさ、切なさをよそに無心に咲く美しい梅の花をとがめているような賢子の心がみえます。この和歌は、上東門院の出家を悲しむと同時に、賢子自身の悲しい思いが含まれていて、暗に、母式部の死後の悲しさもほのめかしているのではないでしょうか。

紫式部の没年に関して最初に書かれたのは、『紫女七論』（元禄十六年一七〇三）であり安藤為章（一六五九〜一七一六）は水戸の徳川光圀に仕えた儒者で国学者ですが、その著書の中で、『栄花物語』に万寿二年（一〇二五）八月三日後冷泉天皇が誕生しその乳母にえらばれた賢子を「また大宮の御方の紫式部が女の越後の弁、左衛門督の御子生みたる、それぞ仕うまつりける」とあるので、紫式部は万寿二年（一〇二五）頃には存命で　又同書巻三十一には上東門院が長元四年（一〇三一）九月二十五日住吉詣に供奉した女房の中に賢子の名前はあっても紫式部の名が見えないから長元四年（一〇三一）には亡くなっていたのかもしれない。」と説いて、万寿二年（一〇二五）から長元四年（一〇三一）にいたる六年の間に没したのではないか、と推論しています。

その後、明治に入って与謝野晶子が『紫式部新考』昭和三年（一九二八）で、式部の没年は長和四、五年（一〇一五〜一六）とし、長和五年（一〇一六）四月の父為時の出家は式部の死に起因しているとして、この説はその後ずっと有力でした。

一方、大正十五年（一九二六）『源氏物語の新研究』を出された手塚昇先生は、

「源氏物語の四百字詰原稿用紙にして約二千三百枚に上る洗練された大著述が、三年乃至五年位で完成することができようか、少くとも十数年、或いは廿年前後を費しているのではあるまいか。」

と述べ

「源氏の最後の巻が書かれたのは、寛仁以後（一〇一七〜一〇二〇）であるばかりでなく、万寿頃（一〇二四〜一〇二七）ではないか」

とおっしゃっていて、安藤為章（年山）とほゞ同じ意見です。

昭和二十九年（一九五四）岡一男先生が新資料として取り上げられたのは『平兼盛集』の巻末に紛れて添加された佚名歌集の十二首の和歌です。

この断簡の中に次の四首があります。

一、おなじみやのとうしきぶ　おやのゐなかなりけるに　いかになど　かきたりけるふみをしきぶのきみなくなりて　そのむすめ見はべりて、ものおもひはべりけるころ見て、かきつけはべりける

うきことの　まさるこのよを　見じとてや　そらのくもとも　人のなりけむ

同じ大宮に出仕している藤式部が父為時が越後守として越後の田舎にいる頃、「いかがですか」と案じた手紙を式部のきみが亡くなった後その遺品の中から見つけて、その娘の賢子が物思いにふけっているのを見て書きつけました。

憂き事の多いこの世を見たくないと思ったのでしょうか。煙となって空の雲ともなってしまわれた

のでしょう。

二、まづかうかうはべりけることを　あやしく、かのもとにはべりけるしきぶのきみの

ゆきつもる　としにそへても　たのむかな　きみをしらねの　まつにそへつつ

とも角もこのように父親宛に出した手紙と和歌が、母式部の君の遺品の中にあることも不思議で、式部の君が出した文なら父の許にある筈で、何故出さずここにあるのか、と思うと、この賢子の許にある式部の君の歌には、

そこ越後では、雪が積もるようにお父様の白髪もふえる年でいらっしゃるにつけても、お頼み申し上げます。越後の白山にはえる松にあやかって、いやさかお栄えなさいますように。

三、このむすめの　あはれなるゆふべをながめはべりて　人のもとにおなじこころになどおもふべき人やはべりけむ

ながむれば　そらにみだるる　うきくもを　こひしき人と　おもはましかば

この娘（賢子）があはれなる夕暮の景色を物思いにふけってながめていまして、人のところへ同じ心になど思う人がいたのでしょう。

じっともの思いにふけって空をながめていますと、浮き雲が浮いていて、あの浮き雲を恋しい母、そして恋しいあなたと思うことができたらどんなにうれしいでしょう。

四、又、三月三日もものはなおそくはべりけるとし

わがやどに　今日をもしらぬ　もものはな　はなもすかむは　ゆるさざりけり

また、三月三日桃の節句に桃の花の咲くのがおそかった年

私の家で今日が桃の節句の日であることも知らないで桃の花が咲かなかったのは、あなたは喪中で、花もすが目で一寸見ることも許さなかったからですよ。

だから今日はあなたのところへ伺わなかったのですよ。

この一連の和歌集の作者は、賢子の愛人といわれる藤原頼宗や権大納言藤原公任の長男定頼や大納言源時中三男朝任や関白藤原道兼二男兼隆かと思われますが、岡一男先生は藤原頼宗としていらっしゃいます。

この四人の貴公子のなかで、式部に一番近いのは彰子太皇太后の義弟頼宗で、いつも姉宮のおそばで仕えていて式部とも親しかったと思われます。

太皇太后宮には才能のある美しい若い女房がいて、そこに若き貴公子が参内してきますから恋が始まります。

源氏物語の中でも登場する貴公子すべてが、通う女君に仕える女房を愛人にしています。

最初の歌「うきことの」作者が頼宗として、詞書に「式部の君なくなりて」とありますから、ここで式部の死を確認することができます。ですからこの歌がいつよまれたのかわかれば式部の没年がわか

るわけですが、それが残念なことに一向にわかりません。

紫式部の没年を考えるとき、むすめの賢子が藤原兼隆との子供を産んだ万寿二年（一〇二五）という年を中心に考えていくと、およその見当がつくような気がします。

この年、賢子は二十六才、兼隆は道長の兄で七日関白といわれた道兼の二男で三十九才、二人の間に女児が産まれ、同じ年万寿二年（一〇二五）八月三日東宮（敦良親王、後の後朱雀天皇）と道長の女《むすめ》、尚侍嬉子との間に皇子親仁親王（後の後冷泉天皇）が誕生なさいますが、母嬉子はあかもがさのためその二日後八月五日、御年十九才で亡くなられます。

『栄花物語』によると、若宮の御乳母には、「大宮の御方の紫式部が女の越後弁、左衛門督（兼隆）の御子生みたる、それぞ仕うまつりける」とあって賢子は若宮、後冷泉天皇の乳母にえらばれています。賢子が兼隆と恋愛関係にあったのは、前年の万寿元年（一〇二四）後半から万寿二年（一〇二五）にかけてかと思われ、乳母にえらばれてからは兼隆との仲もその忙がしさから　自然と戸絶えたのではないでしょうか。

　実は、賢子と同じ位の年令で同じ大宮に出仕し、上流貴族の貴公子と恋愛関係を築いた女房が小式部内侍です。

母親は恋多き女の代名詞ともなっている和泉式部で、そのむすめも母親に劣らず恋多き女で、道長の息子で左近衛大将、後の関白太政大臣教通との間に寛仁二年（一〇一八）男児（後に僧となる静円）をなし、同じ頃異腹の兄になる頼宗も小式部内侍のもとに通っていたようで、頼宗の『堀河右大臣集』には、大将教通が小式部内侍のもとに通っているのを知って「人知らでくやしかりけり」とうたっています。

また、百人一首にある有名な和歌

大江山　いく野の道の　遠ければ　まだふみもみず　天の橋立

にみる、数々の逸話のある小式部内侍と藤原定頼のやりとりから、二人の関係がこの頃とすると、母和泉式部が夫とともに丹後国へ下ったのは、治安元年（一〇二一）秋のことでしたから、この前後の頃のことでしょうか。

そして小式部内侍は万寿二年（一〇二五）十一月、太政大臣藤原公季の養子で左中将、後に権中納言にのぼった藤原公成との男児（後の頼忍阿闍梨）を出産した際亡くなりました。

一方賢子は、小式部内侍と前後するように、定頼や頼宗と恋愛関係になっています。

賢子の私家集『大弐三位集』は歌数六三首と、その内贈答歌の相手の歌を除くと四八首で、公任の息子の定頼と賢子の贈答歌は五組あり、この若い恋人同志の歌が続き、定頼が蔵人頭であった寛仁二年（一〇一八）から寛仁三年（一〇一九）の頃、定頼は二十四、五才、賢子は十九才から二十才の頃の事でしょうか。

男が通ってこなくなれば終わるはかない恋は、次の恋への前哨戦の如く、寛仁四年（一〇二〇）頃から治安二年（一〇二二）頃、蔵人頭に左中将を兼けていた頭の源中将、源朝任が通ってきて、二人の贈答歌も三組のせられていますが、賢子二十一才、朝任三十一才の恋人同志は、定頼より五才年上の朝任とは少し落ち着いた関係のようにみえます。

さて道長の二男であり彰子の弟である藤原頼宗と賢子の関係はいつのことだったのでしょうか。

堀川の右大臣（頼宗）の許に遣はしける　大弐三位

恋しさの　うきにまぎるゝ　物ならば　又二度と　君を見ましや

この『後拾遺和歌集』にのる大弐三位、つまり賢子の和歌は情熱的です。私があなたを思う恋しさが日頃の煩わしさに紛れるものならば、又二度とあなたにお会いしましょうや。

紛れなどしないから恋しさを忘れることなどある筈がありません。だからあなたとは二度も何度もお会いしたいのです。

この和歌から、賢子は定頼や朝任より頼宗に対しては特別な思いがあったように感じられます。

かつて長保三年（一〇〇一）十月七日のこと、一条天皇の母、東三条院の四十算賀の試楽の日、頼通（たづ君、十才）と頼宗（いわ君、九才）の童舞が話題になりました。

頼通は陵王、頼宗は納蘇利、それぞれの舞は見る者を感動させ、その二日後に行われた四十算賀の当日のいわ君の舞う納蘇利は、行成が舞の腰は天性を得て神妙である、といい、実資は極めて優妙であり一条天皇も感動、上下感嘆して涙を流した、とあり、頼宗の舞は皆から絶賛されています。

そして『小右記』には、父の道長が機嫌が快くなくて、人々は頼通は当腹《むかいばら》の倫子の長子であり、頼宗は外腹の明子の子でありやはりその愛は浅く、納蘇利の師である多好茂《おゝのよしもち》が賞されたのが父道長にとって面白くないのだろう、と怪しんだといいます。

実際倫子腹の頼通、教通と、明子腹の頼宗、能信の昇進には歴然とした差があり、この時代の結婚のあり方を考える資料になりますが、正妻腹の頼通を後継者として万人にしらしめたい道長としては、外腹の頼宗が脚光を浴びるのは面白くない思いがあったのかもしれません。

頼宗の弟、顕信が長和元年（一〇一二）正月十六日十九才で突然出家、母明子も父道長も驚きあわてふためきますが、前年の十二月の除目で三条天皇より顕信を蔵人頭にとの仰せがしきりにあったのに、父の道長が固辞し、道長には道長なりの考えがあったのでしょうが、若い顕信はこの世の出世をあきらめてしまいました。頼宗は、母親の明子がその父源高明の不遇の中で苦労して生きてきた女性であり、その母の意を受けてまっすぐに育ち、何かと反発した弟の能信や、母を悲しませた顕信のような生き方はせず　天性の資質にも恵まれて舞の名手であり　いたずら好きのやんちゃな少年だったようで、侍従となった十三才の頃、殿上に出仕したことを蔵人に認めさせ記録させる日給の起請のとき、束帯を着た頼宗は殿上の間の前にある立蔀に身をかくして襪《したうず》（たび）をはいた片足だけをさし出して蔵人に見せたので、そんないたずらは駄目だ、と認められなかった、という話が『古今著聞集』にのっています。

寛弘五年（一〇〇八）敦成親王誕生後　五節の頃式部たち中宮女房の、弘徽殿女御義子の女房の左京の君への悪戯《いたずら》があったり、お産を終えられた彰子中宮も、十一月十七日一条院内裏に還御なさってはなやぐ中宮の女房の局に、出入りを許された高松の小公達が、平気で通り歩いていて「いとど　はしたなげなりや」たいそうきまりの悪い思いをする、と式部は日記に書いています。

高松の小公達は、高松殿とよばれた源高明の邸宅に住んで高松殿と言った高明の女《むすめ》の明子の子供達で、頼宗（十六才）顕信（十五才）能信（十四才）で、末っ子の長家はまだ四才ですのでこの場にいたかどうか、いづれにしても数え年ですので今流なら三人とも中学生くらいでしょうか、加えて倫子腹の頼通（十七才）教通（十三才）と五、六人の小公達が、無遠慮に姉の彰子中宮の後宮を走りまわった

のですから　式部ならずとも、年とった女房たちは物陰に身をひそめてしまいました。中宮の弟君たちは、中宮の童女やすらひや中宮の女房小兵衛など若い人の裳の裾や汗衫《かざみ》にとりついて、小鳥のようにきゃっきゃっとふざけあっています。元気な若い男の子ばかり、頼宗だけではなくいたずら好きの少年たちの姿を式部の筆は伝えてくれています。

又、長和元年（一〇一二）五月二十日、『小右記』によると、この日頼宗の従者が実資の随身を罵って侮辱したという事が起き、その事を実資が頼宗に報告すると、頼宗は驚き恐縮しているという返報があり、翌二十一日の記事に、実資は頼宗の従者は狂乱のようだ、と書いたあと、「この中将頼宗は近眼である。暗に臨んだ際には盲者のようなものだ。歩きながら顚倒し嘲笑を招いている。権勢を思うので上下の者は目くばせするだけである。」

実資はこの頼宗の従者によほどうらみでもあるのか、そのほこ先は主人の頼宗にまでむけられていますが、頼宗は相当の近眼で、眼鏡のなかった時代、不便をかこっていた、いたずら好きのこのど近眼の少年は、かの源高明の孫でもあり、貴族としての教養もあり素直な人柄であったように思います。歌人としても名高く、『今鏡』には、頼宗は紀貫之、平兼盛とともに千年に一度の逸材である、と書かれていて高く評価されています。兄の頼通の時代、歌合が多く行われ、長久二年（一〇四一）藤原公任が亡くなると、頼宗は判者をつとめるほどに重鎮となっています。

さて、ここで『平兼盛集』の佚名歌の四首に戻り、四番目の三月三日桃の節句の頼宗の歌を見てみたいと思います。

治安三年（一〇二三）から万寿元年（一〇二四）にかけてのことですが、頼宗の兄頼通は具平親王の遺児で養子にしていた源師房を実資の女《むすめ》と結婚させて師房を実資の聟にと考えていましたが、道長

がその中将師房を道長の高松殿明子腹の尊子と結婚させることになり、尊子の同腹の兄頼宗や能信は

「いと心得ず、あやしきこと」（栄花物語）

「浅はかに心得ぬ事」（大鏡）

と不満に思っていますし、尊子本人も「心よからぬ」様子でしたが　父道長のきめたことなので仕方なく従った、と『栄花物語』は語っています。

頼宗にしてみれば倫子腹の妹嬉子は治安元年（一〇二一）二月一日に東宮（敦良親王、後の後朱雀天皇）に入内していますし、同じ明子腹の尊子の姉寛子は小一条女御となっていますから、相手が四位侍従中将の師房では物足りなかったのでしょう。

しかし、後のことになりますが、師房は若くして権中納言、内大臣から右大臣に任ぜられ、亡くなるときには太政大臣に任ずる勅許を得るほどに栄進し、やはり父具平親王や道長の期待にそむかぬ政治家でした。

源師房と尊子の結婚は、

万寿元年（一〇二四）三月にぞ、御露顕《おんところあらわし》（結婚披露宴）ありける。

三月になりぬれば、折々の御節供参り、今めかしき事ども多く、西王母が桃花も、折知りたるさまおかしくて、所々、すきもの多く見えたり。（栄花物語）

三月三日の桃の御節供は、宮中、院、執柄家などで華々しく御祝が行われて、折も折、西王母の桃の花も興深く、貴公子たちが女房たちに言い寄ってすきものが多く見える。

とあり、頼宗の賢子への和歌がそのような雰囲気の中でよまれていて、この万寿元年（一〇二四）三月三日のことと想定できるならば、この和歌の中には頼宗の妹尊子への同情が含まれていて、

「はなもすかむは　ゆるさざりけり」
と、師房へけん制球を投げているようにも感じられます。

『新古今集』にのる賢子の上東門院の出家をよんだ和歌、

庭の紅梅を見侍りて

梅の花　なに匂ふらむ　みる人の　色をも香をも　忘れぬる世に

この庭の紅梅は、母の紫式部が愛《め》でた曽祖父兼輔伝来の古木の紅梅であり、『紫式部集』に、

紅梅をおりて　里よりまいらすとて

（一〇三）

うもれ木の　下にやつるる　梅の花　香をだに散らせ　雲の上まで

『玉葉集』には「上東門院　中宮と申し侍りける時、里より梅を折りて参らすとて　紫式部」とあり、土の下の埋もれ木のように私の里の庭で咲いた梅の花よ、見映えはしませんが、せめてこの香りだけは宮中まで散らして欲しい。私は里居していますが、いつもいつも中宮様のことを思って居ります。中宮様も、どうぞ私のことをお忘れ下さいますな。

この庭の紅梅は賢子にとって母の思い出であり、今ここに上東門院様の御出家を知ってこの古木に咲く梅の花を見ていると、一昨年の春、この梅の花の咲く頃逝った母が偲ばれて、色をも香をも忘れてしまうほどに悲しい。

里居していた母が、中宮様にこの梅の香りをお届けしたい、と願った中宮様が世をそむかれて、今は亡き母はどうお思いだろうか。

この庭の紅梅を見ていると、お二人の姿が思われてなつかしく、母が無性に恋しい。

四首の佚名歌の頼宗の和歌と賢子の出家した上東門院を偲ぶ和歌から、式部の死を万寿元年（一〇二四）正月、式部五十二才、そして賢子二十五才のときと考えました。

式部の人柄を良く知る頼宗は、一般には藤式部と呼ばれていた式部を「式部のきみ」と敬称で呼び式部を尊敬していたことが察せられます。

うきことの　まさるこの世を　見じとてや　そらのくもとも　人のなりけむ

これは式部のきみの生前の姿を良く知る頼宗が心をこめて詠んだ挽歌ではないでしょうか。このとき三十一才の頼宗と二十五才の賢子の親しい仲も、男性のおとずれがなくなれば絶えてしまう、そんなはかない宮中の恋は秋《あき》やすく、この秋頃からは藤原兼隆が通うようになったものと想像されます。

実は『平兼盛集』の佚名歌を新資料となさった岡一男先生は、御著書『源氏物語の基礎的研究』増訂昭和四十一年版の中で、式部の死を長和三年（一〇一四）二月頃としています。これには角田文衛先生の反論があって、長和三年（一〇一四）頃は賢子はまだ数え年十五才になったばかりで、このような歌を詠んだり、相手からおくられてくるような年ごろではなかった、と述べています。

角田文衛先生は『紫式部とその時代』の中で、紫式部は長元四年（一〇三一）正月中旬に亡くなった、としていらっしゃいます。

その根拠は『続後撰和歌集』にのる式部の和歌

東北院の渡殿の遣水に　かげを見て詠み侍りける　紫式部

影見ても　うき我涙　おち添ひて　かごとがましき　滝の音かな

これは太皇太后彰子が建てた東北院で詠んだ和歌で、東北院は長元三年（一〇三〇）八月二十一日に落成供養されています。

しかし、この和歌は『紫式部集』では長い詞書があって、寛弘五年（一〇〇八）五、六月の詠作とされていますが、角田先生は伝来の過程で、或いは伝写の際起ったことであろうとし、『河海抄』にも引用されているとされて、この時点まで式部は健在であった、とされ、翌長元四年（一〇三一）三月三日の桃の花の歌になる、とおっしゃっています。

しかし、この時点の賢子の年令は三十二才であり、三十才を過ぎると「さだすぎ」といわれる老いの早かった当時のことでもあり、また万寿二年（一〇二五）兼隆との女児を産んでもいますし、頼宗が再三「むすめ」と言っていることとも違和感があります。

万寿四年（一〇二七）は道長が十二月四日法成寺で亡くなった年ですが、この年の二月二十四日、東宮敦良親王が病悩、御瘧《わらわやみ》病重く母の上東門院は石山寺にお使いを出されて、座主の深覚大僧正に御加持を仰せになり、大僧正は石山寺の僧など門弟の五人の伴僧を伴って東宮の御所、凝華舎に参上し、孔雀経を転読、如意輪の呪を誦して、経を持つ手の爪が色の変わるほど一心致誠に念ずると 東宮の御気分はよくなり御心地も常の如くになられたので 宮中の上下随喜渇仰して手を合せ喜び、上東門院より沢山の装束や絹を賜わり、退出するときは東宮大夫頼宗、中宮大夫能信、権中納言長家、左衛門督兼隆、左大弁定頼などの月卿雲客の公卿及殿上の侍臣がお見送りに出た、と「石山寺縁起」や「東寺長者補任」にあります。

このとき頼宗は三十四才、定頼は三十二才、兼隆は四十二才であり、このような雲上人に思われた賢子は女性として魅力のある人だったのでしょう。

東宮敦良親王の皇子親仁親王の乳母であった賢子も、上東門院のおそばで雲上人たちと一心に祈っていたことと思います。

『小右記』の万寿四年（一〇二七）二月廿八日の記事に、実資はこの東宮の御瘧病《わらわやみ》のことを資平より聞き、又大僧正深覚とも会って加持のことを直接聞いてすぐ、上東門院に御見舞に参上します。

即、参宮、以大進懐信朝臣伝女房、令啓事由　有御仰　小時罷出、

宮（上東門院）に参り大進の源懐信朝臣を介して女房に伝えて事の由を啓せしむ。院より仰せ言あり、しばらくして退出する。

ここにはもう紫式部はいません。

取次に紫式部がいれば、相逢女房となり、院の仰せ言も詳しく書いただろう、と想像するのです。

道長の死も、彰子の出家も知らなかったと思います。

頼宗の和歌の詞書にみえる「しきぶのきみ」という言葉から、紫式部は周りの人々から「式部の君」

とよばれ、「大納言の君」「小少将の君」のような上﨟の女房と同じように扱われて、信用され尊敬されていたことが伺われ、何より出家はしていなかったことがわかります。

浮舟が出家して心の安心を得たように、式部も出家したのではないか、と思われていましたが、やはり日記にみえる式部の迷う心からは出家はむずかしく、亡くなるまで出仕していて、一寸した病で亡くなったのではないでしょうか。

まだ二十五才の賢子にとって母の死は受け入れがたい悲しさであり、このとき近くにいた頼宗が励まし慰めてくれたのではないでしょうか。

頼宗は式部の君がいつも姉宮のおそばにいて何かと気を配り、その才媛をひけらかすことなく控え目に、弟君の頼宗にも優しく接してくれた人柄を偲んで、この歌からは式部の心を本当に理解している人がよんだ和歌としか思えません。

後に頼宗は、永承五年（一〇五〇）四月廿六日「正子内親王絵合」を主催して、娘の後朱雀天皇女御の延子と後朱雀天皇亡き後生まれた六才の正子内親王をお慰めしています。

その前年七月二十二日に母の明子を亡くして服喪中でしたが、孫の内親王のために、源氏物語の絵合の場面を参考に絵冊子を描かせて、源氏物語は女御同志の競い合いでしたが、ここは幼い正子内親王のための絵合のようで、式部の創造した絵合をここで再現していて　頼宗は式部の書いた源氏物語の愛読者で、何より式部を尊敬していたと思われます。

又、頼宗の長子兼頼は、小野宮実資の鍾愛のかぐや姫と通称された千古と長元二年（一〇二九）結婚し、小野宮家の荘園や牧などの資産を譲られ、兼頼は小野宮中納言といわれました。

かつて実資は頼宗を近眼の小童《こわっぱ》と罵《ののし》りましたが、頼宗の子を婿取りしたわけです。

乳母としての賢子について、『栄花物語』は、

「後冷泉天皇は御心が大層趣があり、ものやわらかで、人を嫌って遠ざけるようなこともなさらず評判が良く、月の夜、花の所など折々に管絃の御遊びを催され、後冷泉天皇の御代が格別に趣のある御時であるのも、弁の乳母（賢子）の人柄が趣のある人で、その方面に宮を御養育申し上げたからだろう。」

と述べて、紫式部の娘として、母に似て趣深く心が豊かであったことがわかります。

賢子はその後、東宮（後朱雀天皇）更に親仁親王（後冷泉天皇）の権大進をつとめた、九才年上の高階成章の妻となり　長暦二年（一〇三八）三十九才の時、成章の四男となる為家を産み、寛徳二年（一〇四五）親仁親王が後冷泉天皇として即位したとき典侍に任ぜられ、従三位に叙せられました。賢子は母と共に太皇太后宮に女房として出仕したときは、祖父為時の任官越後守にちなんで越後の弁とよばれていましたが、以後典侍、あるいは藤三位とよばれ、天喜二年（一〇五四）十二月、夫の成章が太宰大弐になってから大弐三位とよばれるようになり、賢子自身も夫とともに二度筑紫に下っています。

式部は源氏物語の中で、玉鬘の筑紫下りの哀れな物語を書いていますが　自身は下ったことはなく、親と筑紫に下ったことのある童友だちや夫の宣孝から聞くのみだったと思いますが、賢子は二度も筑紫に下り、母の物語に出てくる筑紫にどんな感想を持ったでしょうか。

夫の成章は天喜六年（一〇五八）正月、任地の太宰府で亡くなりました。六十九才でした。治暦四年（一〇六八）四月、賢子六十九才のとき後冷泉天皇崩御、承暦二年（一〇七八）四月三十日の「内裏後番歌合」には八十才近い高齢をもって出席し、息子の為家の代詠をつとめたといいます。

永保二年（一〇八二）頃、八十三才の高齢で天寿を全うしたようです。

紫式部を思うとき、若くして遠い越後の国で父に看取られて亡くなった、弟惟規のことを思い出します。

父為時と越後に下るとき、姉式部の女房仲間の伊勢大輔が和歌をよんでいます。

藤原惟規が越後に下り侍りけるに遣はしける　伊勢大輔（新勅撰集　羈旅）

けふやさは　思ひ立つらむ　旅衣　身にはなれねど　あはれとぞ聞く

伊勢大輔と惟規の関係はわかりませんが、式部の弟が年老いた父について官を捨て越後に下ることを聞いて、「あはれ」と聞くとよんでいますが、それはどんな状況なのでしょう。伊勢大輔の旅の別れをよむ和歌にしては哀れっぽいところが気になります。

父のもとに　越後にまかりけるに　逢坂のほどより　源為善朝臣のもとにつかはしける

藤原惟規（後拾遺集　別れ）

逢坂の　関うちこゆる　ほどもなく　けさは都の　人ぞ恋しき

源為善朝臣は為時に越前守を譲らされた播磨守源国盛の息子であり　惟規とは親しい友人らしかったようで、やはりかの話は尾鰭のついた噂話にすぎなかったように思います。

源経信の『難後拾遺抄』に、この和歌について

「これは為善が語りしは、惟規がこの歌を詠みて侍りし返り事を越後に遣はしたりしに、惟規は失せて、父為時が返り事をいとあはれに書き附けて侍りき、今に失はで侍りし、とこそ申すめりしか」とあります。

逢坂の関を越えたばかりなのにもう都の人が恋しい、と都を離れることに何か躊躇するものがあったのでしょうか。

十五年前父と姉の式部と越前に下ったときは妻を伴った楽しい旅でしたが、今回の旅には妻の姿が見えません。妻の貞仲の女《むすめ》の姿がないということはすでに亡くなったのでしょうか、それとも喪があけて越後に下ることになったのでしょうか。

『今昔物語』や『十訓抄』によると、越後に着いた惟規は重くわずらい臨終になったとき、父為時が後世《こせ》の功徳のため山寺の徳ある僧を招き、中有に迷わず浄土に成仏するよう、僧が惟規の耳元で説くと　惟規はその中有とはどんな所か、と問うと、そこは遙かな広野で鳥獣もなく、ただ一人とぼとぼと行く心細さでこの世に残してきた人が恋しくたえがたい所、と聞いて、「その中有の旅の空には嵐に散る紅葉、風になびく尾花などのもとには松虫や鈴虫が鳴いていることだろう。そうならば何の苦しいことがあろうか。」と言って僧をあきれさせた、とあります。

そして病床で辞世の和歌をよみます。

みやこにも　わびしき人の　あまたあれば　なほこのたびは　いかむとぞおもふ

と　さいごの字をのこして息絶えたので　父為時がこう書きたかったのだろう、と「ふ」を書き添

えた、とあり『後拾遺集』には京にいる愛人の斎院の中将に遣わしたとあって「わびしき人」が「恋しき事」となっています。

都に心を残して老父の付添で下向しながら、三十八才の若さで旅の空に散った惟規のあはれもさることながら、長子の惟規の死に父為時は、惟規の友人の為善に惟規にかわってあはれな文を書きおくり、惟規が力をふりしぼって書き置いた紙を形見に　常に見ては泣いていたので、その涙にしみて破れ失った、といい、その為時の涙は式部の涙でもあり、遠い白根を京で偲びながら彰子皇太后宮に出仕し、いつも老父を案じていたようです。

それでも為時は越後守としてつとめ、式部が体調をくずし里居をしていた頃も、心配するものの、はるか越後の地から見守っていましたが、一門の甥の伊祐の急死を受けて、都に残した式部親子の後見をするため　あとわずかの任期を残して帰京しました。

惟規と藤原貞仲の女《むすめ》との息子、貞職は祖父の一字貞がつけられていることからも、受領として裕福だった貞仲家で育てられ、その四代目の子孫邦綱（一一二二〜一一八一）は、この一門にあって兼輔以来、正二位権大納言にまでのぼり公卿となりました。

その身は下級官人ながら文章生から蔵人にのぼり、摂関家の藤原忠通の家司として、和泉、播磨などの受領になり莫大な財力を蓄えて、息子清邦を平清盛の養子とし、四人の娘たちはその豊かな財力で養育に尽くし高い教養をつけさせて、成子は六条天皇乳母に、邦子は高倉天皇の乳母に、輔子は安徳天皇の乳母に、そして綱子は平徳子（建礼門院）の乳母にと、時代は平安時代後期の貴族から武士の時代に移りかわる過渡期とはいえ一時代の寵児となりました。

『河海抄』の序に

「光源氏物語は寛弘のはじめ（一〇〇四）出《いで》きて、康和のすえ（一一〇三）にひろまりにける」とありますように、この頃は盛んに読まれていて、邦綱の高祖父にあたる惟規の姉の紫式部についてこの四人姉妹は良く知っていて、我が一族の著書としてひとしお深い思い入れがあったかもしれません。

さいごに　彰子中宮、皇太后　太皇太后　そして上東門院と呼ばれた高貴な女人は、夫の一条天皇とは寛弘八年（一〇一一）二十四才のときわかれ、二人の皇子、敦成親王（後一条天皇）とは長元九年（一〇三六）後一条天皇二十九才で崩御、敦良親王（後朱雀天皇）とは寛徳二年（一〇四五）後朱雀天皇三十七才で崩御　それは彰子が四十八才と五十八才のときであり、二人の我が息子に先立たれた母の上東門院は『栄花物語』に

いとめでたしと思ひ参らすれど、御みづからは、世に類なく　心憂かりける身かな　とおぼしめしたり。

とあります。

『後拾遺和歌集』にのる和歌です。

一条院うせ給ひてのち　撫子の花の侍りけるを　後一条幼くおはしまして　何心も知らでとらせ給ひければ　おぼし出づる事やありけむ　上東門院

見るまゝに　露ぞこぼるる　おくれにし　こころも知らぬ　撫子の花

見るにつけても涙の露がこぼれます

あとに残されたことも知らずに撫子の花を手にとった我が幼き子よ。

『千載和歌集』にのる和歌です。

後一条院かくれさせ給うての春　郭公の鳴きけるに　よませ給うける　　上東門院

ひと声も　君に告げなむ　ほととぎす　このさみだれは　闇にまどふと

一声だけでも亡き我が君に告げてほしい。ほととぎすよ、私はこの五月雨の降る夜　子を思う闇にまどって涙を流しているということを。

そして

鈍色の御衣、透き〳〵なるに、いと黒き御衣、重ねて奉りて　いとあはれなり。後一条院御在世中の事を忘れる時とてなく、恋ひ忍び参らす。女院は尽きせず故院の御事をおぼしめして、ありしやうに　物好みもせさせ給はず、女房なども衣の音　いたく高くもせず、しめやかに　いとどもてなしたり。

と、『栄花物語』は語ります。

後一条天皇に次いで弟の後朱雀天皇崩御の悲しみには耐えられず、東山山荘の白川殿に移られて、そこで病を得るまで二年間、ひっそりと住まわれています。

治暦四年（一〇六八）四月十九日には　後朱雀天皇の皇子で上東門院の孫の後冷泉天皇まで四十四才で崩御され、乳母の大弐三位の歌は残されていませんが、延久五年（一〇七三）五月、後三条天皇が崩御したとき　同じ季節に亡くなった前帝、後冷泉天皇の乳母の大弐三位に、少将の内侍が和歌をおくり、それにこたえて大弐三位が返歌をしています。

五月雨は　昔も今も　涙川　同じ流れと　水まさりけり

先年の後冷泉天皇も、今この後三条天皇もおかくれになったのは同じ季節、五月雨の降る淋しい頃、涙川の川の流れもます〳〵水が増しています。本当に悲しいことです。

後冷泉天皇と後三条天皇は上東門院彰子の皇子の後朱雀天皇の御子たち、上東門院の孫たちです。大女院とも東北院ともよばれた彰子といえども、孫たちにも先立たれた悲しさは、ひとしお哀れをさそいます。

姉妹の妍子も威子も嬉子にも先立たれ、天喜元年（一〇五三）六月十一日には母の倫子が九十才で、延久六年（一〇七四）二月三日には弟頼通が八十三才で亡くなり、同じ年、頼通の後を追うように改元なった承保元年（一〇七四）十月三日、上東門院は法成寺の阿弥陀堂に於いて八十七年の天寿を全うされました。

おわりに

初めて源氏物語に触れたのは中学校の図書館で、谷崎潤一郎訳の旧訳であったのか、新訳であったのか、和装の大き目の源氏物語本でした。

高校の図書館には、安田靫彦や奥村土牛、山口蓬春などの挿絵が入った豪華な谷崎源氏があり、その長い物語を読む余裕はなく、たゞその雅やかな本の雰囲気をみつめて、図書館ですごしたことを覚えています。

今、傘寿を越えて、座右に源氏物語があり、徒然に読んで源氏物語の世界に入る喜びを幸せとしてすごしています。

物のあふれる現代は、昔だったら欲しくても手に入らなかった高価な本が、神田の古本市で安く手に入り、至福な思いを味わうことができる時代です。

そして　平安時代を知る上に欠かせない貴族の三大日記である、道長の『御堂関白記』、実資の『小右記』、行成の『権記』は漢文で書かれていて、戦後教育を受けた我々の世代の不得手とするところで、図書館に通って慣れない漢文の解読に四苦八苦していましたが、三大日記の現代語訳が国際日本文化研究センター教授の倉本一宏先生によって、『御堂関白記』が二〇〇九年、『権記』が二〇一一年、講談社学術文庫から発刊され、『小右記』は二〇一五年から吉川弘文館より半年ごとに一冊、全十六巻が現在も発行されていて、そのお陰で三大日記を自由に読むことができて、大変な恩恵を被っております。

書き終わって、やはり浅学の身には紫式部の足元にも近寄られない作品となってしまいお恥ずかしい限りですが、一人でも多くの源氏物語を愛する人々に読んでいたゞいて、平安時代に生きたこの心優しい、心美しい女人の真の姿を　誰方《どなた》か現わして教えていたゞきたいと切望しています。

むらさきの　ゆかりゆかしく　たづねても　なほわけまよふ　むさし野のはら

安藤為章（年山）

二〇二〇年　秋

鈴木幸子

【紫式部系図】

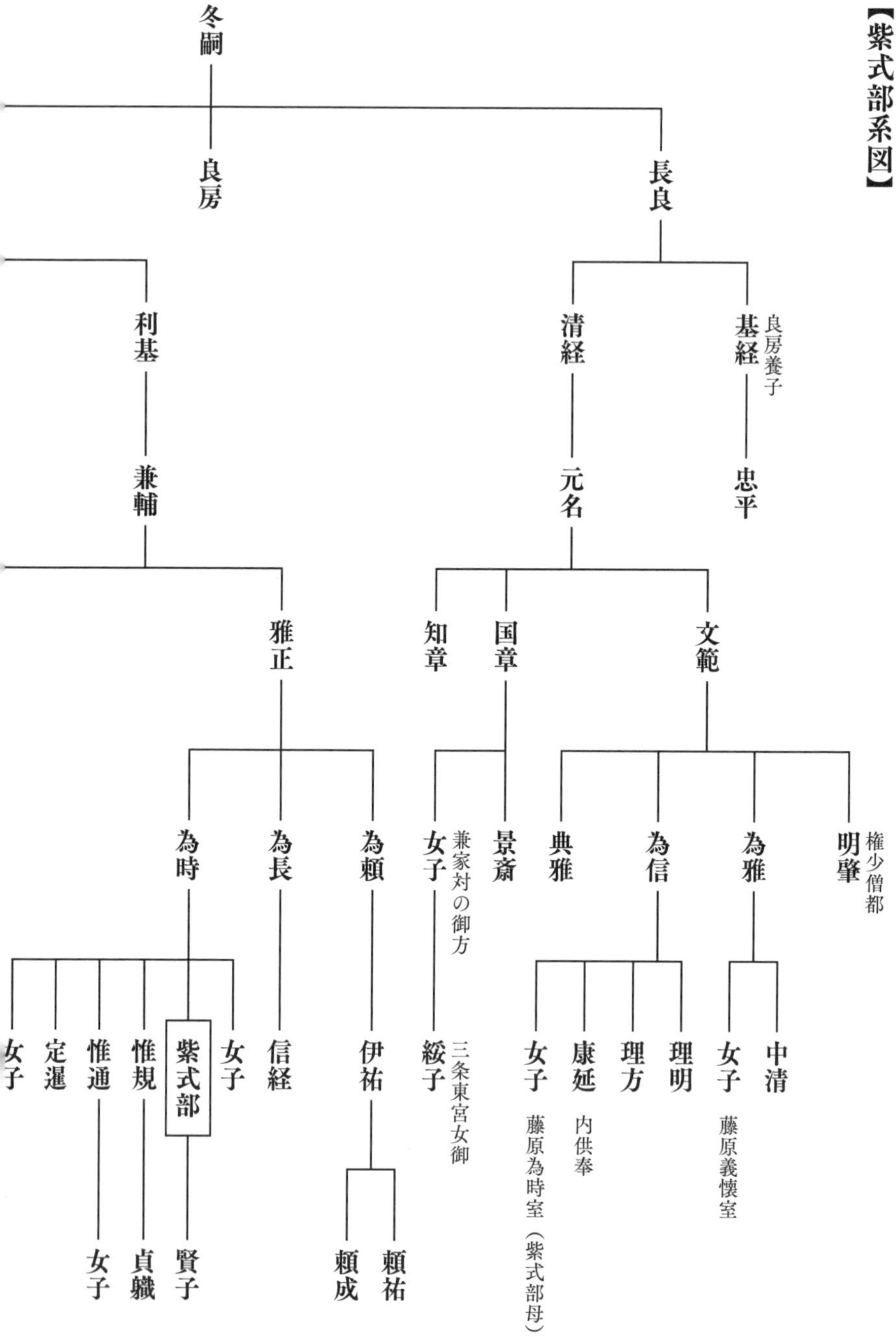
冬嗣
良房
長良
基経
良房養子
清経
忠平
元名
利基
兼輔
文範
国章
知章
雅正
明肇
権少僧都
為雅
為信
典雅
景斎
女子
兼家対の御方
為頼
為長
為時
中清
女子
藤原義懐室
理明
理方
康延
内供奉
女子
藤原為時室（紫式部母）
綏子
三条東宮女御
伊祐
頼祐
頼成
信経
女子
紫式部
賢子
惟規
貞職
惟通
女子
定暹
女子

- 良門
  - 高藤
    - 定方（三条右大臣）
      - 朝忠
        - 穆子（倫子母）
      - 朝成
        - 女子（村上中将更衣）
        - 女子（藤原宣孝室）
        - 女子（藤原高遠室）
      - 朝頼
        - 為輔
          - 宣孝
            - 隆光
            - 頼宣
            - 儀明
            - 隆佐
            - 明懐（権少僧都）
            - 女子（上東門院中将母）
            - 賢子
      - 女子（代明親王室）
        - 源保光
        - 荘子女王（村上女御）
          - 具平親王
          - 楽子内親王
      - 女子（中納言兼輔室）
      - 女子（右大臣師尹室）
      - 女子（雅正室（為時母））
    - 胤子（宇多女御）（醍醐母）

- 清正
  - 女子
    - 源高雅
      - 源公子
- 守正
  - 明豪（大僧正）
- 桑子（村上更衣）
  - 章明親王
    - 源尊光
    - 隆子女王
    - 慶子女王
    - 済子女王

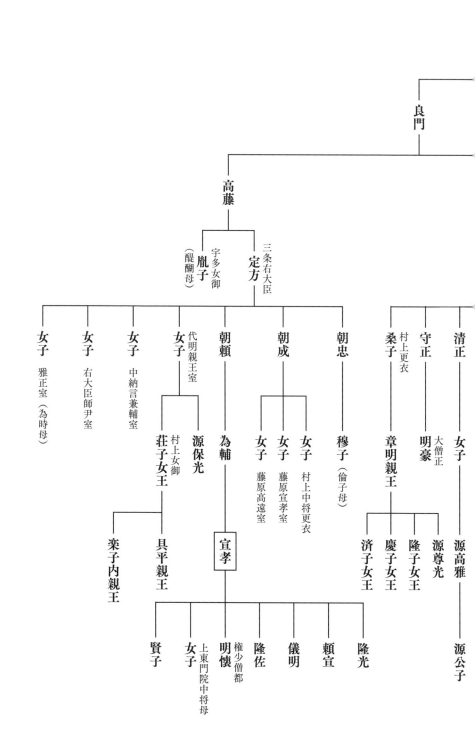

【帝王・源氏系図】

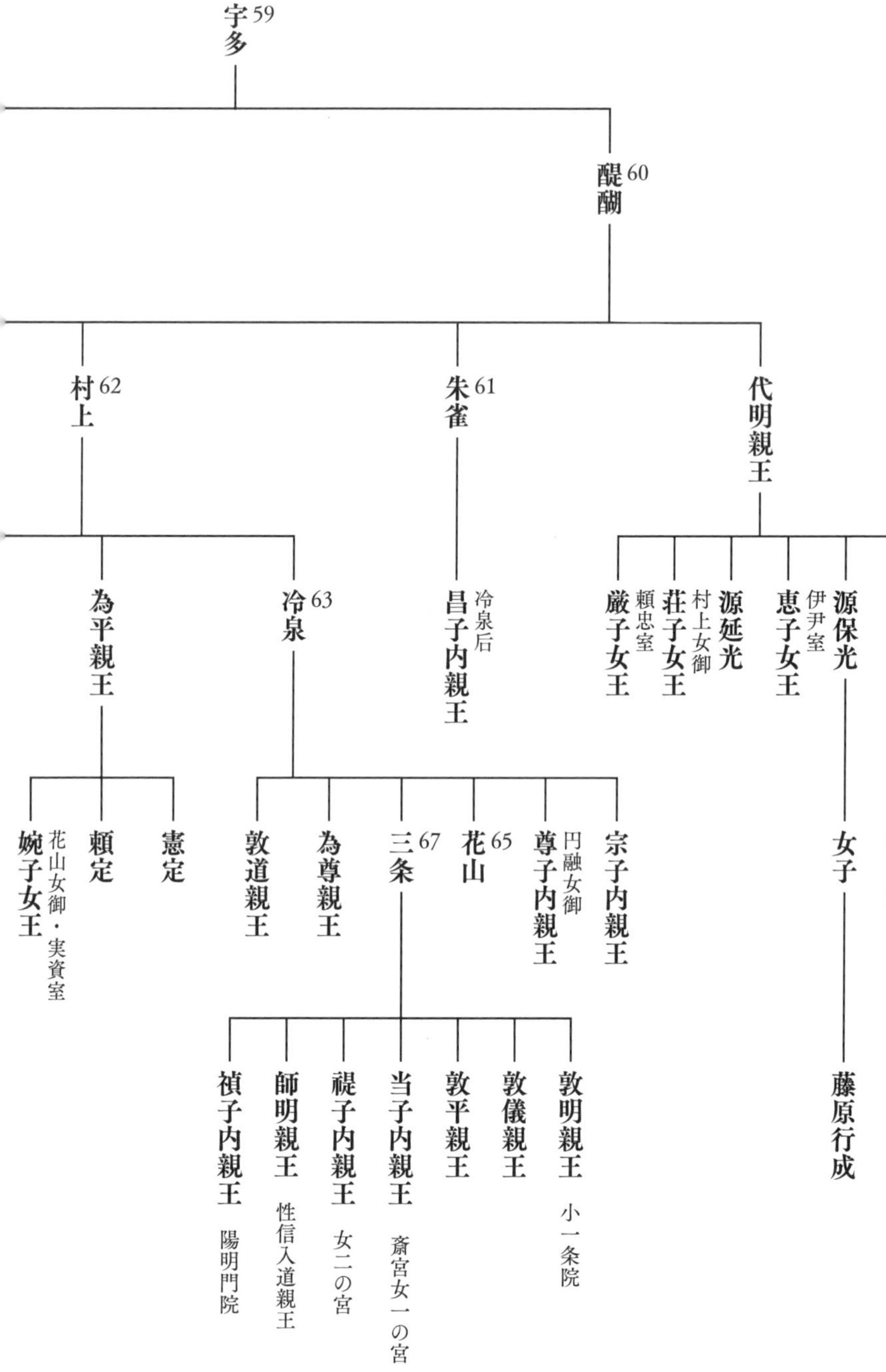

宇多 59
醍醐 60
代明親王
朱雀 61
村上 62
源重光
源保光
伊尹室
恵子女王
源延光
村上女御
荘子女王
頼忠室
厳子女王
源明理
女子
藤原行成
冷泉后
昌子内親王
冷泉 63
為平親王
宗子内親王
円融女御
尊子内親王
花山 65
三条 67
為尊親王
敦道親王
憲定
頼定
花山女御・実資室
婉子女王
敦明親王
小一条院
敦儀親王
敦平親王
当子内親王
斎宮女一の宮
禔子内親王
女二の宮
師明親王
性信入道親王
禎子内親王
陽明門院

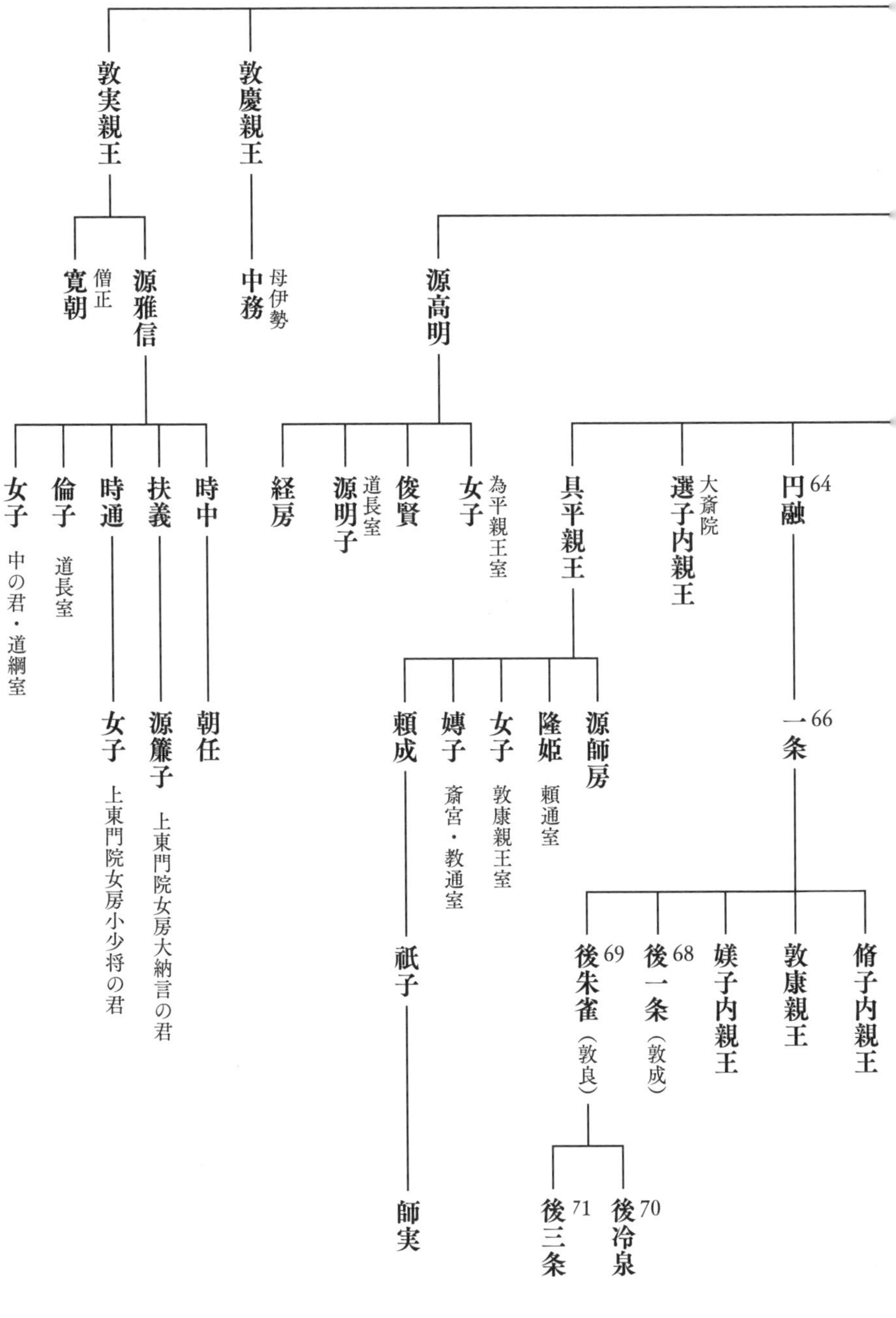
敦慶親王
敦実親王
中務
母伊勢
源雅信
寛朝
僧正
時中
扶義
時通
倫子
道長室
女子
中の君・道綱室
朝任
源簾子
上東門院女房大納言の君
女子
上東門院女房小少将の君
源高明
女子
為平親王室
俊賢
源明子
道長室
経房
64
円融
選子内親王
大斎院
具平親王
源師房
隆姫
頼通室
女子
敦康親王室
嫥子
斎宮・教通室
頼成
祇子
師実
66
一条
脩子内親王
敦康親王
媄子内親王
68
後一条
(敦成)
69
後朱雀
(敦良)
70
後冷泉
71
後三条

【藤原氏系図】

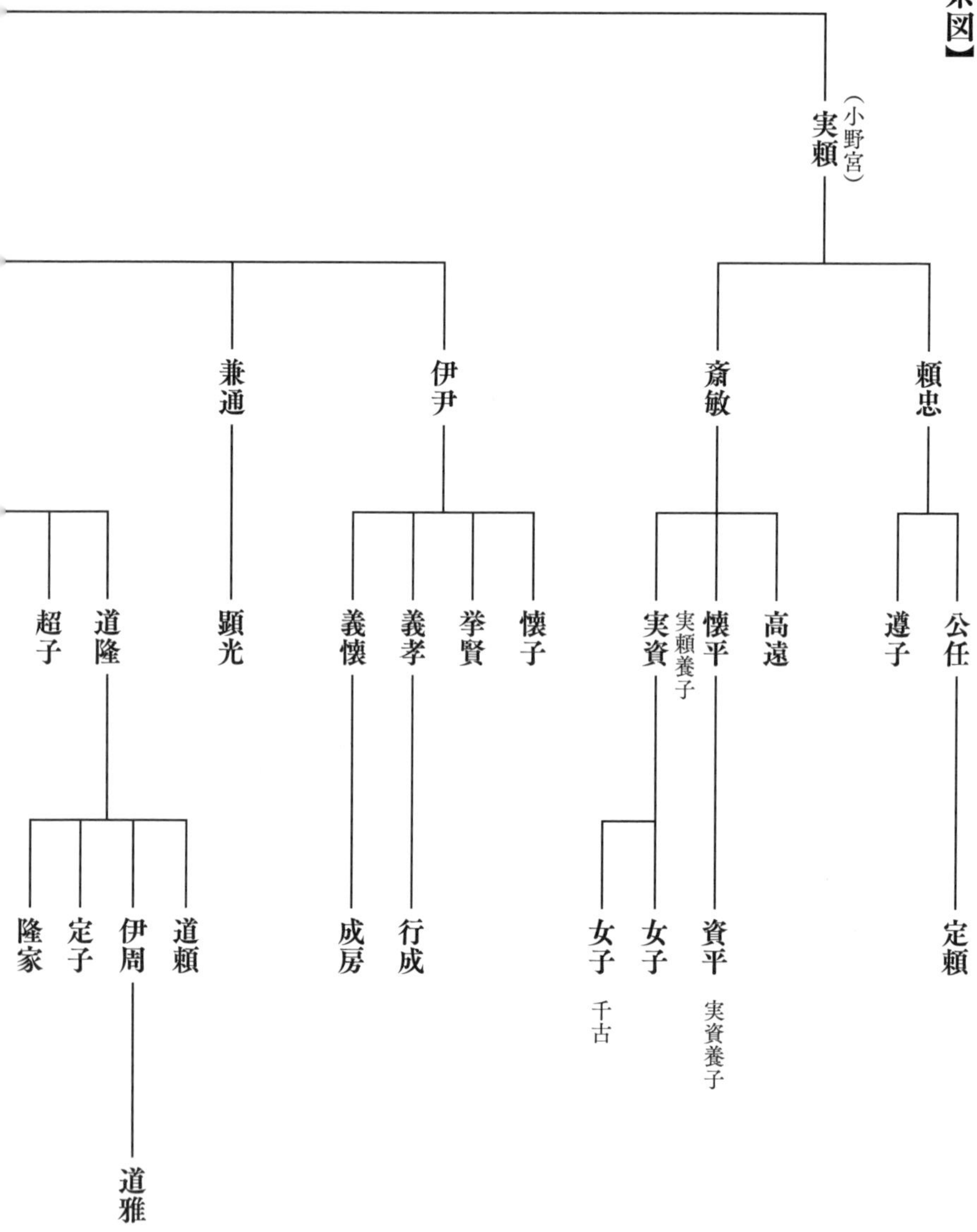

実頼（小野宮）
頼忠
斉敏
公任
遵子
高遠
懐平
実頼養子
実資
定頼
資平
実資養子
女子
女子
千古
伊尹
兼通
懐子
挙賢
義孝
義懐
顕光
行成
成房
道隆
超子
道頼
伊周
定子
隆家
道雅

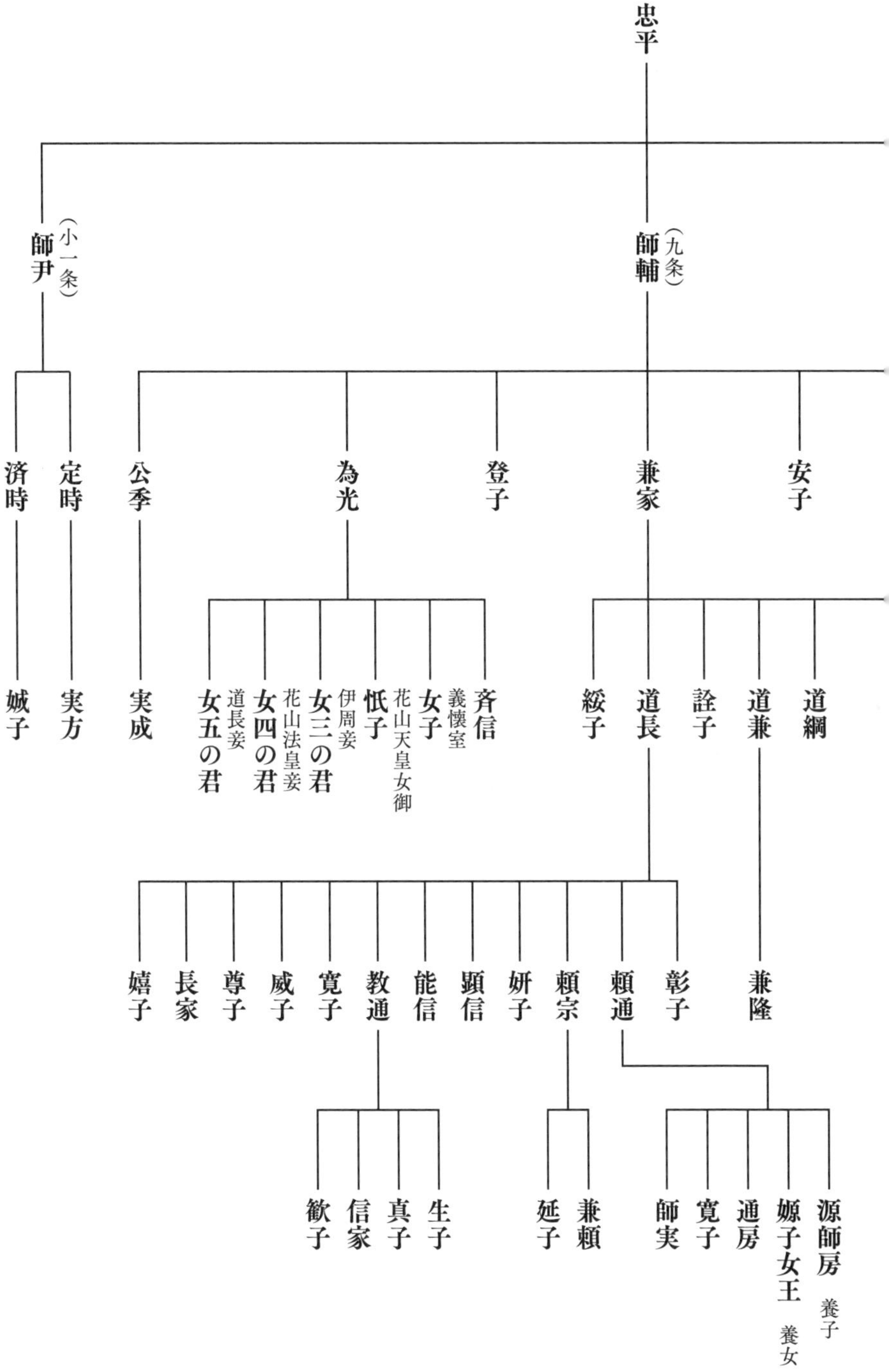
忠平
師輔（九条）
師尹（小一条）
安子
兼家
登子
為光
公季
定時
済時
道綱
道兼
詮子
道長
綏子
斉信
女子 義懐室
忯子 花山天皇女御
女三の君 伊周妾
女四の君 花山法皇妾
女五の君 道長妾
実成
実方
娍子
兼隆
彰子
頼通
頼宗
妍子
顕信
能信
教通
寛子
威子
尊子
長家
嬉子
源師房 養子
嫄子女王 養女
通房
寛子
師実
兼頼
延子
生子
真子
信家
歓子

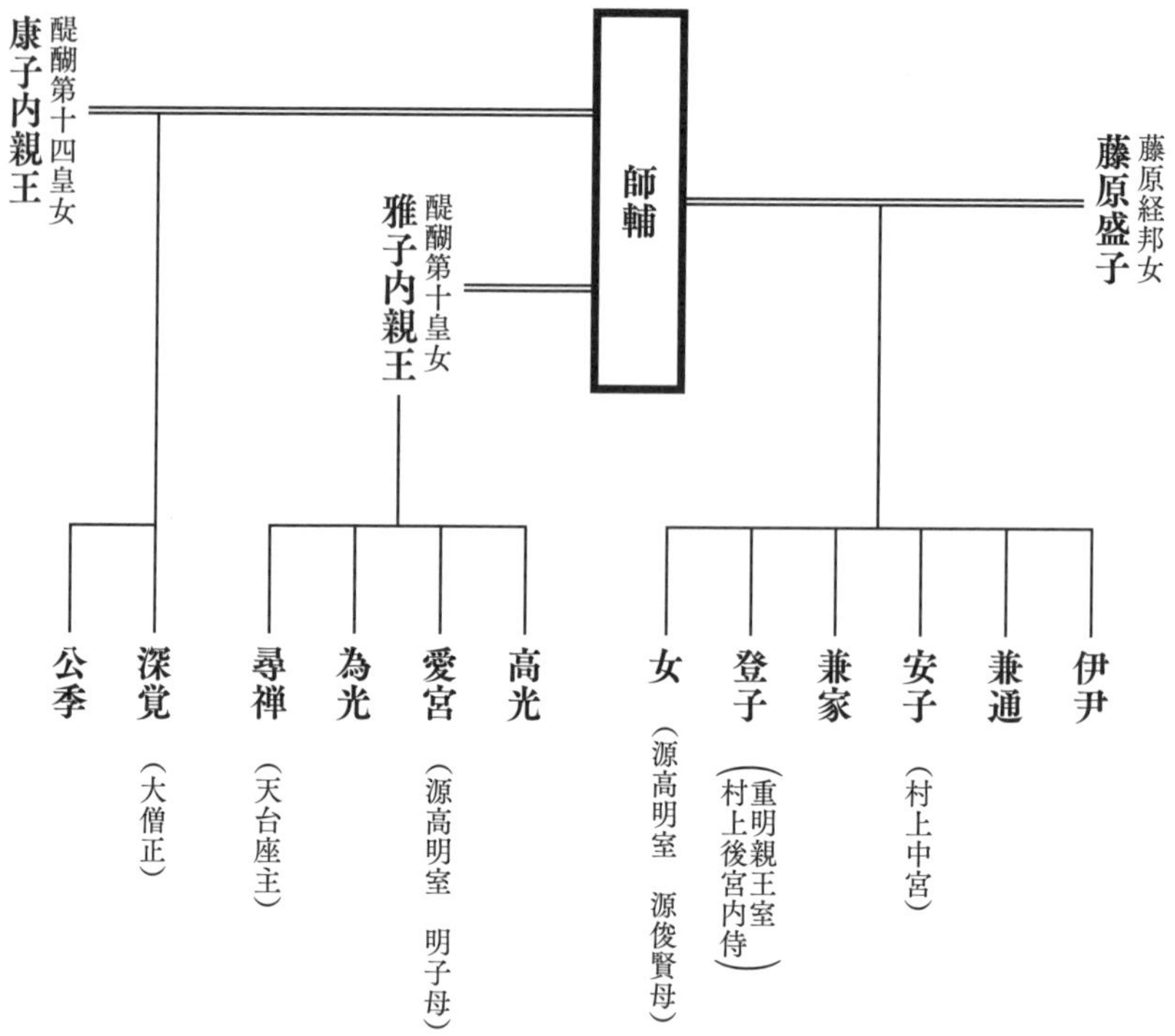
藤原経邦女
藤原盛子
師輔
醍醐第十皇女
雅子内親王
醍醐第十四皇女
康子内親王
伊尹
兼通
安子
（村上中宮）
兼家
登子
（重明親王室 村上後宮内侍）
女
（源高明室 源俊賢母）
高光
愛宮
（源高明室 明子母）
為光
尋禅
（天台座主）
深覚
（大僧正）
公季

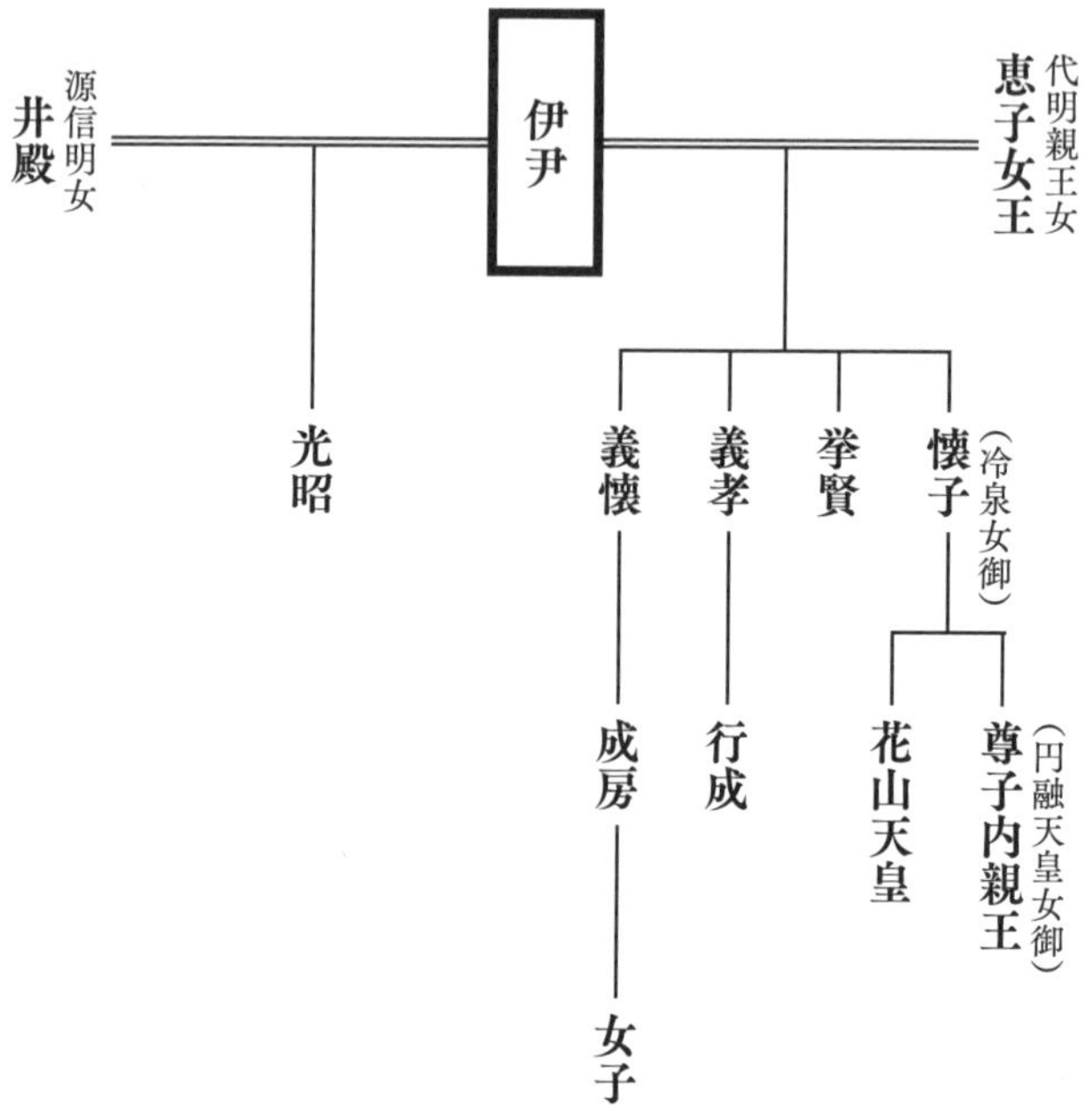
代明親王女
恵子女王
伊尹
源信明女
井殿
懐子
（冷泉女御）
挙賢
義孝
義懐
光昭
尊子内親王
（円融天皇女御）
花山天皇
行成
成房
女子

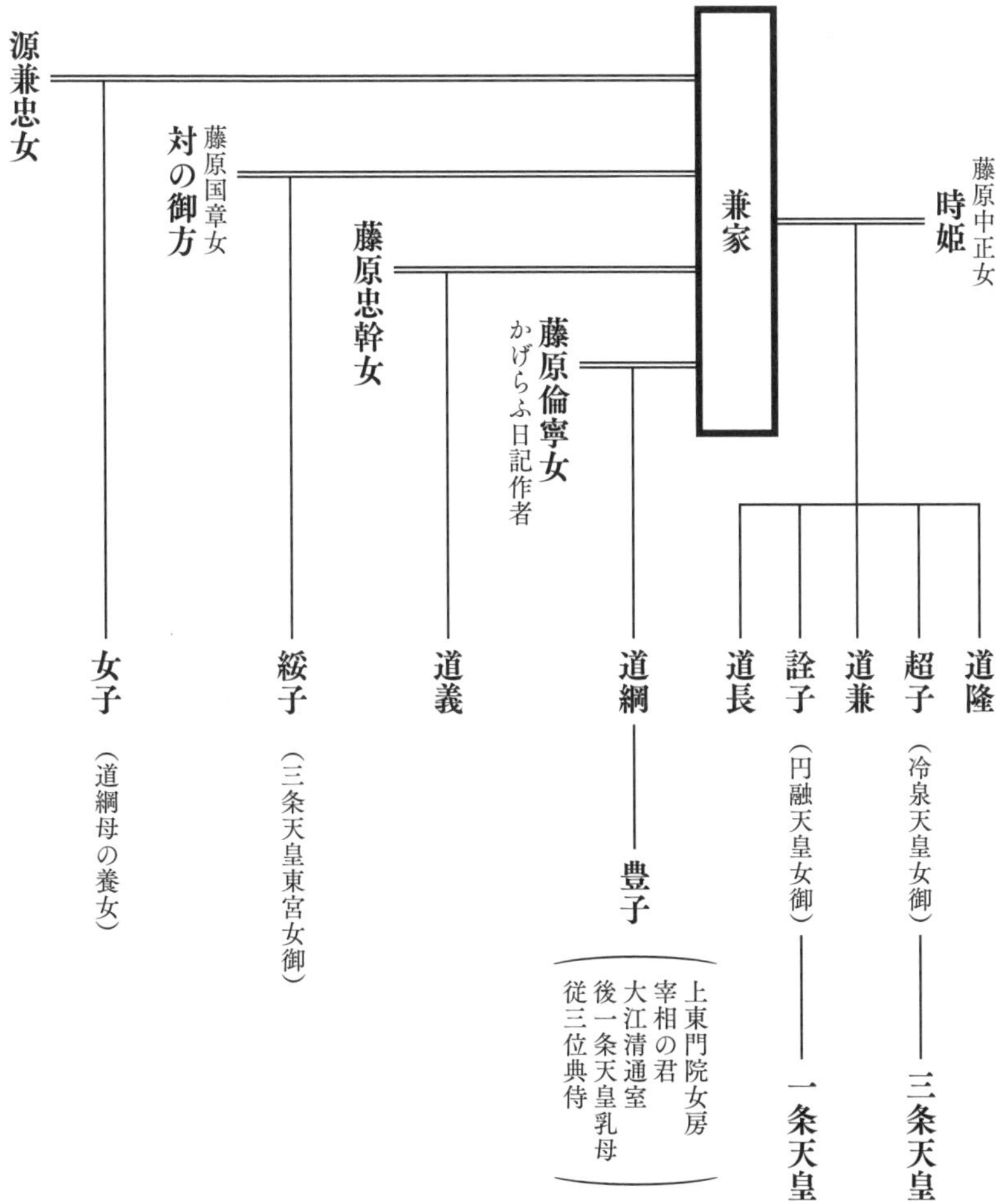
兼家
藤原中正女
時姫
藤原倫寧女
かげらふ日記作者
藤原忠幹女
藤原国章女
対の御方
源兼忠女
道隆
超子
（冷泉天皇女御）
三条天皇
道兼
詮子
（円融天皇女御）
一条天皇
道長
道綱
豊子
上東門院女房
宰相の君
大江清通室
後一条天皇乳母
従三位典侍
道義
綏子
（三条天皇東宮女御）
女子
（道綱母の養女）

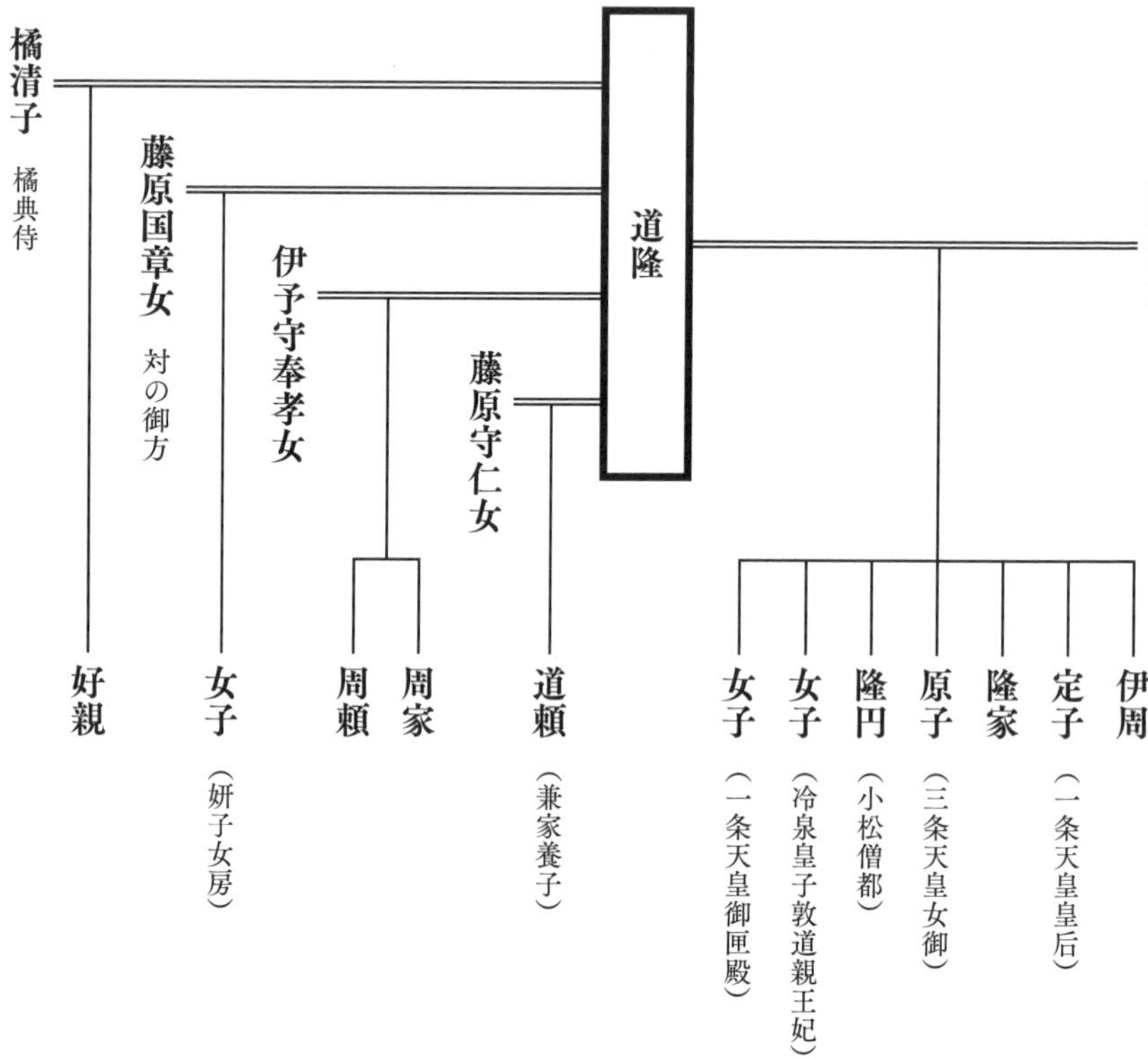

道隆
高階貴子
成忠女
橘清子
橘典侍
藤原国章女
対の御方
伊予守奉孝女
藤原守仁女
伊周
定子
（一条天皇皇后）
隆家
原子
（三条天皇女御）
隆円
（小松僧都）
女子
（冷泉皇子敦道親王妃）
女子
（一条天皇御匣殿）
道頼
（兼家養子）
周家
周頼
女子
（妍子女房）
好親

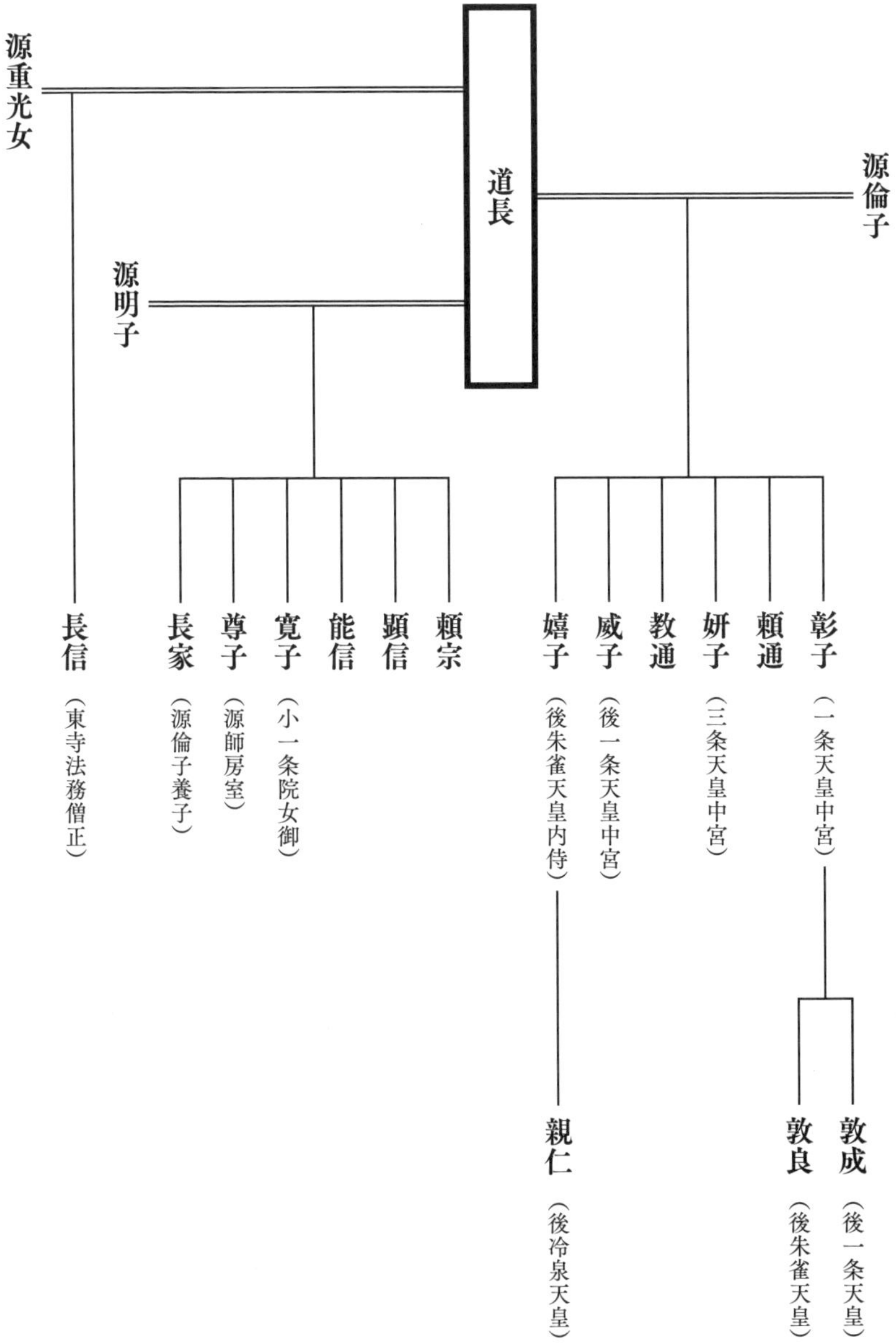

道長
源倫子
彰子（一条天皇中宮）
頼通
妍子（三条天皇中宮）
教通
威子（後一条天皇中宮）
嬉子（後朱雀天皇内侍）
敦成（後一条天皇）
敦良（後朱雀天皇）
親仁（後冷泉天皇）
源明子
頼宗
顕信
能信
寛子（小一条院女御）
尊子（源師房室）
長家（源倫子養子）
源重光女
長信（東寺法務僧正）

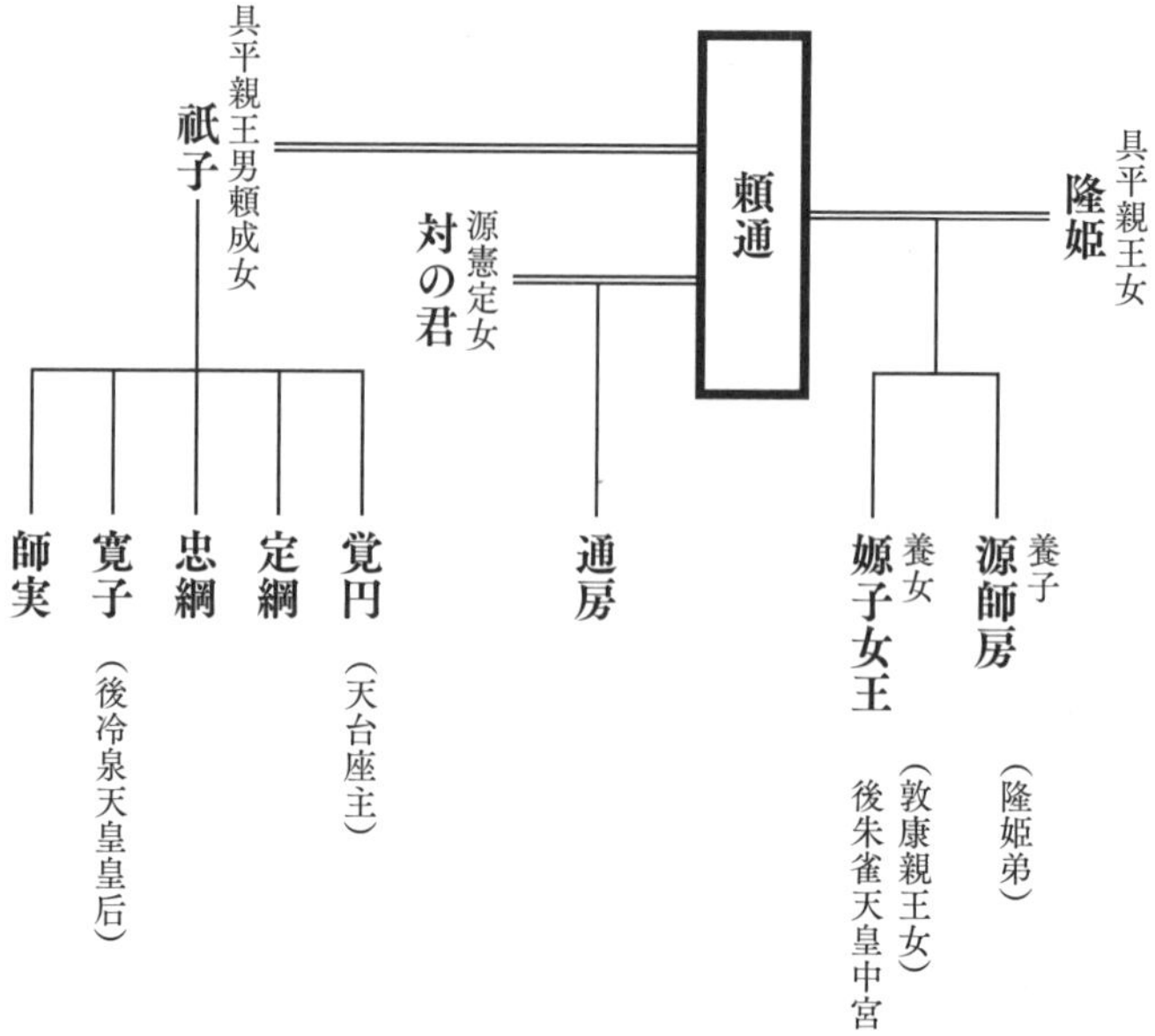
頼通
隆姫
具平親王女
対の君
源憲定女
祇子
具平親王男頼成女
源師房
養子
（隆姫弟）
嫄子女王
養女
（敦康親王女）
後朱雀天皇中宮
通房
覚円
（天台座主）
定綱
忠綱
寛子
（後冷泉天皇皇后）
師実

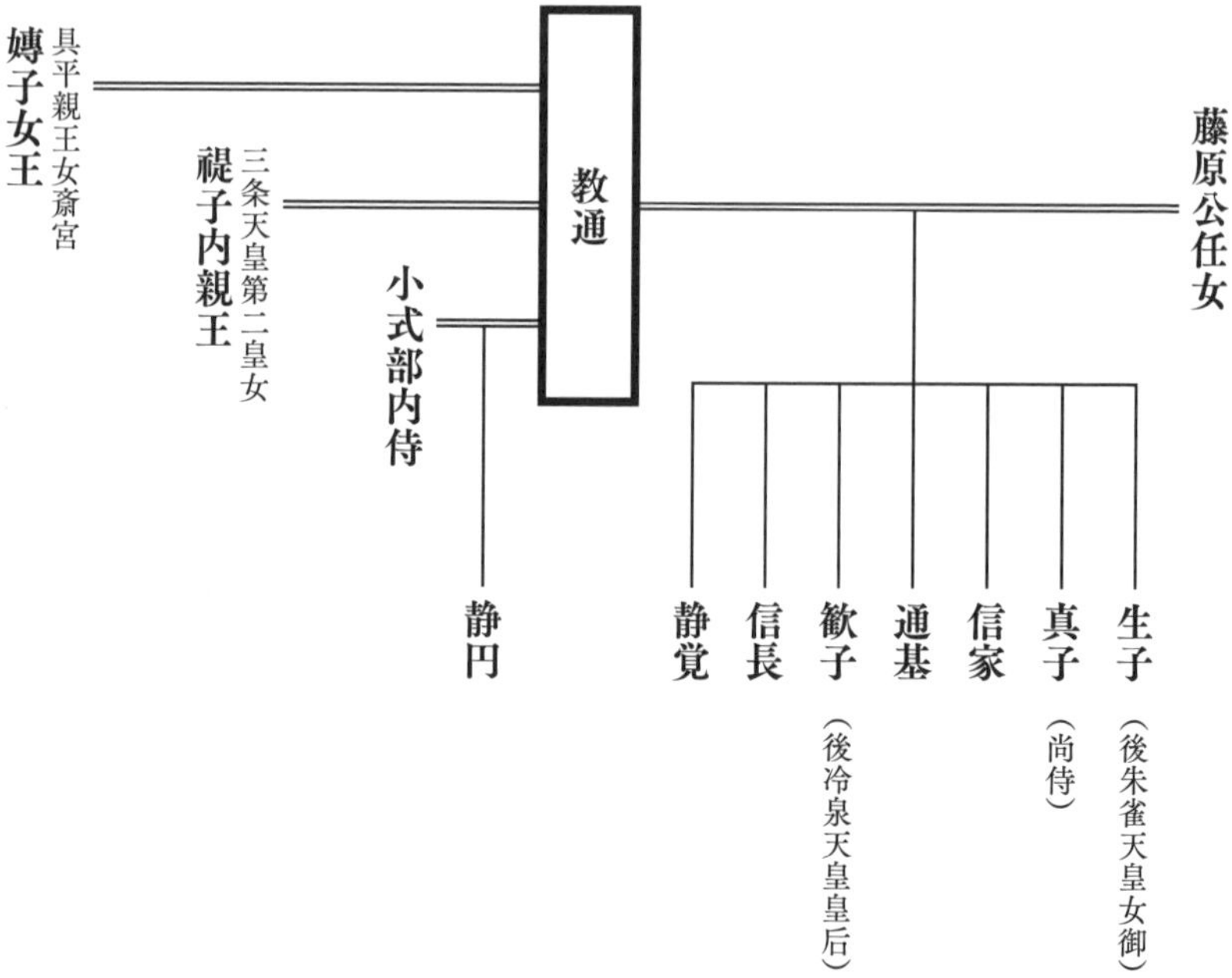
教通
藤原公任女
小式部内侍
禔子内親王
三条天皇第二皇女
娟子女王
具平親王女斎宮
生子
（後朱雀天皇女御）
真子
（尚侍）
信家
通基
歓子
（後冷泉天皇皇后）
信長
静覚
静円

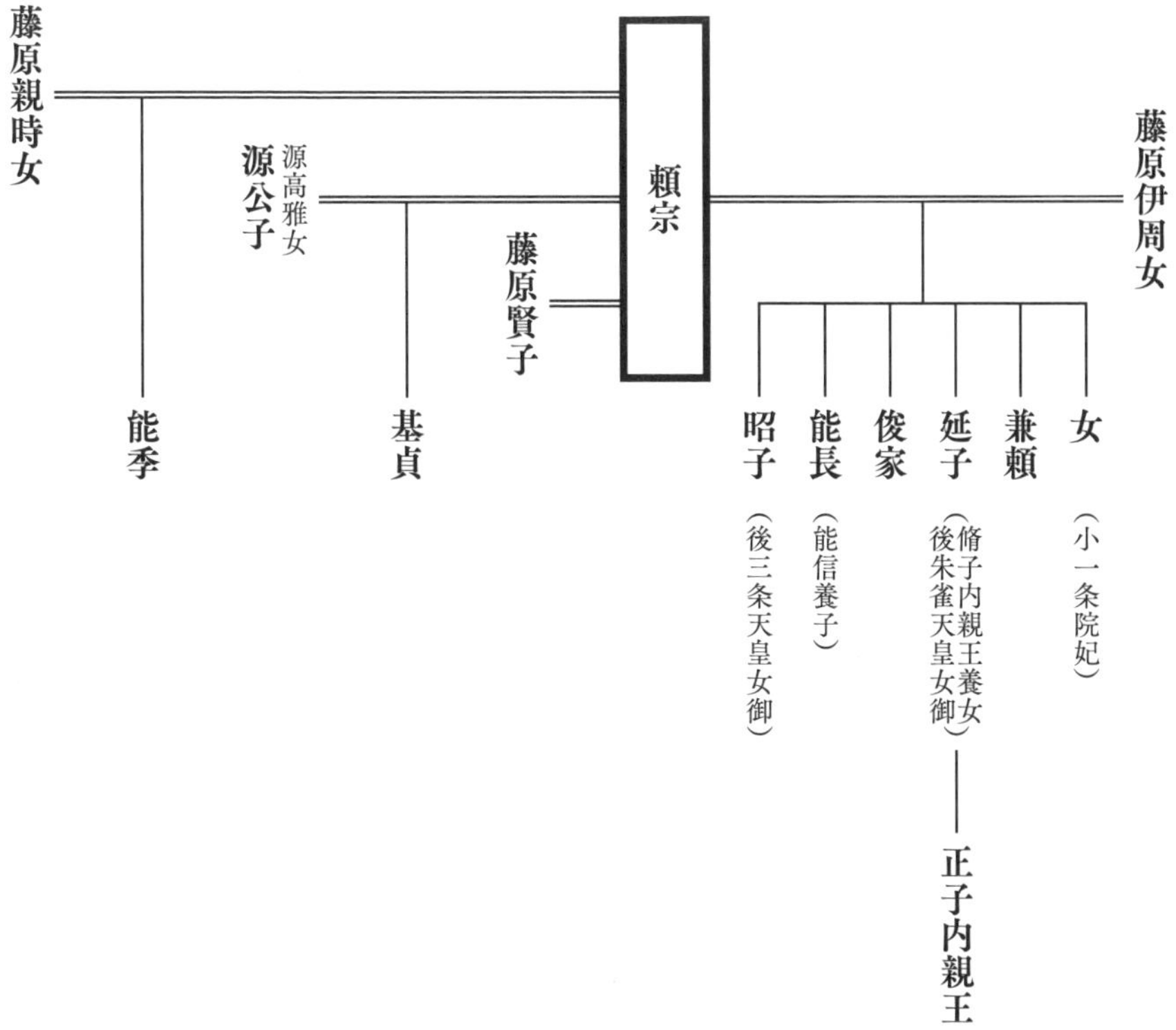

藤原伊周女
頼宗
藤原賢子
源公子
源高雅女
藤原親時女
女
（小一条院妃）
兼頼
延子
（脩子内親王養女
後朱雀天皇女御）
正子内親王
俊家
能長
（能信養子）
昭子
（後三条天皇女御）
基貞
能季

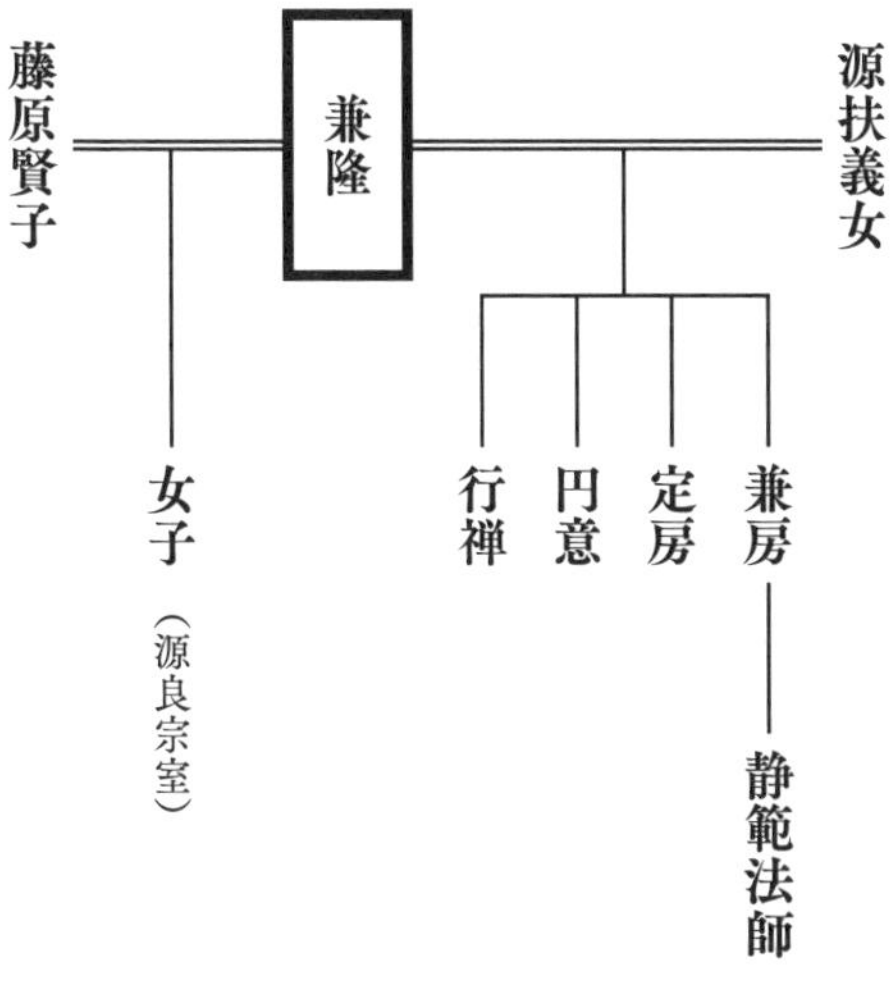

源扶義女
兼隆
藤原賢子
兼房
静範法師
定房
円意
行禅
女子
（源良宗室）

著者略歴

鈴木 幸子（すずき さちこ）

1958年青山学院女子短期大学文科国文専攻卒業。
著書『源氏物語紀行』『続・源氏物語紀行』

紫の式部の君の物語

2020年11月30日　初版発行

著　者　　鈴木 幸子
発行・発売　三省堂書店／創英社
〒101-0051 東京都千代田区神田神保町1-1
Tel 03-3291-2295
Fax 03-3292-7687
印刷・製本　シナノ書籍印刷株式会社

ISBN 978-4-87923-063-8　C0081